PASSEIO AO FAROL

VIRGINIA WOOLF é uma das maiores escritoras do século XX, grande romancista e ensaísta, bem como figura de destaque na história da literatura como feminista e modernista. Nascida em 1882, filha do editor e crítico Leslie Stephen, sofreu na adolescência a morte de sua mãe em 1895 e a da meia-irmã Stella em 1897, o que a deixou vulnerável a colapsos nervosos pelo resto da vida. Seu pai morreu em 1904 e, dois anos depois, seu irmão predileto, Thoby, faleceu de tifo. Com a irmã, a pintora Vanessa Bell, ela se relacionou com diversos escritores e artistas, como Lytton Strachey e Roger Fry, no que mais tarde foi conhecido como o Grupo de Bloomsbury. Nesse meio, conheceu Leonard Woolf, com quem se casou em 1912 e fundou a Hogarth Press em 1917, que publicou as obras de T.S. Eliot, E. M. Forster e Katherine Mansfield, além das primeiras traduções de Freud. Woolf levou uma vida muito ativa, trabalhando como crítica literária e autora, dividindo seu tempo entre Londres e Sussex Downs. Em 1941, temendo novo surto psicótico, cometeu suicídio. Seu primeiro romance, *A viagem*, foi publicado em 1915, seguido de uma obra de transição, *Noite e dia*, de 1919, até chegar ao romance experimental e impressionista *O quarto de Jacob* (1922). A partir daí, sua produção ficcional tomou a forma de uma série de experimentos brilhantes e variados, cada qual buscando um novo modo de apresentar a relação entre vidas individuais e as forças da sociedade e da história, como se vê em *Flush* (1933), a biografia do cachorro da poeta Elizabeth Barrett, por meio da qual o leitor entra em contato com as questões de classe e gênero na Londres vitoriana. Ela se preocupava em particular com a experiência das mulheres, não apenas nos romances mas também nos ensaios e nos dois livros em que aborda questões feministas, *Um teto todo seu* (1929) e *Três guinéus* (1938). Seus principais romances incluem *Mrs. Dalloway* (1925), *Passeio ao farol* (1927), a fantasia histórica *Orlando* (1928), escrita para Vita Sackville-West, a visão poética de *As ondas* (1931), a saga de família *Os anos* (1937) e *Entre os atos* (1941).

PAULO HENRIQUES BRITTO nasceu no Rio de Janeiro em 1951. É tradutor e professor de tradução, literatura e criação literária na PUC-Rio. Publicou oito livros de poesia — *Liturgia da matéria* (1982), *Mínima lírica* (1989), *Trovar claro* (1997), *Macau* (2003), *Tarde* (2007), *Formas do nada* (2012), *Nenhum mistério* (2018) e *Fim de verão* (2022) — e dois de contos, *Paraísos artificiais* (2004) e *O castiçal florentino* (2021), além de estudos monográficos sobre as canções de Sérgio Sampaio (2009) e a poesia de Claudia Roquette-Pinto (2010) e o ensaio *A tradução literária* (2012). Traduziu mais de 120 livros, em sua maioria de ficção, mas também obras de poetas como Byron, Wallace Stevens e Elizabeth Bishop.

GENILDA AZERÊDO é professora titular da Universidade Federal da Paraíba. No momento, desenvolve uma pesquisa sobre Virginia Woolf, intitulada "Narratologia e intermidialidade em Virginia Woolf", com apoio financeiro do CNPq (bolsa PQ2). Sobre a autora inglesa, escreveu dissertação de mestrado "An Unwritten Woolf: Fragments of a Map", e os seguintes ensaios: "Virginia Woolf's Experimental Short Fiction and Maya Deren's *Meshes of the Afternoon*"; "Quando as horas (não) passam"; "Literatura e cinema: As horas de *Mrs. Dalloway*"; "Remembering Hearts: The Experience of Memory in *Mrs. Dalloway* (Novel and Film)"; "Metaficção e lirismo em 'Um romance não escrito', de Virginia Woolf"; e "Words are an Impure Medium: Intermedial Relations in Virginia Woolf's 'Kew Gardens'", este último com Caio Antônio Nóbrega.

VIRGINIA WOOLF

Passeio ao farol

Tradução de
PAULO HENRIQUES BRITTO

Prefácio de
GENILDA AZERÊDO

COMPANHIA DAS LETRAS

Copyright © 2023 by Penguin-Companhia das Letras
Copyright do prefácio © 2023 by Genilda Azerêdo

Grafia atualizada segundo o Acordo Ortográfico da Língua Portuguesa de 1990, que entrou em vigor no Brasil em 2009.

Penguin and the associated logo and trade dress are registered and/or unregistered trademarks of Penguin Books Limited and/or Penguin Group (USA) Inc. Used with permission.

Published by Companhia das Letras in association with Penguin Group (USA) Inc.

TÍTULO ORIGINAL
To the Lighthouse

PREPARAÇÃO
Ana Cecília Agua de Melo

REVISÃO
Clara Diament
Gabriele Fernandes

Dados Internacionais de Catalogação na Publicação (CIP)
(Câmara Brasileira do Livro, SP, Brasil)

Woolf, Virginia, 1882-1941.
  Passeio ao farol / Virginia Woolf ; tradução Paulo
Henriques Britto ; prefácio de Genilda Azerêdo. — 1ª ed. —
São Paulo: Penguin-Companhia das Letras, 2023.

  Título original: To the Lighthouse.
  ISBN 978-85-8285-165-4

  1. Ficção inglesa I. Azerêdo, Genilda. II. Título.

23-145765   CDD-823

Índice para catálogo sistemático:
1. Ficção : Literatura inglesa 823

Aline Graziele Benitez — Bibliotecária — CRB-1/3129

Todos os direitos desta edição reservados à
EDITORA SCHWARCZ S.A.
Rua Bandeira Paulista, 702, cj. 32
04532-002 — São Paulo — SP
Telefone (11) 3707-3500
www.penguincompanhia.com.br
www.companhiadasletras.com.br
www.blogdacompanhia.com.br

Sumário

Prefácio: Uma homenagem à beleza do mundo —
Genilda Azerêdo 7

PASSEIO AO FAROL

I. A janela 29
II. O tempo passa 161
III. O farol 183

Prefácio

Uma homenagem à beleza do mundo

GENILDA AZERÊDO

Qual o sentido da vida? [...] A grande revelação jamais viera. A grande revelação talvez jamais viesse. Em lugar dela, havia a cada dia pequenos milagres, iluminações, fósforos riscados inesperadamente na escuridão; este era um deles. (p. 202)

A autora inglesa Virginia Woolf, nascida em 1882, constitui uma multiplicidade de personae. Não é difícil encontrar textos — verbais, fílmicos e teatrais — que narrativizam sua vida e sua morte, ou que dramatizam seus escritos, tamanho o efeito provocado por uma vida atormentada por problemas emocionais e psíquicos, que culminaram em seu suicídio, em 1941. Woolf é personagem-protagonista do conto "Ginny" (apelido carinhoso para Virginia), constante do livro *Vésperas*, de Adriana Lunardi, cuja narrativa é construída a partir do suicídio. Woolf é uma das personagens centrais do livro *As horas*, de Michael Cunningham, e do filme homônimo de Stephen Daldry, textos que também utilizam o suicídio da autora como prólogo, além de promover um diálogo intertextual com o romance *Mrs. Dalloway*. O espetáculo *Virginias*, de Andréa Azevedo, é inspirado no livro de Woolf *Killing the Angel of the House* [Matando o anjo da casa]. Woolf está no centro do monólogo teatral *Virginia*, escrito e protagonizado pela atriz Claudia Abreu. Há também uma peça de teatro de Edward Albee, cujo título *Quem tem medo de Virginia Woolf?* soa como uma alusão à complexidade de sua obra e à consequente reação dos leitores.

A história de vida e a produção literária de Woolf chamam atenção do público leitor por diversos aspectos: registros informam que ela sofreu abuso sexual na adolescência por seus meios-irmãos, George e Gerald Duckworth, fato que provocou traumas emocionais;[1] tinha frequentes crises de melancolia, depressão e loucura, quando se recusava a comer e dizia ouvir vozes; sentia carência extrema da presença materna; costumava se apaixonar por mulheres mais velhas e mais experientes que ela (a exemplo de Violet Dickinson e Madge Vaughan). Em uma de suas cartas a Violet Dickinson, Woolf pede: "Escreva para mim, escreva e me diga que me ama muito. Não desejo mais nada. Meu alimento é o afeto".[2]* Mas talvez o evento mais notório de sua biografia seja mesmo o de sua morte, quando, em março de 1941, adentrou, com os bolsos cheios de pedras, as águas caudalosas do rio Ouse.

Quando consideramos o contexto literário, Woolf produziu uma obra muito rica e variada, entre as mais importantes da literatura moderna. Seus contos e romances são ilustrativos da condição e subjetividade femininas e de inovações formais atreladas ao fluxo de consciência, ao diálogo entre as artes e à subjetividade do tempo. Woolf também escreveu textos teórico-críticos sobre a literatura moderna — a exemplo de "Modern Fiction" e "Mr. Bennett and Mrs. Brown".

É considerada uma autora feminista, cujas preocupações com a relação entre a mulher e a tradição literária deram origem a ensaios como "O status intelectual da

---

* A tradução de trechos originais sem tradução consagrada para o português é da autora.

PREFÁCIO 9

mulher", "As mulheres e a ficção", "Profissão para mulheres", "As mulheres e o lazer", "Mulheres romancistas", *Um teto todo seu* e *Três guinéus*. Ao longo de sua carreira, exerceu também a atividade de crítica literária, em que se destacam textos sobre escritoras como Jane Austen, Emily Brontë, Charlotte Brontë, Mary Wollstonecraft, George Eliot, Christina Rossetti, Katherine Mansfield. Como afirma Maggie Humm:

> A confirmação do feminismo de Woolf encontra-se na sua demanda por uma nova tradição crítica para mulheres escritoras, em suas ideias de diferença e em sua batalha triunfante com as técnicas do seu pai crítico [...].[3]

Woolf também escreveu ensaios sobre a leitura, a escrita de cartas e outras artes, como as artes plásticas e o cinema. Ela e seu marido, Leonard Woolf, fundaram uma editora (a Hogarth Press), que publicou textos de vários autores, como Freud, Katherine Mansfield, Proust e T.S. Eliot, algo que demonstra uma preocupação com a literatura em termos de produção, consumo e leitura. Tais atividades fazem dela uma escritora com uma prática literária variada e um nível de conscientização bastante agudo sobre a literatura em suas diversas modalidades: ficcional, teórica, crítica editorial e histórica.

De fato, o fascínio que sua vida, sua literatura e seus ensaios têm exercido sobre várias gerações de escritores, críticos e leitores pode ser sentido através das inúmeras referências a sua obra e da vasta fortuna crítica sobre sua produção literária. Sabemos que não é prudente confundir a obra do escritor com sua biografia. Não é que devamos (nem podemos) negar a relação entre a literatura produzida e a experiência vivida (a dor existe deveras), mas a literatura será sempre antes de tudo uma construção verbal. Entre a vida e o texto plasmado haverá sempre o distanciamento necessário para a criação.

Virginia Woolf tinha uma consciência bastante clara a respeito da relação entre vida, experiência e ficção. Em "As mulheres e a ficção", por exemplo, ela chama atenção para as vivências limitadas, em geral restritas ao universo doméstico, de mulheres escritoras dos séculos XVIII e XIX. Com uma vida toda regulada por costumes e leis, não seria difícil esperar que a literatura escrita por mulheres pudesse se contaminar de queixas e reivindicações, com a tentação de colocar na boca de personagens femininas descontentamentos e dores pessoais decorrentes da opressão. Woolf alerta para a armadilha de escrever literatura para desabafar, para exorcizar a amargura e a raiva, e vislumbra, em vez disso, um tempo (lembremos que o texto "As mulheres e a ficção" foi publicado em 1929) em que a escrita (de mulheres e de outras minorias) tenha pouca ou nenhuma influência externa para atrapalhar ou perturbar a sua criação, de modo que a autora (ou o autor) seja capaz de "se concentrar na sua visão, sem distração externa".[4] No período em que estava escrevendo *Mrs. Dalloway* (1925), romance em que a memória tem lugar de destaque, ela fala do processo de criação como uma descoberta que semelha a escavação de "bonitas cavernas por trás das personagens: creio que isto me oferece exatamente o que quero: humanidade, humor, profundidade. A ideia é que as cavernas possam se conectar e que cada uma venha à tona no momento presente".[5]

Um elemento básico que atravessa a produção ficcional de Woolf é a consciência da passagem do tempo, da efemeridade da vida (uma das partes de *Passeio ao farol* é inclusive intitulada "O tempo passa") e de sua natureza trágica. Num trecho revelador de seu diário, ela se questiona: "Por que a vida é tão trágica? Tão semelhante a uma pequenina faixa de calçada acima de um abismo? Eu olho para baixo; tenho a sensação de vertigem; pergunto-me como terei que caminhar até o fim. Mas por que sinto isto? Agora que eu o digo, não o sinto mais. A melancolia diminui à medida que escrevo".[6]

Se o tempo e a vida escapam, restam a memória e o registro artístico para fazer permanecer a visão, ainda que em flashes que dão conta da fragmentação, da descontinuidade e da precariedade da vida. Um dos trechos mais marcantes de *Passeio ao farol* revela a consciência resultante da ambiguidade entre o tempo que passa e o tempo que fica: "Ainda que tudo o mais sucumba e desapareça, o que há aqui é inabalável" (p. 164).

Em dois de seus textos teóricos mais significativos, "Modern Fiction" e "Mr. Bennett and Mrs. Brown", Woolf comenta sobre o material de que sua literatura é feita. Em vez de se concentrar em conflitos externos, de caráter mais tangível, na caracterização física de personagens, na objetividade do relato, seu interesse maior é apreender o caráter fugidio da vida, as percepções e emoções que definem a experiência humana, a relevância da memória e dos processos mentais e sensoriais para a compreensão de nossas vivências.

Em "Modern Fiction", por exemplo, ela afirma que "a vida não é uma série de lanternas simetricamente ordenadas; a vida é um halo luminoso, um envelope semitransparente a nos envolver do início da consciência ao final".[7] É claro que a apreensão desse tipo de realidade — espiritual, emocional, introspectiva — exige o uso de técnicas narrativas inovadoras como o monólogo interior, o fluxo de consciência e a adoção de um tipo de linguagem, dicção e ritmo que, em certos momentos, lembra mais a poesia que a prosa. Em consequência, a realidade e a experiência subjetiva são apresentadas em sua incompletude, incoerência e ambiguidade. Ainda no texto "Modern Fiction", ao referir-se aos escritores russos e ao legado que deixaram, Woolf diz:

> É o sentimento de que não há resposta, de que, se honestamente examinada, a vida apresenta pergunta após pergunta; é isso que continua a reverberar após o tér-

mino da história, numa interrogação sem esperança — e isso nos preenche com um desespero profundo.[8]

Creio que é exatamente essa reverberação que constitui a marca central da literatura de Woolf, uma reverberação que nos incita a observar e a analisar a vida em seus detalhes aparentemente triviais; a senti-la em suas variadas nuances de cores, cheiros, texturas, sons e silêncios; a sorvê-la em seus sabores e abismos. Exemplos disso podem ser facilmente encontrados em sua ficção, tanto nos contos quanto nos romances. Para o propósito deste texto, tomaremos como foco *Passeio ao farol*.

PASSEIO AO FAROL

Publicado em 1927, é considerado por muitos críticos um dos representantes mais significativos da literatura moderna. Por exemplo, em "A meia marrom", Erich Auerbach[9] discute a obra de Woolf chamando a atenção para os movimentos internos e subjetivos que se realizam na consciência das personagens, através do monólogo interior ou do fluxo de consciência. A esse processo, Auerbach dá o nome de "representação pluripessoal da consciência",[10] já que há uma fluidez na mudança de apreensão de uma consciência para outra. É interessante observar que Auerbach intitula seu texto de modo a ressaltar um dos elementos objetivos da narrativa: o fato de que a sra. Ramsay está tecendo uma meia para presentear o filho do guarda que trabalha no farol, quando lá eles forem. Ao pôr em evidência a meia, Auerbach nos convida a observar o modo sofisticado e ousado como Woolf justapõe, ao longo da narrativa, as ações (poucas) de cunho tangível e os processos de consciência e percepção das várias personagens que se encontram na casa.

PREFÁCIO

Ou seja, à medida que lemos, vamos percebendo que o processo de tecelagem acaba encontrando ressonância em outras tessituras, talvez mais abstratas, como a tentativa de Lily de pintar o quadro (tecer sua visão da mãe e do filho), a tentativa da sra. Ramsay de harmonizar as diferentes perspectivas dos hóspedes e a tentativa da voz narrativa[11] de concatenar a multiplicidade de sensações e visões das personagens.

A metáfora da ação de tecer (e destecer) também está presente na discussão de Jacques Rancière, cujo livro *O fio perdido*, sobre a ficção moderna, traz um capítulo acerca de *Passeio ao farol*, em que o autor ressalta um paralelismo entre a tirania e o autoritarismo das personagens e a tirania do enredo tradicional. Woolf se rebela contra ambos e opta por se concentrar no halo luminoso, reduzindo a intriga ao mínimo, rechaçando o fio da narrativa linear e fazendo fulgurar as percepções, os vislumbres e os afetos. Para Rancière,

> os grandes romances de Virginia Woolf sempre são feitos da tensão entre várias maneiras de inscrever a chuva de átomos, várias maneiras de fazer com que o halo brilhe e de apreender o conflito que o opõe à lógica das organizações de ações.[12]

Passeio ao farol é considerado o mais autobiográfico dos romances de Woolf. Ela própria registrou em seu *Diário* que o romance seria uma tentativa de materializar (exorcizar), através da literatura, as figuras do pai, Leslie Stephen, e da mãe, Julia Stephen, tendo como pano de fundo a infância e as temporadas de férias que passavam na praia, em Saint Ives:

> [Esse romance] será relativamente curto; terá a figura completa de papai; e a de mamãe; e St Ives; e a infância; e todas as coisas usuais que eu tento incluir —

vida, morte etc. Mas o centro é a figura de papai, sentado em um barco, recitando Nós perecemos, cada um sozinho [...].[13]

No processo de elaboração do livro, Woolf desloca a centralidade da figura paterna em favor da figura materna (a sra. Ramsay), tamanho o efeito que sua presença e ausência irradiam. Registros biográficos dão conta da imensa importância dos pais na vida de Woolf: a primeira crise emocional, aos treze anos, aconteceu após a morte da mãe; a primeira tentativa de suicídio, após a morte do pai.

Passeio ao farol, publicado em 1927, também faz referência aos efeitos nefastos e tenebrosos da Primeira Guerra, dado que amplifica a presença da morte. Quando estava começando a escrever o livro, ainda em 1925, Woolf registrou em seu *Diário*: "Eu vou inventar um novo nome para meus livros, de modo a suplantar o termo 'romance': Um novo _____ de Virginia Woolf. Mas o quê? [Que termo?] Elegia?".[14] Considerando que a elegia é uma composição poética cujo tom é de lamento pela morte de alguém, com expressão de tristeza ou sentimentos melancólicos, conceber *Passeio ao farol* como uma elegia é reconhecer não apenas os efeitos da perda e da morte em sua narrativa, em articulação com uma tonalidade melancólica, mas também as qualidades poéticas e líricas que plasmam sua linguagem.

Em uma carta escrita a Woolf, quando da leitura de *Passeio ao farol*, Vanessa, sua irmã pintora, refere-se à emoção que sentiu ao se deparar com a caracterização dos pais, sobretudo da mãe:

Pareceu-me que na primeira parte do livro você ofereceu um retrato de mamãe que é, para mim, mais parecido com ela do que qualquer coisa que eu pudesse alguma vez ter concebido como possível. É quase doloroso tê-la assim, como se ressuscitada dos mortos.

Você nos fez sentir a extraordinária beleza de sua natureza, o que deve ser a coisa mais difícil do mundo de fazer. Foi como encontrá-la de novo com nosso ser adulto, de igual para igual, e me parece a mais surpreendente proeza de criação ter sido capaz de vê-la dessa forma.[15]

Esse depoimento da irmã é muito significativo porque demonstra a capacidade e o êxito de Woolf na materialização da complexidade e ambiguidade da mãe, através da personagem da sra. Ramsay, fonte de admiração, fascínio e enigma para todos que a cercam. A centralidade da figura materna já se justifica com a primeira frase do livro, afinal, é a voz e a presença da sra. Ramsay, ao lado do filho James, de seis anos, que iniciam a narrativa: "'Sim, claro, se amanhã fizer tempo bom', disse a sra. Ramsay. 'Mas você vai ter que madrugar', acrescentou" (p. 31).

As palavras da mãe enchem o filho de esperança e alegria. A imagem inicial revela o desvelo da mãe e a pureza, a inocência e o alumbramento do filho quanto à possibilidade de ida ao farol. No entanto, o pai logo estraga essa atmosfera de esperança, ao afirmar: "Mas [...] não vai fazer tempo bom" (p. 32). As duas visões antagônicas — a da mãe, embora contendo uma condição, vislumbra uma probabilidade; a do pai, taxativa em seu pessimismo — podem ser vistas como metonímicas da subjetividade das figuras materna e paterna: a mãe é uma figura acolhedora e amorosa; o pai, filósofo e intelectual, é um desmancha-prazeres, sempre em busca da aprovação e da admiração de todos.

Segundo Phyllis Rose, ao referir-se aos pais reais de Woolf, apesar do sentimento de adoração que Leslie Stephen sentia por sua esposa, Julia, "ele a tratava de certo modo como uma serviçal, alguém que deveria estar sempre disponível, sempre lhe dando apoio e sempre trabalhando para colocar ordem em sua vida".[16] Não é difícil imaginar, portanto, os desafios que Woolf enfrentou para caracterizar as personalidades do pai e da mãe. Com efeito, Woolf partilhava com o pai o exercício intelectual e criativo; mas para tornar-se uma artista, ela teria que rejeitar o poderoso modelo de feminilidade patriarcal representado pela mãe.[17]

Voltando à carta, embora admita não possuir credenciais para tal julgamento, Vanessa também chama a atenção para as qualidades estéticas da obra, sublinhando uma "forma curiosa de escrita artística" e ressaltando que a narrativa transcende os elementos biográficos, ou seja, tem valor intrínseco como representação literária: "Pois a visão que você oferece dela [de mamãe] se sustenta como um todo em si mesmo e não apenas como algo que nos faz lembrar dos fatos". Vanessa conclui: "Eu sei que, apesar de todo meu interesse pessoal, eu não deveria ter sido tocada como fui, se o livro não tivesse também me tocado de modo impessoal".[18] A confissão de Vanessa deve ter sido acolhida com contentamento por Woolf: embora com elementos autobiográficos, *Passeio ao farol* se constitui como uma comovente reflexão sobre a passagem do tempo e a morte, sobre a vida e a arte, evidenciando a articulação entre o particular e o universal, que caracteriza as grandes obras de arte.

As três partes que compõem o livro —"A janela", "O tempo passa" e "O farol" — condensam, de forma diferente, o modo como as figuras materna e paterna são mobilizadas e que propósitos sua presença e ausência deflagram. Em "A janela", apesar da presença tirânica e opressora do pai, todos estão vivos e ativos em suas atividades cotidianas: a janela, de onde se veem muitas das ações das personagens — sobretudo aquelas ligadas à sra. Ramsay e James —, representa, de modo metonímico, a própria casa, que pulsa de dinamismo e de vida.

A janela, elemento fronteiriço, articula o dentro e o fora, fazendo inclusive com que o mar e as ondas se façam presentes. A propósito, em junho de 1925, Woolf antecipou, em seu *Diário*, a presença marcante do mar nesse

PREFÁCIO   17

romance: "Mas enquanto eu escrevo, estou concebendo *Passeio ao farol* — o mar deverá ser ouvido por todo [o livro]".[19] É como se "A janela" apresentasse a família e seus hóspedes, em suas potencialidades de experiências e vislumbres de vida. A promessa de ida ao farol contribui para inundar a narrativa de crença em outros porvires: William e Lily vão se casar? Minta encontrará o broche perdido de sua avó? Lily concluirá a pintura do seu quadro? Por outro lado, é como se aqui e ali surgissem prenúncios de mudança, pressentimentos que ensejam medo. A sra. Ramsay chega a desejar que suas crianças não cresçam, que aquela felicidade não seja ameaçada, algo que pode ser representado pelos versos que ela traz à tona:

> *E as vidas que já vivemos*
> *E as que havemos de viver,*
> *São cheias de folhas outonais*
> (p. 154)

Em "O tempo passa", segunda parte do livro, a casa encontra-se abandonada, à deriva, sofrendo as ações do tempo, em suas diferentes estações. Há ferrugem nas dobradiças, poeira e rachaduras nos objetos, traças nas roupas, mofo nos livros e nos tapetes. Por um processo metonímico e também antropomórfico, os objetos parecem anunciar e reclamar a presença das pessoas, denunciando o tanto de vida que um dia habitou aquela casa. Como diz a voz narrativa, "só essas coisas conservavam a forma humana, e no vazio davam mostras dos modos como outrora eram preenchidas e animadas" (p. 167). Para ressaltar a passagem do tempo e seu efeito devastador, Woolf condensa essa parte, numa espécie de isomorfismo, em poucos capítulos, como se para de fato evidenciar que o tempo passa de modo acelerado. Aqui, é o tempo elegíaco que se faz sentir, sobretudo por conta das mortes da sra. Ramsay e dos seus filhos, Andrew e Prue. O anúncio dessas mortes aparece na narrativa não apenas de modo abrupto e surpreendente, mas entre colchetes, como no exemplo abaixo:

[Prue Ramsay morreu naquele verão de alguma doença relacionada ao parto, uma tragédia deveras, diziam as pessoas. Comentavam que ninguém merecia a felicidade mais que ela.] (p. 171)

O leitor percebe que há uma discrepância entre a relevância das informações e o modo como elas aparecem na narrativa — de modo aleatório, destituídas de peso e dramaticidade. Trata-se de uma estratégia que situa os seres humanos no mesmo patamar de vulnerabilidade dos objetos, de modo a ressaltar a natureza devoradora e insensível do tempo, ao qual tudo e todos sucumbem. Acrescente-se a isso o efeito nefasto da guerra:

[Um obus explodiu. Vinte ou trinta rapazes foram para os ares na França, entre eles Andrew Ramsay, cuja morte, felizmente, foi instantânea.] (p. 172)

A morte de Andrew na guerra, também mencionada na narrativa de modo distanciado, ganha eventualmente mais humanidade quando a sra. McNab relembra a tragédia e o fato de que "muitas famílias haviam perdido seus entes queridos" (p. 175). A sra. McNab tem outra função na narrativa: poderíamos vê-la como situada no mesmo paradigma de ações da sra. Ramsay e de Lily, personagens femininas que tecem, cada uma ao seu modo, lampejos de afeto e beleza. Ou seja, apesar do processo de deterioração da casa — que, em certos momentos, parece chorar — e do tom elegíaco, a segunda parte também constitui transição para a terceira, quando a casa será novamente habitada, graças ao trabalho de limpeza e reconstrução da sra. McNab.

Dentre as várias estratégias narrativas utilizadas por Woolf, encontra-se a repetição, que em *Passeio ao farol*,

PREFÁCIO 19

dada sua filiação poética, contribui para criar um efeito de refrão. Na primeira parte, por exemplo, chamam atenção repetições ligadas ao desejo de ida ao farol e ao fato de que, segundo Charles Tansley, discípulo do sr. Ramsay, as mulheres não sabem escrever nem pintar. Na segunda parte, através das lembranças da sra. McNab, temos de novo acesso à sra. Ramsay, cujas imagens luminosas no jardim, cuidando das flores, ou com o filho caçula à janela, surgem para contrastar com a decadência e o abandono da casa. São várias as repetições que enfatizam as visões da sra. McNab. Por exemplo, no capítulo VIII da segunda parte, a frase *"she could see her"*/ "era como se a visse" (p. 175) é repetida quatro vezes, para ressaltar que, embora a sra. Ramsay esteja ausente e não mais viva, flashes de suas imagens teimam em aparecer para a sra. McNab. Ao mesmo tempo, o resgate dessas lembranças vem acompanhado de outra repetição: a alusão a que, durante aqueles anos de guerra e de casa vazia, "nunca enviaram uma carta, nunca vieram" (p. 174), um refrão que contribui para acentuar o tom de ausência, de perda e melancolia.

Com a casa limpa e restaurada, parte da família e dos hóspedes volta, após dez anos. Na terceira parte, intitulada "O farol", tudo é diferente, não apenas porque aqueles que eram crianças cresceram, outros morreram, mas porque a ida ao farol é liderada pelo sr. Ramsay, o pai que dizia que iria fazer tempo ruim, eliminando a esperança de visita ao farol, frustrando James, o caçula (agora com dezesseis anos), na primeira parte do livro. Agora, é James quem lidera a embarcação; agora, ele tem a aprovação do pai; agora, finalmente, pai e filho se reconciliam. Além disso, a narração da expedição ao farol é justaposta ao trabalho de pintura de Lily, que, enfim, encontra um jeito de preencher o espaço que faltava no quadro, de modo a ter a sua "visão" (p. 252).

Passados 95 anos da publicação de *Passeio ao farol*, período que deu origem a uma fortuna crítica múltipla e vasta, o livro ainda se oferece como um corpus pulsante para discutir a experimentação que Woolf exercita ao inserir uma pintora — Lily Briscoe — e seu processo de pintura do quadro — na narrativa. Os estudos contemporâneos de intermidialidade, que têm ganhado espaço no mundo acadêmico desde os anos 1980, podem, sem dúvida, dialogar com uma problemática que Woolf perseguia e que ela própria denominou de "namoro entre as artes".[20] Trata-se de algo que ela vivenciava não apenas nas discussões com os membros do Grupo de Bloomsbury, de que faziam parte artistas plásticos como Roger Fry e Clive Bell, mas também através da convivência com sua irmã, Vanessa.

Em um primeiro momento, podemos até pensar que se trata de mais um elemento biográfico do livro, como se a personagem Lily fosse um tributo à própria irmã Vanessa. No entanto, embora possamos acolher tal ideia, é importante ressaltar que "Woolf viveu em um período estético volátil, e o esmaecimento de fronteiras entre os gêneros e as mídias em sua obra era característico do modernismo em geral".[21] Com efeito, fazia parte das inquietações de Woolf e do seu projeto literário o esgarçamento de fronteiras: escrever prosa como se fora poesia, dotar a literatura de expressividade visual, aproximar a literatura da pintura e impregnar seus escritos de estratégias advindas do teatro, como acontece em *Entre os atos*. Além do diálogo entre as artes presente nos textos ficcionais, Woolf também escreveu ensaios —"Pictures", "The cinema", "Walter Sickert" e "Three pictures"— que oferecem insights significativos sobre a natureza específica das artes verbal e visual e sobre como elas podem, de modo substancial, interagir e influenciar uma à outra.

Em *Passeio ao farol*, a presença da pintora e do processo de pintura serve a múltiplos propósitos: inicialmente, não passa despercebido ao leitor todo um léxico específico

PREFÁCIO 21

do campo da pintura, que vai desde o material concreto —
como tela, pincéis, tinta e cavalete — a termos relacionados
ao processo de pintar — como linhas, cores, sombra, pinceladas, forma, unidade, espaço, harmonia. Tal abertura
para outro universo artístico constitui um convite ao leitor
para refletir sobre outros códigos, outras linguagens, outras aprendizagens, que não apenas aquela da literatura. A
tentativa de pintura do quadro — que tem como motivo as
figuras da mãe e do filho — também dá origem a reflexões
sobre a arte, a relação entre arte e (não) permanência e a
suposta incapacidade das mulheres (repetida ao longo do
livro por Charles Tansley) para escrever e pintar.

Em vários momentos, Lily se pergunta o que acontecerá
com seu quadro e conjetura que ele nunca será visto e apre-
ciado, nunca será pendurado em algum espaço adequado,
estando fadado a ficar esquecido em algum sótão. Trata-se
de suposições que encontram paralelismo em outro debate
muito presente no livro, sobretudo por conta da presença do
conhecimento filosófico, encarnado na figura paterna: "Ah,
mas quanto tempo você acha que vai durar?"; "Por quanto
tempo ele seria lido?"; "Quem saberia dizer o que havia de
durar — na literatura, como em tudo o mais?" (p. 142).

Das questões relacionadas ao entorno da pintura, con-
sideremos o quadro em si. Dissemos anteriormente que o
motivo do quadro é a mãe e o filho, "objetos de veneração
universal" (p. 84), mas, sendo uma pintora pós-impressio-
nista, Lily logo adverte:

> Mas não era um retrato dos dois, ela disse. Ou, pelo
> menos, não no sentido que ele tinha em mente. Havia
> outros sentidos, também, em que se podia manifes-
> tar reverência por eles. Uma sombra aqui e uma luz
> ali, por exemplo. Era essa a forma assumida por sua
> homenagem, se, como ela imaginava vagamente, um
> quadro tem que ser uma homenagem. (p. 84)

O fato é que o quadro só se conclui na terceira parte do livro, quando a sra. Ramsay não mais vive, o que nos diz da relevância da memória e do resgate afetivo na conclusão da obra. Segundo Jane Fisher,[22] o romance oferece dois modelos contrastantes para a aquisição do conhecimento: de um lado, uma busca epistemológica linear, que caracteriza o sr. Ramsay, e, de outro, a simultaneidade do insight, reveladora do processo criativo de Lily. Neste sentido, é relevante observar que, mesmo na presença da sra. Ramsay, Lily buscava "o espírito que nela havia, a coisa essencial" (p. 80). Ou como ela revela, em outro momento: "[...] Pois não era conhecimento, e sim unidade que ela desejava, não inscrições em tábuas, porém a intimidade em si, que é conhecimento [...]" (p. 83). Na verdade, o quadro de Lily reverbera a escrita de Virginia Woolf, em sua busca por revelar a vida interior, seu halo luminoso e o espírito pelo qual vivemos.

Vale a pena observar o parágrafo final do livro:

> Depressa, como se tivesse sido lembrada de alguma coisa, Lily voltou à sua tela. Lá estava ela — sua pintura. Sim, com todos os seus verdes e azuis, suas linhas verticais e horizontais, sua tentativa de fazer alguma coisa. Seria pendurada em sótãos, pensou ela; seria destruída. Mas e daí? perguntou-se, retomando o pincel. Olhou para os degraus; estavam vazios; olhou para a tela; estava borrada. Com uma intensidade súbita, como se enxergasse com clareza por um instante, traçou uma linha bem ali, no centro. Estava pronta; estava terminada. Sim, pensou ela, largando o pincel, com um cansaço extremo, eu tive a minha visão. (p. 252)

Como em um processo paralelo de composição artística, creio que podemos perfeitamente substituir, nesse trecho, a imagem da pintora pela imagem da escritora: a tela, neste caso, seria a página; o pincel seria a pena ou a cane-

PREFÁCIO

ta; as linhas seriam palavras, frases e parágrafos; a pintura seria o livro; e a visão seria a junção resultante da concatenação do verbal com o visual. O cansaço advindo do processo criativo pertenceria a ambas as mentes criativas. Sem dúvida, o modo como o livro termina parece cumprir uma função metaestética que faz convergir ou justapor múltiplas questões, desde o triunfo sobre a suposta incapacidade das mulheres para pintar ou escrever ao equilíbrio entre a "intensidade inesperada" (a epifania) e o processo demorado de maturação e conclusão da pintura/narrativa. E eis que, entre a visão da pintora e a da escritora, o leitor também tem sua revelação — talvez não seja uma revelação grandiosa como um farol; talvez seja mesmo uma revelação que se assemelhe a um lampejo, a um desses pequeninos milagres cotidianos, imitando fósforos ou vaga-lumes na escuridão.

Notas

1 John Lehmann, *Virginia Woolf*. Londres: Thames and Hudson, 1987, p. 15.

2 Ver: Mitchell Leaska, *Granite and Rainbow — The Hidden Life of Virginia Woolf*. Londres: Picador, 1998, p. 93.

3 Maggie Humm, *Feminist Criticism: Women as Contemporary Critics*. Grã-Bretanha: Harvest, 1986, p. 123.

4 Virginia Woolf, "Women and Fiction". In: Barrett, Michèle (Org.). *Women and Writing*. Londres: The Women's Press, 1979, p. 48.

5 Virginia Woolf, *A Writer's Diary* (org. de Leonard Woolf). Londres: Grafton, 1985, p. 65.

6 M. H. Abrams. et al., "Modern Fiction". In: *The Norton Anthology of English Literature*. Londres: Norton, 1986, p. 36.

7 Id., p. 1996.

8 Ibid.

9 A obra *Mimesis*, de que consta o capítulo "A meia marrom", foi publicada em 1946.

10   Erich Auerbach, "A meia marrom". In: _____. *Mimesis. A representação da realidade na literatura ocidental*. São Paulo: Perspectiva, 2015, p. 484.

11   De fato, o predomínio dos processos de consciência das personagens sobre as ações objetivas é tamanho, que é como se houvesse um apagamento de uma voz originária, que ordenaria ou selecionaria as percepções e visões. Não à toa, em determinados momentos, seguimos o próprio Auerbach em sua pergunta: "quem é que fala neste parágrafo?". (*Mimesis*. São Paulo: Perspectiva, 2015, p. 479.)

12   Jacques Rancière, *O fio perdido*. Trad. Marcelo Mori, São Paulo: Martins Fontes, 2017, pp. 64-5.

13   Virginia Woolf, *A Writer's Diary* (org. de Leonard Woolf). Londres: Grafton, 1985, p. 81.

14   Ibid., p. 84.

15   Virginia Woolf, *The Letters of Virginia Woolf* (Appendix). v. III. 1923-8 (org. de Nigel Nicolson e Joanne Trautmann). Nova York e Londres: A Harvest/HBJ Book, 1977, p. 572.

16   PhyllisRose. *Woman of Letters. A Life of Virginia Woolf*. Londres: Pandora, 1986,p. 158.

17   Ibid.

18   Virginia Woolf, *The Letters of Virginia Woolf* (Appendix), op. cit., pp. 572-3.

19   Virginia Woolf, *A Writer's Diary*, op. cit., p. 84.

20   Obviamente, a fortuna crítica sobre *Passeio ao farol* inclui pesquisas sobre o assunto, mas com outras abordagens. (Ver, p. ex., Gillespie,1997.)

21   Diane F. Gillespie. "The Loves of the Arts". In: _____. *The Multiple Muses of Virginia Woolf*. Columbia e Londres: University of Missouri Press, 1997, p. 3.

22   Jane Fisher, "'Silent as the Grave': Painting, Narrative, and the Reader in *Night and Day* and *To the Lighthouse*". In: Gillespie, Diane F. *The Multiple Muses of Virginia Woolf*. Columbia e Londres: University of Missouri Press, 1997.

PREFÁCIO   25

Referências bibliográficas

Abrams, M. H. *A Glossary of Literary Terms*. Chicago: Holt, Rinehart and Winston, 1988.

Auerbach, Eric. "A meia marrom". In: _____.*Mimesis. A representação da realidade na literatura ocidental*. São Paulo: Perspectiva, 2015. [Autoria de tradução não indicada.]

Fisher, Jane. "'Silent as the Grave': Painting, Narrative, and the Reader in *Night and Day* and *To the Lighthouse*". In: Gillespie, Diane F. *The Multiple Muses of Virginia Woolf*. Columbia e Londres: University of Missouri Press, 1997.

Gillespie, Diane F. Introduction: "The Loves of the Arts". In: _____.*The Multiple Muses of Virginia Woolf*. Columbia e Londres: University of Missouri Press, 1997.

Humm, Maggie. *Feminist Criticism: Women as Contemporary Critics*. Grã-Bretanha: Harvest, 1986.

Leaska, Mitchell. *Granite and Rainbow: The Hidden Life of Virginia Woolf*. Londres: Picador, 1998.

Lehmann, John. *Virginia Woolf*. Londres: Thames and Hudson, 1987.

Rancière, Jacques. *O fio perdido*. Tradução Marcelo Mori. São Paulo: Martins Fontes, 2017.

Rose, Phyllis. *Woman of Letters*. A Life of Virginia Woolf. Londres: Pandora, 1986.

Woolf, Virginia. *To the Lighthouse*. Londres: Grafton, 1986a.

_____. Women and Fiction. In: Barrett, Michèle (Org.).*Women and Writing*. Londres: The Women's Press, 1979.

_____. *A Writer's Diary*. (org. de Leonard Woolf). Londres: Grafton, 1985.

_____. "Mr. Bennett and Mrs. Brown". In: _____.*The Captain's Death Bed and Other Essays*. Nova York e Londres: A Harvest/HBJ Book, 1978.

_____. "Modern Fiction". In: Abrams, M. H. et al. (Orgs). *The Norton Anthology of English Literature*. Londres: Norton, 1986b.

_____. *The Letters of Virginia Woolf*. v. III. 1923-1928. (org. de Nigel Nicolson e Joanne Trautmann). Nova York e Londres: A Harvest/HBJ Book, 1977.

Passeio ao farol

I
A janela

I

"Sim, claro, se amanhã fizer tempo bom", disse a sra. Ramsay. "Mas você vai ter que madrugar", acrescentou.

Em seu filho, essas palavras causaram um êxtase extraordinário, como se estivesse decidido que o passeio ia mesmo acontecer, e a maravilha que ele vinha aguardando há anos e anos, era a impressão que tinha, estivesse, depois da escuridão de uma noite e uma viagem de um dia, ao alcance de sua mão. Como ele pertencia, mesmo tendo seis anos de idade, àquele imenso clã que não consegue separar um sentimento do outro, e não consegue impedir que as perspectivas futuras, com suas alegrias e tristezas, turvem o que de fato está ocorrendo, como para pessoas assim, mesmo na mais tenra infância, o mais mínimo giro da roda das sensações tem o poder de cristalizar e transfixar o momento em que se funda sua escuridão ou seu brilho, James Ramsay, sentado no chão a recortar figuras do catálogo ilustrado das Army and Navy Stores,* atribuiu à imagem de um refrigerador, enquanto sua mãe falava, uma bem-aventurança celestial. Em torno dela vinha uma franja de júbilo. O carrinho de mão, o cortador de grama, o som dos álamos, folhas embranquecendo antes da

---

* Uma grande loja de departamentos londrina. (N. T.)

chuva, gralhas crocitando, vassouras batendo na parede, vestidos farfalhando — todas essas coisas em sua mente ganhavam tal cor e tal nitidez que ele já criara um código só seu, uma linguagem secreta, embora ele desse a impressão da mais intransigente severidade, a testa larga e os olhos azuis ferozes, impecavelmente inocentes e puros, fitando um pouco carrancudos os sinais das fraquezas humanas, de modo que sua mãe, vendo-o recortar com muito esmero o refrigerador, imaginou-o de vermelho e arminho branco na cadeira do tribunal, ou administrando um empreendimento delicado e importante em alguma crise governamental.

"Mas", disse o pai, parando diante da janela da sala, "não vai fazer tempo bom."

Tivesse ele à mão um machado, um atiçador de ferro ou qualquer arma que pudesse abrir um rombo no peito do pai e matá-lo, na mesma hora James o teria feito. Tais eram as emoções extremas que o sr. Ramsay despertava no peito dos filhos com sua mera presença; parado à janela, magro como uma faca, estreito como um gume, sorrindo com sarcasmo, não apenas pelo prazer de desiludir o filho e ridicularizar a esposa, que era dez mil vezes melhor que ele sob todos os aspectos (pensava James), mas também com a empáfia secreta inspirada pela convicção no acerto de seus julgamentos. O que ele dizia era verdade. Era sempre verdade. Ele era incapaz de uma inverdade; jamais adulterava os fatos; jamais atenuava uma palavra desagradável pensando no prazer ou na conveniência de qualquer mortal, principalmente de seus próprios filhos, os quais, carne de sua carne, deveriam aprender bem cedo que a vida é dura; que os fatos são intransigentes; e que a trajetória rumo àquele país de sonho em que nossas mais caras esperanças se extinguem, nossos frágeis barcos soçobram na treva (neste ponto o sr. Ramsay aprumava as costas e fixava os olhinhos azuis no horizonte), é uma viagem que requer, acima de tudo, coragem, verdade e força para resistir.

"Mas pode fazer tempo bom — eu acho que vai, sim", disse a sra. Ramsay, dando uma pequena torcedura na meia grená que estava tricotando, impaciente. Se a terminasse naquela noite, e se acabassem indo mesmo ao Farol, as meias seriam dadas ao faroleiro, para o filhinho dele, que sofria de tuberculose no quadril; juntamente com uma pilha de revistas velhas, e um pouco de fumo, qualquer coisa que ela encontrasse espalhada pela casa, que ninguém na verdade queria, que apenas aumentava a desarrumação da sala, para dar àqueles pobres coitados que certamente morriam de tédio, o dia inteiro sentados sem ter nada a fazer senão polir a lanterna, atiçar o fogo e cuidar do jardinzinho, alguma coisa com que pudessem distrair-se. Pois quem gostaria de ficar fechado um mês inteiro, até mais em caso de tempestade, encarapitado numa rocha do tamanho de uma quadra de tênis?, ela perguntava; sem receber cartas nem jornais, sem visitar ninguém; e se for casado, sem poder ver a esposa, sem saber como vão os filhos — se estão doentes, se levaram um tombo e quebraram a perna ou o braço; ver as mesmas ondas monótonas a se quebrar semana após semana, e depois suportar uma tempestade horrenda, as janelas cobertas de respingos, aves se esborrachando contra a lanterna, toda a estrutura balançando, sem poder pôr o nariz do lado de fora para não ser arrastado para o mar? Quem gostaria de uma coisa dessas?, perguntava ela, dirigindo-se em particular às filhas. Por isso, acrescentava, num tom bem diferente, a gente deve dar a eles todo e qualquer conforto possível.

"Vento oeste", disse Tansley, o ateu, separando bem os dedos ossudos para que o vento passasse por entre eles, pois estava participando da caminhada vespertina do sr. Ramsay, de um lado para o outro, de um lado para o outro do terraço. Em outras palavras, o vento vinha da pior direção possível para quem quisesse atracar no Farol. Sim, ele dizia coisas desagradáveis, a sra. Ramsay reconhecia; era detestável da parte dele insistir no ponto, para aumentar o desapontamento de James; mas ao mesmo tempo ela não permitia que rissem dele. "O ateu", era como o chamavam; "o ateuzinho". Rose debochava dele; Prue debochava dele; Andrew, Jasper, Roger debochavam dele; até mesmo o velho Badger, que já não tinha mais nenhum dente, o havia mordido, por ser (para usar a expressão de Nancy) o centésimo décimo rapaz que vinha persegui-las até ali nas Hébridas, quando era muito melhor não ter visitas.

"Bobagem", retrucava a sra. Ramsay, com muita severidade. Descontando-se o hábito de exagerar, que elas aprenderam com a mãe, e a insinuação (verdadeira) de que ela convidava gente demais, sendo mesmo obrigada a alojar algumas delas na cidade, o fato era que ela não suportava indelicadezas dirigidas a seus convidados, em particular aos moços, pobres como Jó, "excepcionalmente capazes", dizia o marido dela, grandes admiradores dele, que vinham passar uns dias de férias. Na verdade, ela estendia sua proteção a todos os membros do sexo oposto, por motivos que não seria capaz de explicar, por serem eles cavalheiros e valentes, por negociarem tratados, governarem a Índia, controlarem as finanças; finalmente, porque eles a tratavam com uma atitude que qualquer mulher julgaria agradável, um sentimento de confiança, infantil, cheio de reverência; uma atitude que uma mulher mais velha podia aceitar da parte de um rapaz sem perder a dignidade, e ai da moça — que os céus não permitissem que fosse uma de suas filhas! — que não desse valor a tal atitude, e tudo o que ela implicava, no mais íntimo de seu ser.

Severa, virou-se para Nancy. Ele não as havia perseguido, argumentou. Tinha sido convidado.

Elas teriam que achar uma maneira de lidar com aquilo. Talvez houvesse um modo mais simples, menos trabalhoso, pensou a sra. Ramsay, com um suspiro. Quando se olhava no espelho e contemplava o cabelo grisalho, as faces cavadas, aos cinquenta anos de idade, pensava que poderia talvez ter administrado melhor as coisas — o marido; o dinheiro; os livros dele. Da sua parte, porém, jamais, por um momento que fosse, lamentaria sua decisão, se esquivaria das dificuldades nem deixaria de cumprir suas obrigações. Sua presença era imponente, e era apenas em silêncio, levantando a vista do prato, tendo ela dito palavras tão severas a respeito de Charles Tansley, que as filhas — Prue, Nancy, Rose — se permitiam cogitar ideias heréticas que vinham nutrindo a respeito de levar uma vida diferente da dela; em Paris, talvez; uma vida mais desregrada; sem ficar o tempo todo cuidando deste ou daquele homem; pois todas elas, secretamente, questionavam a deferência e o cavalheirismo, o Banco da Inglaterra e o império da Índia, os dedos com alianças e as rendas, muito embora para todas elas essas coisas contivessem algo da essência da beleza, que evocava a virilidade em seus corações de meninas, inspirando nelas, sentadas em torno da mesa sob o olhar da mãe, um respeito pela estranha severidade dela, seus extremos de cortesia, como uma rainha que tira da lama o pé imundo de um mendigo e o lava, quando ela as admoestava com tanta severidade por conta daquele mísero ateu que as havia perseguido até — ou, mais exatamente, que havia sido convidado a ficar com elas na — ilha de Skye.

"Amanhã não vai ser possível atracar no Farol", disse Charles Tansley, juntando as mãos diante da janela ao lado do marido dela. Sem dúvida, ele já havia falado bastante. Seria melhor se os dois parassem de importunar a ela e James e continuassem a conversar. A sra. Ramsay olhou para ele. Era um espécime lamentável, diziam as crianças, todo bossas e mossas. Não sabia jogar críquete; era metido; era esquivo. Era de um sarcasmo brutal, dizia Andrew. As crianças sabiam do que ele mais gostava — ficar o tempo todo andando de um lado para o outro, de um lado para o outro, com o sr. Ramsay, dizendo quem havia ganhado isto, quem havia ganhado aquilo, quem era "de primeira" em poesia latina, quem era "brilhante, mas sem muita firmeza", quem era sem dúvida alguma "o aluno mais capaz de Balliol",* quem estava por uns tempos vivendo em obscuridade em Bristol ou Bedford, mas que certamente ainda haveria de ser falado quando seus Prolegômenos — o sr. Tansley tinha consigo as provas das primeiras páginas, se o sr. Ramsay quisesse vê-las — de algum ramo da matemática ou da filosofia fossem publicados. Era sobre isso que eles conversavam.

Às vezes nem mesmo a sra. Ramsay conseguia conter o riso. No outro dia ela havia feito um comentário sobre "ondas do tamanho de montanhas". É, replicou o sr. Tansley, o mar estava mesmo um pouco agitado. "O senhor não está completamente encharcado?", perguntou ela. "Úmido, mas não encharcado", respondeu ele, beliscando a manga, apalpando as meias.

Mas não era isso o que as incomodava, diziam as crianças. Não era o rosto dele; não eram os seus modos. Era ele — seu ponto de vista. Quando elas falavam sobre alguma coisa interessante, gente, música, história, qualquer coisa, mesmo quando diziam a tarde está tão bonita, vamos ficar lá fora, então a queixa que faziam de Charles Tansley era que enquanto não conseguisse virar toda a situação de modo a se enaltecer e as depreciar, as deixar incomodadas com seu jeito de arrancar a carne e o sangue de tudo, ele não ficava satisfeito. E quando ia a uma galeria de arte, diziam elas, e perguntava: gostou da minha gravata? Meu Deus, dizia Rose, a gente não gostava, não.

Desaparecendo da mesa do jantar, furtivos como cervos, tão logo terminava a refeição, os oito filhos e filhas do sr. e da sra. Ramsay buscavam seus quartos, refúgios numa casa onde não havia outro lugar em que se tives-

---

* Uma das subdivisões da Universidade de Oxford. (N. T.)

se privacidade, para discutirem sobre qualquer coisa, sobre tudo; a gravata de Tansley; a aprovação da Lei da Reforma;* aves marinhas e borboletas; pessoas; enquanto o sol se derramava dentro daqueles sótãos separados um do outro apenas por tábuas, de modo que se podia ouvir perfeitamente cada passo e a moça suíça chorando por causa do pai que estava morrendo de câncer num vale dos Grisões, e iluminava bastões de críquete, calças de flanela, chapéus de palha, tinteiros, latas de tinta, besouros e crânios de passarinhos, arrancando das longas faixas de algas pregadas nas paredes um cheiro de sal e alga, que também impregnava as toalhas, cheias de areia da praia.

Brigas, desavenças, divergências de opiniões, preconceitos arraigados no âmago do ser, que pena eles começarem tão cedo, lamentava-se a sra. Ramsay. Eles eram tão críticos, os seus filhos. Diziam cada bobagem. Ela saiu da sala de jantar levando James pela mão, já que ele se recusara a ir com os outros. Aquilo lhe parecia uma grande bobagem — inventar diferenças, quando as pessoas, Deus sabe, já tinham tantas diferenças sem essas invencionices. As diferenças verdadeiras, pensou ela, parada junto à janela da sala de visitas, já são suficientes, mais do que suficientes. No momento estava pensando em ricos e pobres, os grandes e os humildes; os que nasciam em berço esplêndido recebiam dela, com um pouco de má vontade, um certo grau de respeito, pois ela, afinal, tinha nas veias o sangue daquela nobilíssima, ainda que ligeiramente mítica, estirpe italiana, cujas filhas, espalhadas por salas de visitas inglesas do século XIX, ciciavam de modo tão encantador, faziam cenas tão violentas, e tudo que ela tinha de espirituoso e de porte e de temperamento vinha delas, e não dos preguiçosos ingleses, nem dos frios

---

* Qualquer uma de uma série de leis que gradualmente estenderam o sufrágio no Reino Unido. (N. T.)

escoceses; porém num nível mais profundo ela ruminava o outro problema, o de ricos e pobres, e as coisas que ela via com seus próprios olhos, toda semana, todos os dias, ali ou em Londres, quando visitava esta viúva, ou aquela dona de casa sofrida, em pessoa, com uma sacola pendurada no braço, e um caderno e um lápis para anotar em colunas, com retas cuidadosamente traçadas a régua, salários e gastos, emprego e desemprego, na esperança de que desse modo deixasse de ser apenas uma mulher comum cujos atos de caridade serviam só para atenuar sua indignação e aliviar sua curiosidade, e se tornasse aquilo que ela, não tendo formação intelectual, tanto admirava, uma investigadora, a elucidar o problema social.

Questões insolúveis, era o que ela pensava, parada à janela, segurando James pela mão. Ele a seguira até a sala, aquele jovem do qual as crianças riam; estava parado ao lado da mesa, a mexer em alguma coisa, desajeitadamente, sentindo-se excluído, como ela bem sabia sem sequer olhar para trás. Todos haviam ido embora — as crianças; Minta Doyle e Paul Rayley, Augustus Carmichael; seu marido — todos haviam ido embora. Assim, ela virou-se com um suspiro e disse: "Seria muito aborrecido para o senhor me acompanhar, sr. Tansley?".

A sra. Ramsay tinha uma tarefa desinteressante a cumprir na cidade; precisava escrever uma ou duas cartas; isso levaria dez minutos, talvez; ela ia pegar o chapéu. E, munida de cesta e sombrinha, já estava de volta dez minutos depois, dando a impressão de estar pronta, de estar equipada para um passeio, o qual, no entanto, ela teve de interromper por um momento, quando passaram pela quadra de tênis, para perguntar ao sr. Carmichael, que estava pegando sol, os olhos de gato, amarelados, semicerrados, de modo que, tal como olhos de gato, pareciam refletir os galhos que se balouçavam ou as nuvens que passavam, porém sem dar a menor pista de quaisquer emoções ou pensamentos interiores, se ele queria alguma coisa.

PASSEIO AO FAROL 39

Pois eles iam fazer a grande expedição, acrescentou a sra. Ramsay, rindo. Iam à cidade. "Selos, papel para escrever, fumo?", sugeriu, parando ao lado do sr. Carmichael. Mas não, ele não queria nada. As mãos se entrelaçaram sobre o ventre avantajado, os olhos piscaram, como se ele desejasse dar uma resposta simpática a essas lisonjas (ela estava sedutora, mas um pouco nervosa), porém não conseguisse fazê-lo, mergulhado como estava numa sonolência verde-cinza que abrangia todos eles, sem necessidade de palavras, numa imensa e benévola letargia de benquerença; toda a casa; todo o mundo; todas as pessoas que nele havia, pois o sr. Carmichael, no almoço, tinha pingado em seu copo umas gotas de alguma coisa responsável, pensavam as crianças, pelo risco de um amarelo-canário vivo no bigode e na barba que, fora isso, eram alvos como a neve. Ele não queria nada, murmurou.

Ele devia ter se tornado um grande filósofo, comentou a sra. Ramsay, enquanto desciam a estrada rumo à aldeia de pescadores, mas fez um mau casamento. Mantendo a sombrinha bem ereta, e caminhando com um indescritível ar de expectativa, como se estivesse prestes a encontrar-se com alguém ao virar a próxima esquina, contou a história; um caso amoroso em Oxford com uma garota qualquer; um casamento prematuro; a pobreza; a ida à Índia; traduções de alguns poemas, "muito belas, creio eu", a disposição para ensinar aos meninos persa ou indiano, mas realmente, para que servia isso? — e depois estendendo-se, tal como o tinham visto, no gramado.

Ele sentia-se lisonjeado; depois das afrontas que sofrera, esta confidência da sra. Ramsay o apaziguava. Charles Tansley reanimou-se. Ao insinuar a grandeza do intelecto do homem, mesmo estando ele em decadência, a sujeição de todas as esposas — não que ela culpasse a moça, e o casamento fora até razoavelmente feliz, ela acreditava — aos trabalhos do marido, ela o fez sentir-se mais contente consigo próprio do que ele se sentira até agora, e teria sido de seu agrado se tivessem tomado um carro de aluguel, por exemplo, para que ele pagasse a viagem. Quanto àquela bolsinha, não poderia ele carregá-la? Não, não, foi a resposta, era sempre ela quem a carregava. E era verdade. Era, sim, isso ele sentia nela. Sentia muitas coisas, algo em particular que o entusiasmava e o perturbava por motivos que ele não saberia dizer. Gostaria que ela o visse, com o traje cerimonial, caminhando em fila. Tornar-se professor ou catedrático — sentia-se capaz de tudo, e via-se a si próprio — mas ela estava olhando para o quê? Para um homem que colava numa parede um cartaz. A grande folha agitada pelo vento aplanava-se, e a cada golpe do pincel revelava mais patas, aros, cavalos, vermelhos e azuis vivos, perfeitamente lisa, até que metade da parede estava coberta com o anúncio de um circo; cem cavaleiros, vinte focas amestradas, leões, tigres... Inclinando-se para a frente, por causa da miopia, ela leu que o circo "vai visitar esta cidade". Era um trabalho muitíssimo perigoso para um homem de um braço só, exclamou a sra. Ramsay, encarapitado no alto de uma escada como aquela — o braço esquerdo fora amputado numa segadora havia dois anos.

"Vamos todos lá!", exclamou, seguindo em frente, como se todos aqueles cavaleiros e cavalos lhe tivessem inspirado uma empolgação infantil e a fizessem esquecer o sentimento de pena.

"Vamos lá", disse ele, repetindo suas palavras, destacando-as, porém, com uma ênfase que a fez recuar. "Vamos ao circo." Não. Ele não conseguia dizer aquilo direito. Não conseguia sentir aquilo direito. Mas por que não? ela se perguntava. Qual o problema dele? Tansley a agradava muito, naquele momento. Eles não teriam sido levados, ela perguntou, ao circo quando eram crianças? Nunca, foi a resposta, como se fosse aquela a exata pergunta que ele queria responder; que há vários dias ansiava por responder, dizer que eles não frequentavam circos. Era uma família grande, nove irmãos e irmãs, e o pai era trabalhador.

"Meu pai é farmacêutico, sra. Ramsay. Ele cuida de uma farmácia." O próprio Charles se sustentava desde os treze anos de idade. Passou muitos invernos sem casaco adequado. Nunca podia "retribuir a hospitalidade" (foram essas as palavras secas e rígidas que utilizou) dos colegas na faculdade. Era obrigado a fazer com que as coisas durassem o dobro do tempo que duravam para as outras pessoas; fumava o tabaco mais barato, o mesmo que os velhos fumavam no cais do porto. Trabalhava com afinco — sete horas por dia; seu tema agora era a influência de algo sobre alguma pessoa — seguiam caminhando, e a sra. Ramsay não captava direito o sentido, apenas as palavras, aqui e ali... tese... agregado... cátedra. Ela não compreendia aquele feio jargão acadêmico, que ele exibia com tanta desenvoltura, mas disse a si própria que agora entendia por que a ideia de ir ao circo o desconcertara tanto, coitadinho, e por que viera de repente com toda aquela história de pai e mãe e irmãos, e de agora em diante ela não deixaria mais que rissem dele; falaria com Prue sobre isso. O que ele gostaria de dizer, imaginava a sra. Ramsay, era que havia ido ver Ibsen com os Ramsay. Ele era terrivelmente pedante — ah, era, sim, e uma pessoa muitíssimo maçante. Pois, embora já tivessem chegado à cidade e caminhassem na rua principal, onde carroças passavam a sacolejar sobre as pedras do calçamento, mesmo assim ele continuava falando sobre cargos, e o ensino, e os trabalhadores, e sobre ajudar a sua própria classe, e sobre aulas, até levá-la a concluir que ele havia recuperado por completo a autoconfiança, havia se recuperado do circo, estava prestes (e agora de novo ele a agradava muito) a dizer-lhe — mas neste ponto as casas chegaram ao fim dos dois lados, estavam no cais, e toda a baía se estendia à sua frente, e a sra. Ramsay não conseguiu conter a exclamação: "Ah, que beleza!". Pois aquele grande prato de água azul se estendia diante dela; o Farol encanecido, distante, austero, no meio; e à direita, até onde alcançava a vista, se desmanchando, em dobras baixas e macias, as grandes dunas de areia cobertas de mato solto, que sempre davam a impressão de estarem fugindo para alguma terra lunar, vazia de homens.

Aquela era a vista, disse a sra. Ramsay, parando, os olhos cada vez mais cinzentos, que seu marido amava.

Fez uma breve pausa. Mas agora, prosseguiu, os artistas vinham aqui. De fato, a poucos passos estava um deles, de panamá e botas amarelas, sério, brando, absorto, embora sendo observado por dez meninos, com um ar de contentamento profundo no rosto vermelho e redondo, a contemplar, e então, tendo contemplado, mergulhando, encharcando a ponta do pincel num montinho macio de verde ou rosa. Desde que o sr. Paunceforte estivera ali, havia três anos, todas as pinturas eram assim, ela observou, verde e cinza, com barquinhos cor de limão, e mulheres na praia.

Mas as amigas de sua avó, disse ela, com um olhar discreto quando passaram pelo homem, eram muito cuidadosas; primeiro misturavam as cores que iam usar, e as reduziam a pó, e depois colocavam panos molhados em cima para que ficassem úmidas.

Então o sr. Tansley imaginava que ela esperava que ele percebesse a falta de substância do quadro daquele homem, era isso? A falta de solidez das cores? Era isso que devia ser dito? Sob a influência da extraordinária emoção que vinha crescendo durante toda a caminhada, que havia começado no jardim quando ele se ofereceu para carregar a bolsa, aumentara na cidade quando ele quis contar a ela tudo a respeito de sua vida, ele começava a ver a si próprio e tudo que ele sabia ficar um pouco torto. Era muitíssimo estranho.

Ele estava parado na sala da casinha apertada à qual a sra. Ramsay o havia levado, a esperá-la, enquanto ela subia para falar rapidamente com uma mulher. Tansley ouvia seu passo lépido no piso superior; ouvia sua voz alegre, depois mais baixa; contemplava os caminhos de mesa, as latas de chá, as redomas de vidro; esperava com muita impaciência; aguardava ansioso a caminhada de volta para casa, decidido a carregar a bolsa dela; então ouviu-a sair; fechar uma porta; dizer que era necessário manter as janelas abertas e as portas fechadas, perguntar se queriam alguma coisa (certamente estava falando com uma criança), quando então, de repente, ela surgiu, ficou parada em silêncio por um momento (como se estivesse fingindo lá em cima, e agora por um momento se permitisse ser quem era), ficou perfeitamente imóvel por um momento à frente de um quadro da rainha Vitória com a fita azul da Ordem da Jarreteira; e de repente ele se deu conta de que era isto: era isto: — ela era a pessoa mais bela que ele jamais vira.

Com estrelas nos olhos e véus no cabelo, com cíclames e violetas silvestres — mas que bobagem ele estava pensando? Ela teria cinquenta anos, no mínimo; tinha oito filhos. Atravessando campos floridos e levando ao peito botões de flores partidos e cordeiros caídos; com estrelas nos olhos e o vento no cabelo. — Ele pegou-lhe a bolsa.

"Até logo, Elsie", disse a sra. Ramsay, e foram caminhando pela rua, ela mantendo a sombrinha ereta e caminhando como se esperasse encontrar com alguém ao dobrar a esquina, enquanto, pela primeira vez na vida, Charles Tansley sentia um orgulho extraordinário; um homem que cavava numa vala interrompeu o trabalho e olhou para ela; deixou cair o braço e olhou para ela; Charles Tansley sentia um orgulho extraordinário; sentia o vento e os cíclames e as violetas, pois estava caminhando com uma mulher linda pela primeira vez na vida. Levava a bolsa dela.

2

"Não vamos ao Farol, James", disse ele, à janela, num tom desajeitado, mas tentando, por deferência à sra. Ramsay, suavizar a voz de modo a pelo menos parecer bem-humorado.

Sujeitinho detestável, pensou a sra. Ramsay, por que ele continua a repetir isso?

3

"Quem sabe amanhã você vai acordar e o sol vai estar brilhando e os passarinhos cantando", disse ela, compassiva, alisando o cabelo do menino, pois o marido, ao afirmar de modo cáustico que o tempo não ia ficar bom, o deixara desanimado, isso ela percebia. Essa ida ao Farol era para ele uma paixão, ela percebia, e, como se já não bastasse seu marido ter dito aquela frase cáustica sobre o mau tempo de amanhã, aquele sujeitinho detestável ainda jogava mais sal na ferida.

"Talvez amanhã faça sol", disse ela, alisando-lhe o cabelo.

Tudo o que lhe restava fazer agora era admirar o refrigerador, e virar as páginas do catálogo na esperança de encontrar algo assim como um ancinho, ou uma cortadora de grama, que com todas aquelas pontas e cabos exigiriam o máximo de habilidade e capricho para recortar. Todos aqueles jovens parodiavam seu marido, pensou; ele dizia que ia chover; eles diziam que haveria um furacão.

Mas neste ponto, ao virar a página, de repente sua busca pela figura de um ancinho ou uma cortadora de grama foi interrompida. Os murmúrios ásperos, entremeados de modo irregular pelo som de tirar o cachimbo da boca e lá recolocá-lo, que até então lhe garantiam, embora ela não conseguisse ouvir o que diziam (estando ela sentada junto à janela), que os homens estavam conversando animadamente; este som, que já se prolongava há meia hora e ocupava seu lugar, de modo tranquilizador, na gama de sons que se impunham a ela, como o ruído dos tacos acertando bolas, o grito súbito e intenso, de vez em quando, de "Ô juiz! Ô juiz!",* das crianças jogando críquete, tinha cessado; também cessara o quebrar monótono das ondas na praia, que a maior parte do tempo era um tam-tam ritmado e tranquilizador no fundo de seus pensamentos, e parecia repetir vez após vez, num consolo, quando ela estava sentada junto das crianças, a letra de alguma antiga canção de ninar, sussurrada pela natureza: "Eu vos protejo — eu vos apoio", mas em outros momentos, de modo repentino e inesperado, principalmente quando seus pensamentos se distanciavam um pouco da tarefa que a absorvia, ganhava um sentido nada benévolo, e era como um rufar de tambores espectral e implacável, marcando o compasso da vida, e a fazia pensar na ilha sendo destruída e engolida pelo mar, e lembrava a ela, que passara o dia numa sucessão de tarefas rápidas, que tudo era tão efêmero quanto um arco-íris — esse som até então obscurecido e escondido por debaixo dos outros sons de repente ribombava em seus ouvidos, fazendo-a levantar a cabeça movida por um impulso de terror.

Os homens haviam parado de conversar; era essa a explicação. Caindo, em apenas um segundo, da tensão que a dominara para o extremo oposto que, como se para compensar o dispêndio excessivo de emoção, era tranquilidade, bom humor, até mesmo um pouco de malícia, concluiu que o pobre Charles Tansley tinha sido abandonado. Isso pouco lhe importava. Se o marido exigia sacrifícios (o que era um fato), de bom grado ela lhe oferecia Charles Tansley, que agira de modo insensível com seu filhinho.

Por mais um momento, a cabeça levantada, ela ficou a escutar, como se aguardasse algum som costumeiro, um som mecânico e regular; e então, tendo ouvido algo rítmico, meio falado, meio cantado, vindo do jardim, enquanto seu marido andava de um lado para o outro do terraço,

---

* Exclamação com que um jogador de críquete pede ao árbitro que elimine um rebatedor da equipe adversária. (N. T.)

alguma coisa entre um grasnido e uma cantoria, sentiu-se tranquilizada outra vez, convencida de que tudo estava bem, e olhando para o livro em seu joelho encontrou a imagem de um canivete com seis lâminas que só poderia ser recortado se James fosse muito cuidadoso.

De repente um grito forte, como de um sonâmbulo que foi semidesperto, algo assim como

Balas e bombas chovendo*

cantado com intensidade máxima em seu ouvido, a fez virar-se, preocupada, para ver se alguém o tinha ouvido. Apenas Lily Briscoe, constatou, felizmente; e isso não importava. Mas ao ver a moça parada na borda do gramado, pintando, lembrou-se: ela devia estar mantendo a cabeça o mais imóvel possível para a pintura de Lily. A pintura de Lily! A sra. Ramsay sorriu. Com seus olhinhos chineses e sua testa franzida, ela jamais se casaria; não se podia levar muito a sério suas pinturas; mas era uma criaturinha independente, e isso fazia com que a sra. Ramsay gostasse dela, e assim, lembrando-se do que prometera, inclinou a cabeça.

4

Na verdade, ele quase derrubou o cavalete, ao aproximar-se dela agitando as mãos, gritando "Bravos seguimos, fortes", mas felizmente desviou-se na última hora e afastou-se, para morrer em glória, imaginava ela, nos morros de Balaclava. Nunca se viu alguém ser ao mesmo tempo tão ridículo e assustador. Mas enquanto ele continuasse assim, agitando as mãos, gritando, ela estava a salvo; ele não haveria de parar

* Citação de "A carga da cavalaria ligeira", poema de Tennyson (1809-92).

e olhar para seu quadro. E isso seria insuportável para Lily Briscoe. Ao mesmo tempo que olhava para a massa, a linha, a cor, a sra. Ramsay sentada junto à janela com James, ela se mantinha atenta ao que a cercava, para que ninguém chegasse perto furtivamente e de súbito ela se desse conta de que alguém estava olhando para seu quadro. Porém agora, com todos os seus sentidos atentos, olhando, forçando a vista, até que a cor do muro e a clematite roxa mais ao longe se gravassem em seus olhos, Lily tinha consciência de que alguém estava saindo da casa, vindo em sua direção; mas de algum modo adivinhou, com base no som dos passos, que era William Bankes, e assim, embora o pincel tremesse em sua mão, deixou a tela onde estava, em vez de, como teria feito se fosse o sr. Tansley, Paul Rayley, Minta Doyle ou praticamente qualquer outra pessoa, colocá-la na grama virada para baixo. William Bankes parou ao seu lado.

Eles estavam alojados na aldeia, e assim, ao entrar, ao sair, ao se despedirem tarde da noite parados sobre os capachos, faziam pequenos comentários sobre a sopa, sobre as crianças, sobre uma ou outra coisa, que os tornavam aliados; assim, quando ele se colocou ao lado dela com seu jeito judicioso (ele tinha idade suficiente para ser seu pai, era botânico, viúvo, cheirava a sabonete, era muito escrupuloso e limpo), Lily Briscoe ficou parada. William Bankes ficou parado. Os sapatos dela eram excelentes, ele observou. Permitiam que os dedos de seus pés se expandissem de modo natural. Estando ambos hospedados na mesma casa, William Bankes também havia percebido como ela era regrada, levantando-se antes do café da manhã para pintar, ao que parecia, sozinha: pobre, aparentemente, e sem a tez nem o encanto da srta. Doyle, sem dúvida, porém dotada de um bom senso que, na sua opinião, a tornava superior àquela outra jovem. Agora, por exemplo, quando Ramsay avançava sobre eles, gritando, gesticulando, a srta. Briscoe, disso não havia dúvida, compreendia.

Um erro, um erro fatal.

O sr. Ramsay olhava-os com fúria. Olhava-os como se não os visse. Isso os deixava vagamente constrangidos. Juntos, tinham visto uma coisa que não era para terem visto. Tinham violado uma privacidade. Assim, pensou Lily, foi provavelmente como uma desculpa para sair dali, para não serem ouvidos, que o sr. Bankes quase na mesma hora comentou que estava um pouco frio e propôs uma caminhada. Sim, ela iria com ele. Mas foi com dificuldade que despregou os olhos de seu quadro.

A clematite era de um tom vivo de violeta; o muro era de um branco intenso. Ela não julgaria honesto alterar o violeta vivo e o branco intenso, pois era assim que ela via aquelas cores, ainda que estivesse na moda, desde a visita do sr. Paunceforte, ver tudo em tons pálidos, elegantes, diáfanos. Depois, por detrás da cor, estava a forma. Ela via tudo claro, com muita certeza, quando olhava: era quando empunhava o pincel que tudo mudava. Era naquele voo momentâneo entre a imagem e a tela que os demônios a atacavam, muitas vezes levando-a quase às lágrimas, fazendo com que a passagem do conceito para a obra se tornasse tão terrível quanto a passagem por um beco escuro para uma criança. Era assim que via a si própria muitas vezes — lutando num combate muitíssimo desigual, tentando manter a coragem; para dizer: "Mas isto é o que eu vejo; isto é o que eu vejo", e desse modo apertar contra o peito um mísero vestígio de sua visão, que mil forças faziam o possível para lhe arrancar. E era também nesses instantes, como se no frio e no vento, em que ela começava a pintar, que outras coisas se impunham a ela, sua incompetência, sua insignificância, a obrigação de cuidar da casa para o pai perto da Brompton Road, e era necessário esforçar-se para conter o impulso de se jogar (graças a Deus, até aquele momento ela havia resistido) aos pés da sra. Ramsay e lhe dizer... mas o que se podia dizer a ela? "Eu amo a senhora?" Não, isso não era verdade. "Eu amo tudo isso", indicando com a mão a sebe, a casa, as crianças? Era um absurdo, era impossível. Não se podia dizer o que se queria dizer. Assim, guardou os pincéis com cuidado no estojo, lado a lado, e disse a William Bankes:

"De repente esfria. O sol parece emitir menos calor", disse, olhando a sua volta, pois ainda havia bastante luz, a grama ainda era de um tom suave e profundo de verde, a casa pontuada em meio ao verde por flores roxas de maracujá, e gralhas dando gritos frios do alto do azul. Porém alguma coisa se mexia, reluzia, brandia uma asa prateada no ar. Era setembro, afinal, meados de setembro, e já passava das seis da tarde. Assim, saíram caminhando pelo jardim na direção costumeira, passando pela quadra de tênis, pelo capim-dos-pampas, chegando à brecha na sebe espessa, guardada por flores de tritomas que ardiam como brasas vivas, entre as quais as águas azuis da baía pareciam mais azuis do que nunca.

Iam ali todas as tardes, atraídos por alguma necessidade. Era como se a água fosse se afastando e despertando pensamentos navegantes que haviam estagnado em terra firme, e proporcionasse a seus corpos até mesmo uma espécie de alívio físico. Num primeiro momento, o pulsar da cor inundava de azul a baía, e o coração se expandia com ela, e o corpo nadava, mas logo no instante seguinte era detido e resfriado pelo negrume espinhoso das ondas agitadas. Então, atrás de cada grande rocha negra, quase todas as tardes brotava a intervalos irregulares, de modo que era necessário ficar atento e era delicioso quando surgia, uma fonte de água branca; e em seguida, enquanto se esperava por ela, ficava-se a ver, na alva praia semicircular, onda após onda largando vez após vez uma camada lisa de madrepérola.

Os dois sorriam, parados ali. Sentiam uma hilaridade compartilhada, provocada pelas ondas incessantes; e depois pela corrida súbita de um barco a vela, o qual, tendo fatiado uma curva na baía, parou; estremeceu; baixou a vela; e então, movidos por um instinto natural de completar a imagem, depois desse movimento súbito, os dois olharam para as dunas distantes, e em vez de alegria sentiram-se dominados por um pouco de tristeza — porque a coisa estava completa, em parte, e em parte porque as vistas distantes pareciam sobreviver por um milhão de anos (pensou Lily) àquele que as observava, e já estar em comunhão com um céu a contemplar uma terra inteiramente imóvel.

Olhando para as dunas distantes, William Bankes pensou em Ramsay: pensou numa estrada em Westmorland, pensou em Ramsay caminhando sozinho por uma estrada circundado por aquela solidão que parecia ser seu ar natural. Mas de repente isso foi interrompido, William Bankes lembrava-se (e isso certamente estava ligado a algum incidente real), por uma galinha, esticando as asas para proteger uma ninhada de pintinhos, e ao ver a cena Ramsay, parando, apontou com a bengala e disse "Bonito — bonito", um estranho vislumbre do interior de seu coração, pensara Bankes, que mostrava sua simplicidade, sua empatia com as coisas humildes; porém tinha a impressão de que sua amizade havia terminado, ali, naquele trecho de estrada. Depois disso Ramsay havia se casado. Depois disso, com uma sucessão de coisas, perdeu-se o cerne da sua amizade. De quem fora a culpa, ele não sabia, só sabia que passado algum tempo a repetição havia substituído a novidade. Era para repetir que eles se encontravam. Mas naquele colóquio mudo com as dunas, ele sustentava que seu afeto por Ramsay não havia diminuído de modo algum; mas ali, como o cadáver de um jovem conservado na turfa por um século, o frescor do vermelho ainda nos lábios, estava a sua amizade, com o que tinha de intenso e real estendido ao longo da baía em meio às dunas.

Angustiava-o essa amizade e talvez também a acusação que fazia a si próprio, de ter se tornado ressequido e encolhido — pois Ramsay vivia num caos de crianças, enquanto Bankes não tinha filhos e era viúvo — angustiava-se com a possibilidade de que Lily Briscoe depreciasse Ramsay (um grande homem lá a sua maneira), e ao mesmo tempo queria que ela compreendesse em que pé estavam as relações entre eles dois. Iniciada tantos anos atrás, sua amizade havia morrido à míngua numa estrada em Westmorland, onde a galinha abrira as asas diante de seus pintos; depois disso Ramsay se casara, e tendo seus caminhos seguido em direções diferentes, surgira, certamente não por culpa de ninguém, uma tendência, quando eles se encontravam, a repetir.

Sim. Era isso. Ele terminou. Desviou o olhar da paisagem. E, virando-se para voltar pelo outro caminho, subindo a vereda, o sr. Bankes estava atento a coisas que não teriam chamado sua atenção se aquelas dunas não lhe houvessem revelado o cadáver de sua amizade, preservado, lábios ainda vermelhos, na turfa — por exemplo, Cam, a menininha, a filha mais nova de Ramsay. Ela estava catando escudinhas no talude. Era selvagem e feroz. Recusou-se a "dar uma florzinha para o senhor", como a instruía a ama. Não! não! não! não ia dar, não! Cerrou o punho. Bateu com o pé no chão. E o sr. Bankes sentiu-se velho, triste, e teve a impressão de que ela de algum modo o culpava pelo que acontecera com a sua amizade. Ele devia mesmo estar ressequido e encolhido.

Os Ramsay não eram ricos, e era surpreendente que eles conseguissem dar conta de tudo. Oito filhos! Alimentar oito filhos com filosofia! Lá estava mais um deles, Jasper desta vez, que passava por eles, indo dar uns tiros numa ave, comentou, displicente, balançando a mão de Lily como se fosse a alavanca de uma bomba hidráulica ao passar por ela, o que levou o sr. Bankes a comentar, ressentido, o quanto gostavam *dela*. Havia que cuidar da educação dos filhos (por outro lado, talvez a sra. Ramsay também tivesse alguma coisa), para não falar no desgaste cotidiano dos sapatos e das meias que aqueles "rapagões", todos já crescidos, angulosos, implacáveis, certamente exigiam. Quanto a saber direito quem era quem, e em que ordem eles vinham, isso era demais para ele. O sr. Bankes lhes dava apelidos, mentalmente, tirados dos reis e rainhas da Inglaterra: Cam, a Má; James, o Implacável; Andrew, o Justo; Prue, a Bela — pois Prue teria beleza, pensou; não era inevitável? —; e Andrew, inteligência. Enquanto subia a vereda e Lily Briscoe dizia sim e não e concordava com seus comentários (pois estava apaixonada por todos, apaixonada por este mundo), ele ponderava a situação de Ramsay, compadecia-se dele, invejava-o, como se o tivesse visto despojar-se de todas aquelas glórias do isolamento e da austeridade que o coroavam na juventude para onerar-se em caráter definitivo com asas pressurosas e cacarejos domésticos. Essas coisas lhe davam algo — William Bankes admitia; teria sido agradável se Cam tivesse enfiado uma flor em seu paletó ou subido no seu ombro, como fazia com o pai, para ver uma imagem do Vesúvio em erupção; porém elas também, como seus velhos amigos não podiam deixar de reconhecer, haviam destruído algo. O que um desconhecido pensaria agora? O que pensaria essa Lily Briscoe? Como não observar que ele adquirira certos hábitos? Excentricidades, fraquezas, talvez? Era surpreendente que um homem com tais dons intelectuais fosse capaz de se rebaixar tanto — mas essa expressão era forte demais —, de depender tanto, quanto ele dependia, dos elogios de terceiros.

"Ah, mas", exclamou Lily, "pense na obra dele!"

Sempre que "pensava na obra dele", Lily via nítida à sua frente uma mesa de cozinha grande. Isso era por culpa de Andrew. Ela lhe perguntou de que tratavam os livros de seu pai. "O sujeito, o objeto e a natureza da realidade", foi a resposta. E quando ela exclamou, Céus!, não fazia ideia do

PASSEIO AO FAROL   53

que ele queria dizer, "Então pense numa mesa de cozinha",
disse Andrew, "quando a senhora não está lá".

Assim, toda vez que pensava na obra do sr. Ramsay,
Lily via uma mesa de cozinha bem esfregada. Naquele momento, a mesa estava instalada na forquilha de uma pereira, pois haviam chegado ao pomar. E, com um penoso
esforço de concentração, ela focalizou a mente não na árvore, na casca prateada do tronco, nem nas folhas em forma de peixe, e sim numa mesa de cozinha espectral, uma
daquelas mesas muito bem esfregadas, a madeira cheia de
veios e nós, cuja virtude parecia ter se tornado visível depois de anos de integridade muscular, enfiada entre os galhos, os quatro pés soltos no ar. Sem dúvida, uma pessoa
que passasse o dia vendo essências angulares como aquela,
reduzindo uma linda tarde, com todas as suas nuvens em
tons de flamingo, azul e prata, a uma mesa branca de pi-
nho com quatro pés (e fazer isso era uma das característi-
cas das mentes mais refinadas), sem dúvida essa pessoa não
podia ser julgada como se fosse qualquer um.

O sr. Bankes gostou de ouvi-la pedir-lhe para "pensar
na obra dele". Já dissera um número incontável de vezes
que "Ramsay é um desses homens que produzem o melhor da sua obra antes dos quarenta". Ele dera uma con-
tribuição definitiva à filosofia num livrinho que publicou
quando tinha apenas vinte e cinco anos; tudo que veio
depois era mais ou menos uma extensão daquilo, uma
repetição. Porém o número de homens que dão uma con-
tribuição definitiva ao que quer que seja é muito pequeno,
disse ele, parando ao lado da pereira, muito bem esco-
vado, escrupulosamente exato, perfeitamente judicioso.
De súbito, como se um movimento de sua mão a tivesse
acionado, a massa de impressões dele que havia se acumulado em Lily atingiu o ponto crítico, e numa tremenda ava-
lanche despejou tudo aquilo que ela sentia a seu respeito.
Isso era uma sensação. Em seguida subiu, como uma fumaça, a essência do ser dele. Isso era uma outra sensação.

Lily sentiu-se transfixada pela intensidade de suas percepções; era a severidade dele; a bondade dele. Eu o respeito (disse-lhe em silêncio) em todos os seus átomos; o senhor não tem vaidade; é inteiramente impessoal; é mais nobre do que o sr. Ramsay; é o ser humano mais nobre que eu conheço; o senhor não tem esposa nem filho (sem nenhum sentimento sexual, ela ansiava por abraçar aquela solidão); o senhor vive para a ciência (involuntariamente, fatias de batatas brotaram diante de seus olhos); qualquer elogio para o senhor seria um insulto, ó homem generoso, puro, heroico! Ao mesmo tempo, porém, ocorreu-lhe que ele havia trazido seu criado pessoal até aquela ilha; não gostava que os cães subissem nas cadeiras; era capaz de ficar horas discorrendo (até que o sr. Ramsay saísse da sala batendo a porta) sobre o sal dos legumes e a iniquidade da culinária inglesa.

Em que dava tudo aquilo, então? Como julgar as pessoas, como encará-las? Como somar isto com aquilo e concluir que o que se sentia era simpatia ou antipatia? E essas palavras, qual o sentido delas, no final das contas? Lily permanecia imóvel, como se transfixada, ao lado da pereira, enquanto era inundada por impressões sobre aqueles dois homens, e seguir seus pensamentos era como seguir uma voz que falasse rápido demais para que se pudesse anotar as palavras com um lápis, e a voz era a sua própria voz, dizendo de modo espontâneo coisas inegáveis, eternas, contraditórias, de tal modo que mesmo as fissuras e saliências do tronco da pereira ficaram irrevogavelmente fixadas ali por toda a eternidade. O senhor tem grandeza, prosseguiu ela, mas o sr. Ramsay não tem nenhuma. Ele é mesquinho, egoísta, vaidoso, egocêntrico; é uma criança mimada; é um tirano; espreme a sra. Ramsay até reduzi-la ao bagaço; mas ele tem uma coisa que o senhor (dirigia-se ao sr. Bankes) não tem; um feroz desapego ao mundo; ele não dá nenhum valor a trivialidades; ama os cães e ama os filhos. Ele tem oito filhos. O senhor

PASSEIO AO FAROL 55

não tem nenhum. O senhor não o viu, uma noite dessas, descer do quarto usando um casaco por cima do outro e deixar que a sra. Ramsay lhe aparasse o cabelo usando uma tigela de pudim? Esses pensamentos todos dançavam de um lado para o outro, como um enxame de mosquitos, cada um separado, porém todos maravilhosamente controlados dentro de uma rede elástica invisível — dançavam de um lado para o outro na mente de Lily, por entre os galhos da pereira, na qual ainda pairava, em efígie, a mesa de cozinha bem esfregada, símbolo do profundo respeito que a mente do sr. Ramsay lhe inspirava, até que seus pensamentos, que rodavam cada vez mais depressa, explodiram por efeito de sua própria intensidade; ela sentiu-se aliviada; um tiro foi disparado bem perto dali, e fugindo de seus fragmentos surgiu, assustada, efusiva, em tumulto, uma revoada de estorninhos.

"Jasper!", exclamou o sr. Bankes. Os dois viraram-se para a direção em que voavam os estorninhos, acima do terraço. Seguindo a dispersão das aves rápidas no céu, passaram pela brecha na sebe e deram de cara com o sr. Ramsay, que bradou para eles, trágico: "Um erro, um erro fatal!".

Seu olhar, vidrado de emoção, tragicamente desafiador, encontrou-se com os deles por um segundo, e hesitou à beira do reconhecimento; em seguida, porém, levantando a mão até perto do rosto como se para evitar, para espantar, numa agonia de vergonha e birra, o olhar normal deles, como se implorando para que adiassem por um momento o que ele sabia ser inevitável, como se lhes impusesse o ressentimento infantil que lhe causava a interrupção, e no entanto, mesmo naquele momento de descoberta, se recusasse a ser dispersado por completo, permanecendo decidido a se apegar a um pouco daquela emoção deliciosa, daquela rapsódia impura de que se envergonhava, mas que o deliciava — virou-se abruptamente, bateu-lhes na cara a porta de sua intimidade; e Lily Briscoe e o sr. Bankes, olhando para o céu constrangidos, perceberam que o bando de estorninhos que Jasper dispersara com seu tiro havia pousado na copa dos olmos.

5

"E mesmo se amanhã o tempo não estiver bom", disse a sra. Ramsay, levantando a vista para ver de relance William Bankes e Lily Briscoe passando, "vai estar bom em outro dia. E agora", prosseguiu, pensando que o encanto de Lily eram seus olhos chineses, oblíquos naquele rostinho branco e enrugado, mas que só um homem inteligente perceberia isso, "e agora fique em pé, para eu medir a sua perna", pois talvez acabassem indo mesmo ao Farol, e era necessário verificar se a meia não precisaria ter mais uma ou duas polegadas de comprimento.

Sorrindo, porque uma ideia admirável lhe havia brotado naquele exato instante — William e Lily deveriam se casar —, pegou a meia de malha mesclada, com as agulhas de aço cruzadas na boca, e estendeu-a sobre a perna de James.

"Meu amor, não se mexa", pediu, pois, ciumento, não gostando de servir como padrão de medida para o filhinho do faroleiro, James remexia-se de propósito; e se ele ficasse assim, como poderia ela saber se estava muito comprida ou muito curta? perguntou.

Levantou a vista — que demônio possuía o menino, seu caçula, seu amorzinho? — e viu a sala, viu as cadeiras, e pensou que estavam em péssimo estado. Suas entranhas, como Andrew observara no outro dia, estavam espalhadas pelo chão; por outro lado, qual o sentido, ela se perguntava, de comprar cadeiras boas para ficarem a se estragar ali durante todo o inverno, quando a casa, com apenas uma velha de testemunha, ficava pingando de umidade? Não importava: o aluguel era exatamente dois pence

PASSEIO AO FAROL

e meio; as crianças adoravam; fazia bem ao seu marido
ficar a três mil, ou, para ser precisa, a trezentas milhas
de sua biblioteca e suas aulas e seus discípulos; e havia
espaço para convidados. Colchonetes, camas de campa-
nha, fantasmas decrépitos de cadeiras e mesas cujo tempo
de serviço londrino já havia expirado — aqui essas coisas
serviam muito bem; e uma ou duas fotografias, e livros.
Os livros, pensou, se multiplicavam por conta própria. Ela
nunca tinha tempo para lê-los. Uma pena! Nem mesmo os
livros que havia ganhado de presente, com a dedicatória
do próprio poeta: "Para aquela cujos desejos devem ser
satisfeitos"... "Esta Helena mais feliz do nosso tempo"...
Era vergonhoso admiti-lo, mas ela nunca os lera. E o livro
de Croom sobre a Mente e o de Bates sobre os Costumes
Selvagens dos Polinésios ("Meu amor, não se mexa", disse
ela) — nenhum desses podia ser mandado para o Farol.
Haveria um momento, parecia-lhe, em que a casa ficaria
em tal estado que seria necessário fazer alguma coisa. Se
fosse possível ensiná-los a limpar os pés e não trazer a
praia para dentro de casa — isso já seria alguma coisa. Os
caranguejos ela tinha que deixar entrar, já que Andrew
fazia questão de dissecá-los, e se Jasper achava que era
possível fazer sopa com algas, não se podia impedi-lo; e
também os objetos de Rose — conchas, juncos, pedras;
pois eles eram prendados, seus filhos, mas cada um à sua
maneira. E o resultado disso, ela suspirou, percorrendo
com o olhar toda a sala, do assoalho ao teto, enquanto
estendia a meia ao longo da perna de James, era que as
coisas iam ficando num estado cada vez pior a cada verão.
O tapete estava desbotado; o papel de parede estava ras-
gado. Nem dava mais para ver que o padrão do papel era
de rosas. Enfim, se todas as portas de uma casa ficam o
tempo todo abertas, e se não há um único serralheiro em
toda a Escócia capaz de consertar um ferrolho, as coisas
acabam se estragando. O que adiantava lançar um xale
de caxemira verde em cima da moldura de um quadro?

Uma semana depois ele estaria com cor de sopa de ervilha. Mas as portas eram o que mais a incomodava; todas as portas eram deixadas abertas. Ela pôs-se a escutar. A porta da sala estava aberta; a porta do vestíbulo estava aberta; parecia que as portas dos quartos estavam abertas; e sem dúvida a janela do patamar estava aberta, pois ela mesma a abrira. As janelas devem ficar abertas, e as portas fechadas — uma coisa tão simples, por que nenhum deles conseguia se lembrar disso? Ela entrava nos quartos das empregadas à noite e via que estavam estanques como fornos, menos o de Marie, a moça suíça, que preferia ficar sem banho do que sem ar fresco, mas era porque na terra dela, Marie havia contado, "as montanhas são tão bonitas". Fizera esse comentário ontem à noite, olhando pela janela, com lágrimas nos olhos. "As montanhas são tão bonitas." Seu pai estava morrendo lá, a sra. Ramsay sabia. Ia deixá-los órfãos. Ralhando e demonstrando (como fazer a cama, como abrir a janela, com mãos que se fechavam e se abriam como as mãos de uma francesa), tudo havia se dobrado em silêncio em torno dela, enquanto ela falava, tal como, depois de voar pelo céu ensolarado, as asas de uma ave se dobram silenciosamente, e o azulado de sua plumagem muda de um tom metálico vivo para um roxo suave. A sra. Ramsay havia ficado imóvel, em silêncio, porque não havia nada a dizer. Ele estava com câncer na garganta. Ao lembrar-se — ela imóvel, a moça dizendo "Lá na minha terra as montanhas são tão bonitas", e não havia esperança, nenhuma esperança, foi tomada por um espasmo de irritação, e disse severa a James:

"Não se mexa. Obedeça", e ele compreendeu na mesma hora que a severidade da mãe era de verdade, e esticou a perna e ela a mediu.

A meia estava muito curta, meia polegada no mínimo, levando em conta que o filhinho de Sorley estaria menos crescido que James.

"Está muito curta", disse ela, "curta demais."

PASSEIO AO FAROL 59

Ninguém jamais pareceu tão triste. Negra e amarga, a meio caminho do fundo, na escuridão, no poço que ia da luz do sol até as profundezas, uma lágrima formou-se, talvez; uma lágrima caiu; as águas se balançaram de lá para cá, receberam a lágrima e se acalmaram. Ninguém jamais pareceu tão triste.

Mas seria então apenas aparência? O que haveria por trás daquilo — da sua beleza, do seu esplendor? Teria ele dado um tiro nos miolos, indagavam-se, teria ele morrido na semana antes de se casarem — algum outro apaixonado, anterior, sobre o qual havia boatos? Ou não haveria nada? Nada além de uma beleza incomparável atrás da qual ela vivia, e que nada que ela fizesse poderia perturbar? Pois, ainda que não lhe custasse nada dizer, em algum momento de intimidade, quando histórias de grandes paixões, de amor contrariado, de amor frustrado, lhe eram relatadas, que ela também conhecera, sentira, passara por isso, ela nunca falava. Calava-se sempre. E sabia — sabia sem ter jamais aprendido. Sua simplicidade adivinhava o que as pessoas inteligentes falseavam. Sua integridade a fazia cair a prumo, como uma pedra, pousar com tanta exatidão quanto um pássaro, dava-lhe aquele natural pendor de espírito para a verdade, que deliciava, aliviava, sustentava — talvez falsamente.

("A natureza dispõe de pouca argila", disse o sr. Bankes uma vez, ouvindo a voz dela ao telefone, e muito emocionado, embora ela estivesse apenas lhe relatando um fato a respeito de um trem, "semelhante àquela com a qual a senhora foi moldada." Era como se ele a visse do outro lado da linha, grega, olhos azuis, nariz reto. Como parecia estranho falar ao telefone com uma mulher assim. As Graças haviam unido seus esforços em campos floridos de abróteas para compor aquele rosto. Sim, ele ia pegar o trem das dez e meia em Euston.

"Mas ela é como uma criança, não tem consciência de sua própria beleza", disse o sr. Bankes, pondo o fone no gancho e cruzando a sala para ver como estava indo a obra de um hotel sendo construído nos fundos da sua casa. E pensou na sra. Ramsay ao contemplar o movimento dos pedreiros em meio às paredes inacabadas. Pois havia sempre, pensou, algo de incongruente que se imiscuía na harmonia de seu rosto. Ela enfiava na cabeça um chapéu de caçador; ela corria pelo gramado de galochas para impedir que uma criança se machucasse. Assim, se era apenas na beleza dela que se pensava, havia que se lembrar da coisa pulsante, da coisa viva (os homens estavam levando tijolos para o alto da obra numa prancha pequena, naquele momento), e inseri-la na imagem; ou então, pensando nela apenas como uma mulher, era preciso atribuir-lhe um toque de idiossincrasia; ou imaginar nela algum desejo latente de despojar-se de suas formas de rainha, como se a beleza a aborrecesse, tal como tudo que os homens dizem a respeito da beleza, e ela quisesse apenas ser como as outras pessoas, insignificante. Ele não sabia. Não sabia. Precisava retomar o trabalho.

Tricotando sua meia grená peluda, sua cabeça contornada de modo absurdo pela moldura dourada, o xale verde que ela havia jogado por cima da moldura, e a obra-prima autenticada de Michelangelo, a sra. Ramsay suavizou a aspereza do instante anterior, levantou a cabeça de seu filhinho e beijou-o na testa. "Vamos achar mais uma figura para recortar", disse a ele.

6

Mas o que havia acontecido?

Um erro, um erro fatal.

De súbito desperta de seu devaneio, ela conferiu um significado às palavras que conservava na mente, sem sentido, há um bom tempo. "Um erro, um erro fatal"... Fixando os olhos míopes no marido, que naquele momento

PASSEIO AO FAROL   61

avançava em direção a ela, manteve o olhar com firmeza até que a proximidade dele lhe revelasse (o refrão se reproduzia em sua cabeça) que algo, algo ocorrera, um erro, um erro fatal. Porém não fazia ideia do que poderia ser.

Ele estremecia; tremia. Toda a sua vaidade, todo o contentamento que lhe inspirava seu próprio esplendor, que seguia terrível como um relâmpago, feroz como um falcão, à frente de seus homens, atravessando o vale da morte, tudo fora destroçado, destruído. Bombas e balas chovendo, seguia fero e tremendo — dando de cara com Lily Briscoe e William Bankes. Ele estremecia; tremia.

Nada a faria dirigir-se a ele, percebendo, a partir de sinais bem conhecidos, os olhos dele a evitá-la, e um curioso jeito de reunir sua própria pessoa em torno de si, como quem se envolve num manto, precisando de privacidade para recuperar o equilíbrio, de que ele estava indignado e angustiado. Ela acariciou a cabeça de James; transferiu para o menino o que sentia pelo marido, e, vendo-o colorir de amarelo a camisa social branca de um cavalheiro no catálogo das Army and Navy Stores, pensou como seria maravilhoso se ele acabasse virando um grande artista; e por que não? Sua testa era esplêndida. Então, levantando a vista quando o marido passou por ela mais uma vez, sentiu alívio ao constatar que a ruína estava disfarçada; a domesticidade triunfava; o hábito cantarolava seu ritmo tranquilizador, de modo que quando, ao parar de modo deliberado, tendo dado mais uma volta, chegando à janela, ele abaixou-se, num gesto extravagante, exultante, para fazer cócegas na perna nua de James com um pequeno galho de alguma coisa, ela troçou dele por haver despachado "aquele pobre rapaz", Charles Tansley. Tansley tinha que trabalhar na sua tese, respondeu o marido.

"Dia virá em que o James também vai ter que escrever a tese dele", acrescentou, irônico, balançando o galho.

Odiando o pai, James afastou com a mão o galho que ele, de um jeito bem característico seu, misto de severidade e galhofa, usava para fazer cócegas na perna nua do filho mais moço.

Ela estava tentando terminar aquelas meias cansativas a fim de enviá-las amanhã para o filhinho de Sorley, disse a sra. Ramsay.

Não havia a menor possibilidade de que eles fossem ao Farol amanhã, retrucou o sr. Ramsay, irascível.

Como ele podia saber? ela indagou. O vento mudava a toda hora.

A extraordinária irracionalidade daquele comentário, a vacuidade do cérebro feminino, o irritaram. Ele havia atravessado o vale da morte, fora destroçado, estremecera; e agora ela negava os fatos evidentes, inspirava nos filhos dele uma esperança totalmente fora de questão; em suma, mentia. O sr. Ramsay bateu com o pé no chão. "Ora, dane-se", exclamou. Mas o que era que ela tinha dito? Apenas que amanhã talvez fizesse bom tempo. O que era possível.

Não com o barômetro caindo e o vento vindo direto do oeste.

Buscar a verdade com tamanha falta de consideração pelos sentimentos dos outros, rasgar os finos véus da civilização de modo tão implacável, tão brutal, parecia a ela uma violação tão horrenda do respeito humano que, sem responder, aparvalhada, cega, ela abaixou a cabeça como se para deixar que a saraivada de pedras afiadas, o balde jogado de água suja, a atingisse sem qualquer reclamação. Não havia nada a dizer.

Ele permanecia imóvel a seu lado, em silêncio. Com toda a humildade, depois de algum tempo, ofereceu-se para ir se informar junto à guarda costeira, se tal lhe agradasse.

Não havia ninguém que ela admirasse tanto quanto ele.

Ela estava disposta a acatar sua opinião, respondeu. Mas nesse caso não precisavam preparar sanduíches — era só isso. Eles a procuravam, naturalmente, por ser ela mulher, o dia inteiro, pedindo isso ou aquilo; um queria uma coisa, o outro queria outra; as crianças estavam crescendo; muitas vezes vinha-lhe a sensação de ser apenas uma esponja inchada de emoções humanas. Então ele disse: dane--se. E disse: vai chover. E disse: não vai chover; na mesma hora, todo um paraíso de segurança abriu-se diante dela. Ela não era digna de lhe amarrar os cadarços, pensou.

Já envergonhado de sua rabugice, de toda aquela gesticulação durante o ataque à frente de sua tropa, o sr. Ramsay, constrangido, cutucou as pernas nuas de seu filho mais uma vez, e em seguida, como se ela lhe houvesse concedido permissão para tal, esboçando um movimento que fez com que sua mulher, curiosamente, se lembrasse do enorme leão-marinho do zoológico dando uma cambalhota para trás depois de engolir um peixe e saltando para dentro do tanque, fazendo a água agitar-se de um lado para o outro, o sr. Ramsay mergulhou no ar do crepúsculo, o qual, já rarefeito, tomava emprestada a substância das folhas e das sebes, porém, como se para compensar, restituindo aos tons de rosa um brilho que eles não exibiam quando era dia claro.

"Um erro, um erro fatal", ele repetiu, afastando-se com passos largos, indo de um lado para o outro do terraço.

Mas que mudança extraordinária ocorrera no seu tom! Era como o cuco; "em junho ele desafina"; como se estivesse tentando, buscando, um fraseado novo para um novo estado de espírito, e só tendo isso no momento, era o que utilizava, mesmo desafinado. Mas era ridículo — "Um erro, um erro fatal" — dito daquela maneira, quase como uma pergunta, sem nenhuma convicção, melodiosamente. A sra. Ramsay não pôde conter um sorriso, e logo em seguida, como era de esperar, andando de um lado para o outro, ele passou a cantarolar a melodia sem abrir a boca, depois parou, silenciou.

Estava protegido, havia recuperado sua privacidade. Parou para acender o cachimbo, olhou uma vez para a esposa e o filho na janela, e como quem está lendo e levanta os olhos dentro de um trem expresso e vê uma fazenda, uma árvore, um aglomerado de casebres como uma ilustração, uma confirmação de algo na página impressa à qual retorna em seguida, fortalecido e satisfeito, assim, sem chegar a distinguir o filho ou a esposa, a visão deles o fortaleceu e o satisfez e consagrou seu esforço para chegar a uma compreensão absoluta do problema que agora ocupava as energias de seu cérebro esplêndido.

Era um cérebro esplêndido. Pois, se o pensamento é como o teclado de um piano, dividido num certo número de notas, tal como o alfabeto se resume a vinte e seis letras todas ordenadas, então seu cérebro esplêndido não tinha a menor dificuldade em percorrer aquelas letras uma por uma, com firmeza e exatidão, até chegar, digamos, à letra Q. Ele chegou ao Q. São muito poucas as pessoas em toda a Inglaterra que chegam até o Q. Aqui, parando por um instante junto ao vaso de pedra que continha os gerânios, viu, porém agora ao longe, bem ao longe, como crianças catando conchas, divinamente inocentes, ocupados com insignificâncias a seus pés e de algum modo expostos indefesos a uma desgraça que ele via aproximar-se, sua mulher e seu filho, juntos, à janela. Ele precisava protegê-los; e os protegia. Mas e depois do Q? O que viria depois? Depois do Q vem uma série de letras, a última das quais é quase invisível para olhos mortais, porém brilha, rubra, ao longe. O Z é atingido uma única vez por um único homem em uma dada geração. Mesmo assim, se ele conseguisse chegar ao R já seria alguma coisa. Ali, ao menos, estava o Q. Ele cravou os pés no chão no Q. Ele sabia demonstrar o Q. Se, pois, Q é Q... R... Neste ponto bateu o cachimbo para esvaziá-lo, com duas ou três batidas sonoras no chifre de carneiro que formava a alça do vaso, e prosseguiu. "Então R..." Ele retesou-se. Tensionou-se.

Qualidades que teriam salvado a tripulação de um navio exposta a um mar agitado, munida de seis biscoitos e

PASSEIO AO FAROL   65

uma garrafa de água — resistência e justiça, visão, dedicação, perícia — vieram ajudá-lo. R é, portanto... o que é R?
Um obturador, como a pálpebra de couro de um lagarto, interrompeu-lhe por um instante a intensidade do olhar
e ocultou a letra R. Naquela súbita escuridão, ele ouviu
pessoas dizendo-lhe — que ele era um fracassado — que
o R estava além de seu alcance. Ele jamais chegaria ao R.
Rumo ao R, mais uma vez. R...
Qualidades que, numa expedição desolada nas gélidas
imensidões polares, o teriam tornado líder, guia, conse-
lheiro, um homem cujo temperamento, nem sanguíneo
nem saturnino, examina com equanimidade os fatos e os
enfrenta, vieram de novo ajudá-lo. R...
O olho do lagarto piscou mais uma vez. As veias de
sua testa intumesceram-se. O gerânio no vaso ficou espantosamente visível, e em meio a suas folhas ele viu, sem
querer ver, aquela antiga e óbvia distinção entre as duas
classes de homens; de um lado os que seguem com firmeza, dotados de força sobre-humana e que, insistindo e
perseverando, repetem todo o alfabeto seguindo a ordem,
todas as vinte e seis letras, do começo ao fim; do outro, os
inspirados, os que têm o dom de juntar, milagrosamente,
todas as letras num clarão único — o método do gênio.
Ele não era dotado de gênio; não tinha tal pretensão: porém tinha, ou talvez tivesse tido, o poder de repetir todas
as letras do alfabeto de A a Z, na ordem exata. Neste
ínterim, estava empacado no Q. Seguir em frente, pois,
para o R.
Sentimentos que não envergonhariam um líder que,
quando começa a nevar, e o cume da montanha se reco-
bre de neblina, entende que é forçoso deitar-se e morrer
antes do nascer do dia, foram-se apoderando dele, cla-
reando a cor de seus olhos, emprestando-lhe, mesmo nos
dois minutos que passou no terraço, a aparência descora-
da da extrema velhice. Porém ele não haveria de morrer
deitado; encontraria em algum lugar um rochedo onde,

olhar fixo na tempestade, tentando até o fim penetrar a escuridão, morreria em pé. Jamais chegaria ao R.

Permanecia absolutamente imóvel, ao lado do vaso, do qual transbordava o gerânio. Quantos homens, entre mil milhões, ele se perguntava, de fato chegam até o Z? Sem dúvida, o líder de uma missão suicida tem o direito de dirigir essa pergunta a si próprio, e respondê-la, sem trair os expedicionários que o seguem: "Um, talvez". Um em toda uma geração. Assim sendo, é culpa sua se ele não é esse alguém? levando-se em conta que ele arregaçou as mangas de modo honesto, deu todas as suas forças, até não lhe restar mais nada a dar? E sua fama vai durar por quanto tempo? Até mesmo um herói moribundo tem o direito de pensar, antes que morra, em como será lembrado pelos homens do futuro. Sua fama há de durar talvez por dois mil anos. E o que são dois mil anos? (perguntou-se o sr. Ramsay, irônico, olhando fixamente para a sebe). Sim, o que são dois mil anos, quando se contempla do alto de uma montanha a imensa devastação dos séculos? A pedra que se chuta com a bota há de durar mais do que Shakespeare. Quanto à sua luzinha, ela haveria de brilhar, não muito forte, por um ano ou dois, e depois se fundiria com alguma outra luz mais forte, e essa numa outra mais forte ainda. (Ele contemplava a escuridão, a trama complexa de galhos.) Assim sendo, quem há de censurar o líder daquela missão suicida que conseguiu, no final das contas, subir até onde se descortinam a devastação dos séculos e a extinção das estrelas, se, antes que a morte enrijeça seus membros e os prive do poder de se mover, ele levar os dedos entorpecidos conscientemente até a fronte, e endireitar os ombros, para que a equipe de busca, quando o encontrar morto em seu posto, veja a figura nobre de um soldado? O sr. Ramsay endireitou os ombros e ficou bem ereto, parado junto ao vaso.

Quem haverá de censurá-lo se, parado por um momento, ele contemplar a fama, as equipes de busca, os monumentos funerários construídos sobre os seus ossos por seguidores cheios de gratidão? Por fim, quem haverá de censurar o líder da expedição fadada ao fracasso se, tendo se aventurado ao máximo, e tendo utilizado suas forças até os estertores finais, e tendo adormecido sem se importar se vai ou não voltar a despertar, ele percebe agora, graças a um formigamento na ponta dos pés, que está vivo, e que não condena de todo a ideia de viver, porém requer afeto, e uísque, e alguém a quem possa relatar imediatamente a história de seu sofrimento? Quem há de censurá-lo? Quem não haverá de regozijar-se quando o herói despir a armadura, parar diante da janela e contemplar a esposa e o filho, de início bem distantes, pouco a pouco tornando-se mais próximos, até que lábios e livro e cabeça estejam nítidos diante dele, embora ainda belos e estranhos por efeito da intensidade de seu isolamento e da devastação dos séculos e da extinção das estrelas, e por fim ele guardar o cachimbo e abaixar sua magnífica cabeça diante da esposa — quem há de censurá-lo se ele homenagear a beleza do mundo?

7

Porém seu filho o odiava. Odiava-o porque ele se aproximava dos dois, e olhava-os de cima para baixo; odiava-o porque os interrompia; odiava-o porque seus gestos eram exaltados e sublimes; porque sua cabeça era magnífica; porque ele era exigente e egotista (pois lá estava ele, cobrando atenção); mas acima de tudo odiava as notas nasais e estridentes da emoção do pai, que, vibrando em torno deles, perturbava a perfeição da simplicidade e do bom senso que havia nas suas relações com a mãe. Olhando fixamente para a página, ele tinha esperança de afastá-lo; indicando com o dedo uma palavra, tinha esperança de recuperar a atenção da mãe, a qual, ele percebia, irritado, vacilava imediatamente quando seu pai se detinha. Mas não. Nada tinha o efeito de fazer com que o sr. Ramsay se afastasse. Lá estava ele, exigindo compaixão.

A sra. Ramsay, que antes estava relaxada no assento, com o braço sobre o filho, empertigou-se e, meio que virando-se, dava a impressão simultânea de estar se levantando com esforço e de lançar no ar uma chuva de energia, um jorro de gotículas, ao mesmo tempo que parecia animada e viva como se todas as suas energias estivessem se fundindo, ardendo e iluminando (embora ela permanecesse sentada, retomando o trabalho com a meia), e nessa deliciosa fecundidade, nessa fonte líquida de vida, a fatal esterilidade do macho se enfiou, como um bico de bronze, álgido e árido. Ele queria compaixão. Era um fracassado, ele disse. As agulhas da sra. Ramsay brilhavam. O sr. Ramsay repetiu, sem desviar os olhos do rosto dela, que era um fracassado. Ela devolveu-lhe as palavras com um sopro. "Charles Tansley...", disse. Mas ele queria mais. Queria compaixão, queria que confirmassem sua genialidade, em primeiro lugar, e em seguida que fosse recebido no círculo da vida, que fosse aquecido e acolhido, que seus sentidos lhe fossem restituídos, sua aridez se fizesse fértil e todos os cômodos da casa se enchessem de vida — a sala de visita; atrás da sala, a cozinha; acima da cozinha, os quartos; e, depois dos quartos, os quartos das crianças; todos eles precisavam ser mobiliados, munidos de vida.

Charles Tansley o considerava o maior metafísico da atualidade, disse ela. Mas ele queria mais que isso. Queria compaixão. Queria que confirmassem que também ele vivia no coração da vida; que precisavam dele; não apenas aqui, mas em todo o mundo. Suas agulhas brilhando, confiante, empertigada, a sra. Ramsay criou a sala e a cozinha e iluminou-as; pediu que ele relaxasse ali, entrasse e saísse, se distraísse. Ela ria, ela tricotava. Parado entre os joelhos da mãe, muito teso, James sentia que toda a força dela brotava para ser bebida e estancada pelo bico

PASSEIO AO FAROL 69

de bronze, a árida cimitarra do macho, que golpeava impiedosamente, vez após vez, exigindo compaixão.

Ele era um fracassado, repetiu. Ora, então olhe, então sinta. As agulhas brilhando, olhando à sua volta, pela janela, para dentro da sala, para o próprio James, ela confirmava, fora de qualquer dúvida, com seu riso, com seu porte, sua competência (tal como uma ama atravessando um quarto escuro com uma luz na mão tranquiliza uma criança nervosa), que era tudo real; a casa estava cheia; o jardim florescia. Se ele depositasse nela uma confiança completa, nada haveria de feri-lo; por mais fundo que afundasse em si próprio, por mais alto que subisse, nem por um instante se veria sem ela. Assim, gabando-se de sua capacidade de cercar e proteger, ela não guardava praticamente nenhuma migalha sua que lhe permitisse conhecer-se a si própria; esbanjava e gastava tudo; e James, muito teso entre os joelhos da mãe, sentia-a elevar-se, uma árvore cheia de flores róseas com folhas e galhos a dançar, onde se introduzia o bico de bronze, a árida cimitarra do pai, o homem egotista, a golpear e exigir compaixão.

Preenchido pelas palavras dela, como uma criança que se reclina, satisfeita, ele disse, por fim, fitando-a com uma gratidão humilde, restaurado, renovado, que ia dar uma volta; ia ver as crianças jogando críquete. E saiu.

No mesmo instante, foi como se a sra. Ramsay se fechasse, uma pétala dobrando-se sobre a outra, e todo o tecido desabasse exausto; só lhe restava a força suficiente para percorrer com o dedo, numa entrega absoluta à exaustão, a página do conto de fadas de Grimm, enquanto dentro dela latejava, como uma mola que foi esticada até o limite e agora pouco a pouco deixa de pulsar, o êxtase da criação exitosa.

Cada latejar dessa pulsação parecia, enquanto seu marido se afastava, envolver a si própria e a ele, dando a ambos aquele conforto que duas notas diferentes, uma aguda, a outra grave, a soar ao mesmo tempo, proporcionam uma à outra no instante em que se combinam. Porém, à medida que o som morria aos poucos e ela retornava ao conto de fadas, a sra. Ramsay não apenas sentia-se exausta no corpo (depois, nunca na hora, ela sempre se sentia assim), como também seu cansaço físico se combinava com alguma sensação vagamente desagradável, de origem diversa. Não que, lendo em voz alta a história do pescador e sua esposa, ela soubesse de onde exatamente vinha a sensação; tampouco se permitia expressar em palavras sua insatisfação quando compreendeu, ao virar a página, parando e ouvindo o som pesado, funesto, de uma onda caindo, que a origem era esta: ela não gostava, nem mesmo por um segundo, de sentir-se melhor do que o marido; mais ainda, não suportava não ter certeza absoluta, quando falava com ele, da veracidade do que ela estava dizendo. Que as universidades e as pessoas clamassem por ele, que as conferências e os livros fossem da maior importância — de nada disso ela duvidava por um único momento; mas era a relação entre os dois, o fato de que ele a procurava daquele modo tão escancarado, às vistas de todo mundo, que a desconcertava; pois então as pessoas diziam que seu marido dependia dela, quando era preciso que soubessem que ele era, em grau infinito, o mais importante dos dois, e o que ela dava ao mundo, em comparação com o que ele dava, era desprezível. Por outro lado, havia também uma outra coisa — o fato de ela não poder lhe dizer a verdade, por medo, por exemplo, no caso do telhado da estufa e quanto custaria, talvez cinquenta libras, o conserto; e também os livros, o medo de que seu marido adivinhasse, o que ela suspeitava um pouco, que seu último livro não era exatamente o melhor (era a impressão que lhe dera William Bankes); e também esconder pequenas coisas cotidianas, que as crianças viam, e o ônus que isso representava para elas — tudo isso diminuía o júbilo, a pura felicidade, das duas notas soando juntas, fazendo o som morrer em seu ouvido com uma insipidez deprimente.

PASSEIO AO FAROL   71

Surgiu uma sombra na página; ela levantou a vista. Era Augustus Carmichael que passava, arrastando os pés, agora, naquele exato momento em que era mais doloroso ser levada a pensar nas deficiências dos relacionamentos humanos, pensar que mesmo as maiores perfeições continham falhas e não resistiam ao tipo de escrutínio a que, amando seu marido, com seu instinto de buscar a verdade, ela as submetia; quando era doloroso sentir-se culpada da acusação de que era indigna, de que era prejudicada em suas funções devidas por essas mentiras, esses exageros — era neste momento em que ela se sentia consumida de modo tão ignóbil, depois de experimentar seu êxtase, que o sr. Carmichael passava arrastando os pés, com seus chinelos amarelos, e algum demônio a impeliu a dirigir--lhe a pergunta, ao vê-lo passar:

"Vai entrar em casa, sr. Carmichael?"

8

Ele não disse nada. Ele tomava ópio. As crianças diziam que era por isso que sua barba estava manchada de amarelo. Talvez. Mas estava claro para ela que o coitado era infeliz, vinha visitá-los todo ano como uma fuga; e no entanto, todos os anos a sra. Ramsay tinha a mesma sensação; ele não confiava nela. A sra. Ramsay dizia-lhe: "Estou indo à cidade. Quer que eu compre selos, papel, fumo?" e sentia que ele se crispava. O sr. Carmichael não confiava nela. A culpa era da esposa. Ela lembrava-se da iniquidade da esposa em relação a ele, que a fez petrificar-se naquela saleta horrorosa em St. John's Wood, em que ela vira com seus próprios olhos aquela mulher odiosa expulsá-lo de casa. Ele era desleixado; deixava coisas pingar no casaco; tinha o jeito irritante de um velho que nada tem a fazer no mundo; e ela o expulsou da sala. Disse ela, com aquele seu jeito odioso: "Bom, agora eu e a sra. Ramsay queremos conversar um pouco", e a sra. Ramsay viu, como se estivessem diante de seus olhos, os incontáveis infortúnios da vida dele. Teria dinheiro suficiente para comprar fumo? Teria de pedir a ela? Meia coroa? Dezoito pence? Ah, era insuportável pensar nas pequenas indignidades que aquela mulher o fazia sofrer. E agora ele sempre (por quê, ela sequer podia imaginar, mas sabia que de algum modo a responsável devia ser aquela mulher) se afastava dela. Nunca lhe contava nada. Mas o que mais podia ela fazer? A ele fora reservado um quarto ensolarado. As crianças o tratavam bem. Ela se esforçava ao máximo para ser simpática. O senhor quer selos, quer fumo? Este livro aqui talvez o agrade, e assim por diante. E afinal de contas — afinal de contas (neste momento, sem o perceber, ela recompôs-se, fisicamente, a consciência de sua própria beleza, o que raramente acontecia, apossando-se dela) — afinal de contas, de modo geral era-lhe fácil fazer as pessoas gostarem dela; por exemplo, George Manning; o sr. Wallace; famosos que eram, por vezes a procuravam, à noitinha, para uma conversa a dois junto à lareira. Ela levava consigo, não havia como não o perceber, o archote de sua própria beleza; segurava-o ereto cada vez que entrava numa sala; e afinal de contas, por mais que tentasse ocultá-la, por mais que evitasse a monotonia de porte que sua beleza lhe impunha, ela estava sempre visível. A sra. Ramsay despertara admiração. Fora amada. Entrara em salas onde se velavam mortos. Lágrimas haviam fluído na sua presença. Homens, e também mulheres, abrindo mão da multiplicidade das coisas, haviam se permitido, junto a ela, o alívio da simplicidade. Incomodava-a o fato de que o sr. Carmichael se crispava. Isso a magoava. E não era uma coisa limpa, uma coisa direita. Era isso que a perturbava, vindo junto com o descontentamento com o marido; a sensação, que experimentara ainda há pouco quando o sr. Carmichael passou por ela, limitando-se a fazer que sim com a cabeça em resposta à sua pergunta, um livro debaixo do braço, arrastando os chinelos amarelos, de que ela era suspeita; e de que todo aquele seu desejo de dar, de ajudar, era apenas vaidade. Não seria para satisfazer seu amor-próprio que ela desejava de modo tão instintivo ajudar, dar, para que as pessoas dissessem a seu respeito: "Ah, a sra. Ramsay! Um amor, a sra. Ramsay... Claro, a sra. Ramsay!" e precisassem dela, e a chamassem, e a admirassem? Não seria esse o seu desejo secreto, e por isso quando o sr. Carmichael se afastava dela, tal como fazia naquele momento, indo enfiar-se em algum canto onde ficava a compor acrósticos sem parar, ela não se sentia apenas afrontada de modo instintivo, porém também era levada a se dar conta do que havia de mesquinho em alguma parte dela, e nas relações humanas, como são defeituosas, desprezíveis, egoístas, na melhor das hipóteses. Estava malvestida e exausta, e provavelmente (as faces cavadas, os cabelos brancos) não era mais uma festa para os olhos; o melhor a fazer era dedicar-se à história do pescador e sua esposa, para desse modo acalmar aquela pilha de nervos (nenhuma das crianças era tão sensível quanto ele), o seu filho James.

"O homem sentiu um peso no coração", ela leu em voz alta, "e não queria ir. Disse a si próprio: 'Isso não está certo', e no entanto partiu. E quando chegou ao mar, a água estava arroxeada e azul-escura, cinzenta e espessa, não mais verde e amarela como antes, porém ainda estava tranquila. Ele então disse..."

A sra. Ramsay pensou que teria sido melhor se seu marido não tivesse resolvido parar naquele momento. Por que não ia, tal como havia anunciado, ver as crianças jogando críquete? Mas ele não dizia nada; parava; balançava a cabeça; aprovava; seguia em frente. Seguia, vendo diante de si aquela sebe que tantas vezes havia contornado uma pausa, dado sentido a uma conclusão, vendo a mulher e o filho, vendo outra vez os vasos dos quais transbordavam os gerânios vermelhos que tantas vezes haviam adornado raciocínios, e exibiam, escritos entre suas folhas, como se fossem pedacinhos de papel em que se rabiscam anotações na pressa da leitura — passou, vendo tudo isso, diretamente para uma especulação despertada por um artigo do *Times* a respeito do número de americanos que visitam a casa de Shakespeare todos os anos. Se Shakespeare nunca tivesse existido, pensou, teria o mundo se tornado algo muito diferente do que é hoje? O progresso da civilização depende dos grandes homens? A situação do ser humano médio hoje em dia é melhor do que no tempo dos faraós? A situação do ser humano médio, porém, ele se perguntou, deve ser o critério para julgar o avanço da civilização? Talvez não. Talvez o auge da civilização torne necessária a existência de uma classe de escravos. O ascensorista do metrô é uma necessidade eterna. Essa ideia o desagradava. Ele jogou a cabeça para trás. Para evitá-la, era necessário encontrar um jeito de depreciar a supremacia das artes. Ele argumentaria que o mundo existe para o ser humano médio; que as artes não passam de um adorno imposto à superfície da vida humana; elas não a expressam. Tampouco Shakespeare é necessário para a vida. Sem compreender exatamente por que sentia vontade de depreciar Shakespeare e defender o homem eternamente parado à porta do elevador, arrancou com um gesto brusco uma folha da sebe. Tudo isso teria que ser apresentado aos rapazes de Cardiff no mês seguinte, pensou ele; ali, no seu terraço, ele estava apenas catando e beliscando (jogou fora a folha que havia arrancado com tanta irritação), como um homem montado num cavalo que estica o braço para colher um ramo de rosas, ou guarda no bolso as nozes que colhe enquanto perambula pelas aleias e campos de uma região que conhece bem desde a infância. Tudo era bem conhecido; aquela curva, aquele torniquete, aquele atalho pelos campos. As horas que gastava assim, com seu cachimbo, à tardinha, pensando e passando e repassando pelas velhas aleias e rossios, marcados pela história de uma batalha aqui, a vida de um estadista ali, poemas e anedotas, e também figuras, este pensador, aquele soldado, tudo muito vívido e límpido; mas por fim a aleia, o campo, o rossio, a nogueira carregada de frutas e a sebe florida levavam até aquela curva onde ele sempre desmontava, amarrava o cavalo a uma árvore e seguia em frente a pé, sozinho. Chegou à extremidade do gramado e contemplou a baía a seus pés.

Era seu destino, sua peculiaridade, querendo ou não, ir parar num lugar assim, uma ponta de areia que o mar está pouco a pouco solapando, e lá ficar, parado, como uma ave marinha desolada, sozinho. Era seu poder, seu dom, livrar-se de repente de todas as coisas supérfluas, encolher-se de modo a parecer mais nu e sentir-se mais escasso, até mesmo no plano físico, sem no entanto perder nem um pouco sua intensidade mental, e assim contemplar, do alto de sua pequena plataforma, a treva da ignorância humana, pensar que não sabemos nada e o mar vai solapando o chão que pisamos — era esse o seu destino, seu dom. Porém tendo jogado fora, ao desmontar do cavalo, todos os gestos e enfeites, todos os troféus de nozes e rosas, e tendo se encolhido de tal modo a ponto de se esquecer não apenas da fama mas até mesmo de seu próprio nome, mesmo nessa desolação mantinha uma vigilância que não poupava um único fantasma, não se permitia o luxo de uma única visão, e era nessa condição que ele inspirava em William Bankes (de modo intermitente) e em Charles Tansley (de modo servil) e em sua esposa agora, quando ela levantou a vista e o viu na extremidade do gramado, uma profunda reverência, e pena, e também gratidão, tal como uma estaca fincada no fundo, em que pousam as gaivotas e em que as ondas batem, inspira nos alegres passageiros de um barco um sentimento de gratidão pela obrigação que ela se impõe de demarcar o caminho em meio às águas, sozinha.

"Mas um pai de oito filhos não tem opção..." Murmurando meio que em voz alta, ele parou, virou-se, suspirou, levantou a vista, buscou a figura da esposa lendo histórias para o menininho; encheu o cachimbo. Desviou-se da visão da ignorância humana e do destino humano e do mar a solapar o chão que pisamos, visão que, se ele tivesse conseguido se fixar nela, talvez o levasse a alguma coisa; e procurou consolo em coisas tão insignificantes em comparação com o tema elevado que ainda há pouco tinha diante de si que sentiu o impulso de passar por cima daquele conforto, depreciá-lo, como se ser apanhado num flagrante de felicidade em meio a um mundo de infortúnios fosse para um homem honesto o mais desprezível dos crimes. Era verdade; a maior parte do tempo ele era feliz; tinha sua mulher; tinha seus filhos; prometera, dentro de seis semanas, dizer "algumas bobagens" para os rapazes em Cardiff a respeito de Locke, Hume, Berkeley e as causas da Revolução Francesa. Mas isso, e o prazer que isso lhe dava, que lhe davam as frases por ele torneadas, o ardor da juventude, a beleza de sua mulher, as homenagens que lhe vinham de Swansea, Cardiff, Exeter, Southampton, Kidderminster, Oxford, Cambridge — tudo isso tinha que ser depreciado e escondido por detrás da expressão "dizer algumas bobagens", porque, na verdade, ele não fizera o que poderia ter feito. Era um disfarce; era o refúgio de um homem que temia assumir seus próprios sentimentos, que não era capaz de afirmar: é disto que eu gosto — é isto que eu sou; um homem que inspirava pena e desconforto em William Bankes e Lily Briscoe, que não entendiam por que era necessário esconder essas coisas; por que ele precisava sempre de elogios; por que um homem tão corajoso no pensamento era tão tímido na vida; como era estranho ele ser ao mesmo tempo venerável e risível.

Ensinar e pregar estão além do poder humano, suspeitava Lily. (Ela estava guardando suas coisas.) Quem muito se eleva acaba se estrepando. A sra. Ramsay lhe dava o que ele pedia com uma facilidade excessiva. Então a mudança deve ser muito perturbadora, disse Lily. Ele emerge dos livros e nos encontra a jogar e dizer bobagens. Imagine o contraste com as coisas que ele pensa, disse ela.

O sr. Ramsay estava avançando sobre eles. Então estacou de repente e ficou em silêncio olhando para o mar. Então desviou-se outra vez.

9

Sim, concordou o sr. Bankes, vendo-o afastar-se. Era mesmo uma pena, uma grande pena. (Lily comentara que ele de algum modo a assustava — seu estado de espírito mudava de repente.) Sim, disse o sr. Bankes, era uma grande pena Ramsay não conseguir ter um comportamento um pouco mais semelhante ao das outras pessoas. (Pois ele gostava de Lily Briscoe; com ela, podia falar sobre Ramsay de maneira bem franca.) Era por esse motivo, ele acrescentou, que os jovens não leem Carlyle. Um velho ranzinza que perdia as estribeiras se o mingau estava frio — que direito tinha ele de nos passar sermões? Era isso, no entender do sr. Bankes, que os jovens diziam hoje em dia. Era uma grande pena, quando se pensava, como ele pensava, que Carlyle era um dos grandes professores da humanidade. Lily confessou, envergonhada, que não lia Carlyle desde os tempos da escola. Na sua opinião, porém, ela gostava mais ainda do sr. Ramsay por ele achar que, se seu dedo mínimo lhe doía, então o mundo ia acabar. Não era *isso* que a incomodava. Pois quem seria capaz de levá-lo a sério? Ele pedia abertamente que o elogiassem, que o admirassem; seus pequenos estratagemas não enganavam ninguém. O que a desagradava era sua estreiteza, sua cegueira, disse ela, acompanhando-o com o olhar.

"Um pouco hipócrita?", arriscou o sr. Bankes, também olhando para as costas do sr. Ramsay, pois não estaria ele pensando na sua amizade, em Cam se recusando a lhe dar uma flor, e em todos aqueles meninos e meninas, e na sua própria casa, cheia de confortos, mas, desde a morte de sua esposa, um tanto silenciosa? É bem verdade que ele tinha o trabalho... Mesmo assim, queria que Lily concordasse com ele, que Ramsay era, segundo suas próprias palavras, "um pouco hipócrita".

Lily Briscoe continuava guardando seus pincéis, levantando a vista, baixando a vista. Ao levantar a vista, lá estava ele — o sr. Ramsay — avançando sobre eles, gingando, descuidado, desligado, distante. Um pouco hipócrita? ela repetiu. Não, não — o mais sincero dos homens, o mais verdadeiro (lá estava ele), o melhor; olhando para baixo, porém, ela pensou: é um egotista, é tirânico, é injusto; e ficou olhando para baixo, de propósito, pois era só assim que conseguia não perder o controle, estando hospedada com os Ramsay. Assim que levantava a vista e os via, eles eram inundados pela sensação que ela denominava "estar apaixonada". Eles tornavam-se parte daquele universo irreal, porém penetrante e emocionante, que é o mundo visto pelos olhos do amor. O céu aderia a eles; os pássaros cantavam através deles. E o que era ainda mais emocionante, ela pensou também, ao ver o sr. Ramsay avançando e recuando, e a sra. Ramsay sentada com James à janela e a nuvem deslizando e a árvore se curvando, era que a vida, antes composta de pequenos incidentes separados que eram vividos um por um, encrespava-se numa coisa única, como uma onda que nos arrasta e nos lança junto com ela, ali, com ímpeto, na praia.

O sr. Bankes aguardava sua resposta. E Lily estava prestes a fazer uma crítica à sra. Ramsay, dizer que ela também a assustava, lá a sua maneira, com sua arrogância, ou algo assim, quando o sr. Bankes entrou num êxtase que tornou sua observação de todo desnecessária. Pois era mesmo um êxtase, levando-se em conta a sua idade, sessenta recém-completados, e sua limpeza e sua impersonalidade, e o jaleco branco de cientista que ele parecia usar. Para ele, contemplar a sra. Ramsay, como

PASSEIO AO FAROL 79

Lily o via fazer agora, era um êxtase, equivalente, pensava ela, ao amor de dezenas de rapazes (e talvez a sra. Ramsay jamais tivesse despertado o amor em dezenas de rapazes). Era amor, pensava ela, fingindo mexer na sua tela, destilado e filtrado; um amor que nunca tentava apoderar-se de seu objeto; mas que, tal como o amor que têm os matemáticos por seus símbolos, ou os poetas por suas palavras, pretendia se espalhar por todo o mundo e se tornar parte do progresso da humanidade. Era isso, sim. E o mundo certamente deveria compartilhá-lo, se o sr. Bankes conseguisse dizer por que aquela mulher o agradava tanto; por que vê-la lendo um conto de fadas para seu filho tinha sobre ele precisamente o mesmo efeito que tinha a solução de um problema científico, deixando-o num estado de contemplação, pensando, como sempre ocorria quando ele apresentava uma prova irrefutável a respeito do aparelho digestivo das plantas, que a barbárie fora domesticada, o reino do caos fora dominado.

Aquele êxtase — pois que outro nome se poderia dar àquilo? — fez com que Lily Briscoe esquecesse por completo o que estava prestes a dizer. Não era nada de importante; algum comentário sobre a sra. Ramsay. Não tinha nenhuma importância diante daquele "êxtase", aquela contemplação silenciosa, que lhe inspirava uma gratidão imensa; pois nada a consolava tanto, nada lhe aliviava tanto a perplexidade da vida e milagrosamente derrubava os obstáculos como aquele poder sublime, aquela dádiva celestial, e querer perturbar tal êxtase, enquanto ele durava, seria como querer quebrar o feixe de sol que se estendia no assoalho.

Que as pessoas amassem desse modo, que o sr. Bankes nutrisse tais sentimentos pela sra. Ramsay (ela olhou de relance para ele, pensativa) era uma coisa positiva, uma coisa empolgante. Lily limpava um pincel depois do outro num trapo velho, humildemente, de propósito. Protegia-se da reverência que se estendia a todas as mulheres; sentia-se pessoalmente elogiada. Ele que fique a contemplar; ela daria uma olhadela na sua pintura.

Teve vontade de chorar. Estava ruim, ruim, muitíssimo ruim! Poderia tê-la feito diferente, é claro; a cor poderia ter sido diluída e esmaecida; as formas, tornadas mais etéreas; era assim que Paunceforte teria visto a cena. Por outro lado, não era assim que ela a via. Via a cor ardendo numa armação de aço; a luz de uma asa de borboleta pousada nos arcos de uma catedral. De tudo aquilo, restavam apenas alguns riscos aleatórios na tela. E nunca seria vista; nunca seria nem mesmo pendurada na parede, e Lily já ouvia o sr. Tansley cochichando-lhe no ouvido: "As mulheres não sabem pintar, não sabem escrever...".

Lembrou-se então do comentário que estivera prestes a fazer sobre a sra. Ramsay. Ela não saberia formulá-lo; mas teria sido uma crítica. Numa noite recente, incomodara-a alguma demonstração de arrogância. Acompanhando o olhar que o sr. Bankes dirigia a ela, ocorreu-lhe que nenhuma mulher seria capaz de manifestar por outra mulher uma adoração como a do sr. Bankes; tudo que lhes restava era buscar abrigo na sombra que o sr. Bankes estendia a ambas. Acompanhando aquele olhar, Lily acrescentou-lhe um raio diferente, pensando que ela era sem dúvida a mais bela das criaturas (debruçada sobre o livro); talvez a melhor; mas também era diferente daquela forma perfeita que ali se via. Mas diferente por quê, e de que modo? ela se perguntava, raspando da palheta todos aqueles montículos de azul e verde que agora lhe pareciam torrões de terra sem vida, e no entanto ela jurava que ia inspirá-los, forçá-los a mover-se, a fluir, obedecer a suas ordens amanhã. De que modo era diferente? Qual era o espírito que nela havia, a coisa essencial que permitiria a quem encontrasse uma luva num canto do sofá identificá-la, pelos dedos retorcidos, como inquestionavelmente dela? Era veloz como uma ave, direta como uma flecha. Era voluntariosa; era mandona (é claro, Lily disse a si mesma, que

PASSEIO AO FAROL

estou pensando nas relações dela com as mulheres, e sou muito mais moça, uma pessoa insignificante, que mora perto da Brompton Road). Ela abria janelas de quartos. Ela fechava portas. (Desse modo Lily tentava recriar em sua mente a melodia da sra. Ramsay.) Chegando tarde da noite, batendo de leve na porta do quarto, envolta num casaco de pele velho (pois era sempre assim a moldura de sua beleza: improvisada, mas apropriada), ela representava uma cena, fosse qual fosse — Charles Tansley perdendo o guarda-chuva; o sr. Carmichael fungando e resfolegando; o sr. Bankes dizendo: "Perdem-se os sais dos vegetais". Tudo isso ela reproduzia com precisão; até mesmo distorcia com malícia; e aproximando-se da janela, fingindo que precisava ir embora — já chegava a manhã, o sol estava nascendo —, meio que se virava para trás, e num tom mais íntimo, porém sempre rindo, insistia que ela, e Minta também, todas precisavam se casar, porque no mundo inteiro, por mais prêmios que ela recebesse (mas a sra. Ramsay não se interessava nem um pouco por suas pinturas) ou vitórias que conquistasse (provavelmente a própria sra. Ramsay tivera algumas), e neste ponto ela se entristecia, ensombrecia-se e voltava a sentar-se, uma coisa não se podia negar: uma mulher solteira (e segurava de leve a mão de Lily por um momento), uma mulher solteira não vive o que há de melhor na vida. A casa parecia cheia de crianças a dormir e a sra. Ramsay a escutar; cheia de luzes tênues e respirações regulares.

Ah, dizia Lily, mas ela tinha seu pai; sua casa; até mesmo, se ousasse dizê-lo, suas pinturas. Mas tudo isso parecia muito pouco, muito virginal, em comparação com a outra. E no entanto, à medida que a noite se esvaía, e luzes brancas contornavam as cortinas, e até mesmo, de vez em quando, um passarinho chilreava no jardim, ela criava uma coragem desesperada e insistia para que fosse isentada daquela lei universal; implorava; ela gostava de ficar sozinha; gostava de ser quem era; não nascera para aquilo; e assim era obrigada a receber um olhar sério daqueles olhos de uma profundeza inigualável, e enfrentar a certeza tranquila da sra. Ramsay (e neste momento ela era como uma criança) de que sua querida Lily, sua pequena Brisk, era uma boba. Então, lembrou-se, deitara a cabeça no colo da sra. Ramsay e ficara a rir e rir e rir, rir de modo quase histérico da pretensão da sra. Ramsay de comandar, com uma calma imperturbável, destinos alheios que ela não compreendia em absoluto. Lá estava ela, tranquila, séria. Lily havia recuperado sua percepção dela — era o dedo retorcido da luva. Mas em que santuário havia penetrado? Por fim levantou a vista, e lá estava a sra. Ramsay, sem fazer a menor ideia do que causara aquele ataque de risos, ainda no comando, mas agora sem qualquer vestígio de voluntariosidade, substituída por algo tão límpido quanto o espaço que as nuvens por fim desencobrem — o pequeno espaço de céu que dorme ao lado da lua.

Seria sabedoria? Seria conhecimento? Seria, mais uma vez, o caráter enganador da beleza, fazendo com que todas as percepções, a meio caminho da verdade, se confundissem num emaranhado de ouro? Ou teria ela encerrado dentro de si algum segredo que, disso Lily Briscoe não tinha dúvida, as pessoas precisavam conhecer para que o mundo conseguisse continuar a existir? Não era possível que todo mundo vivesse de modo tão aleatório, tão improvisado quanto ela. Mas se soubessem, seriam capazes de nos dizer o que sabiam? Sentada no chão, abraçando o joelhos da sra. Ramsay, tão perto dela quanto era possível ficar, sorrindo ao pensar que ela jamais saberia o motivo daquele abraço apertado, Lily imaginava que, nos recônditos da mente e do coração daquela mulher que a estava tocando fisicamente, se erguessem, como tesouros nos túmulos de reis, tábuas ostentando inscrições sagradas, que se pudessem ser lidas ensinariam tudo que há para aprender, mas jamais seriam oferecidas de modo aberto, jamais se tornariam públicas. Por meio de que arte, a que se tivesse acesso através do amor ou da astúcia, seria possível avançar até aqueles recônditos secretos? Como seria possível fundir-se, tal como água vertida numa jarra, inextricavelmente com o objeto amado? Seria algo ao alcance do corpo, ou da mente, imiscuindo-se sutil nas intrincadas aleias do cérebro? ou do coração? Através do amor, como diziam as pessoas, ela e a sra. Ramsay poderiam transformar-se em uma só pessoa? Pois não era conhecimento e sim unidade que ela desejava, não inscrições em tábuas, porém a intimidade em si, que é conhecimento, era o que ela pensava apoiando a cabeça nos joelhos da sra. Ramsay.

Nada aconteceu. Nada! Nada! enquanto ela apoiava a cabeça nos joelhos da sra. Ramsay. E no entanto ela sabia que o conhecimento e a sabedoria estavam encerrados no coração da sra. Ramsay. Mas então, ela se perguntara, como era possível saber uma ou outra coisa a respeito das pessoas, estanques como eram? Só se fosse como uma abelha, atraída por algo doce ou pungente no ar, algo inacessível ao tato e ao paladar, a explorar a colmeia em forma de cúpula, a vagar pelos desertos de ar acima dos países do mundo, a sós, e depois explorar as colmeias, com os seus murmúrios e seu bulício; as colmeias que eram pessoas. A sra. Ramsay levantou-se. Lily levantou-se. A sra. Ramsay saiu. Durante alguns dias, pairou ao redor dela, como depois de um sonho alguma mudança sutil se sente na pessoa com quem se sonhou, de modo mais vívido do que qualquer coisa que ela tivesse dito, o som de murmúrios; e, sentada na poltrona de palhinha na janela da sala, ela ostentava, para os olhos de Lily, uma forma majestosa; a forma de uma cúpula.

Este raio seguiu junto com o raio do sr. Bankes diretamente para a figura da sra. Ramsay sentada lendo, com James a seu lado. Mas agora, enquanto ela ainda estava olhando, o sr. Bankes não estava mais. Ele colocara os óculos. Dera um passo para trás. Levantara a mão. Havia apertado um pouco os olhos de um azul límpido, quando Lily, caindo em si, viu o que ele ia fazer, e crispou-se como um cão que vê uma mão levantada para golpeá-lo. Teve um impulso de arrancar o quadro do cavalete, mas disse a si própria: é necessário. Retesou-se para enfrentar a terrível provação de alguém ver sua pintura. É necessário, repetiu, é necessário. E se era necessário que alguém a visse, antes o sr. Bankes que qualquer outra pessoa. Mas a ideia de que olhos outros veriam o resíduo de seus trinta e três anos, o sedimento de cada dia vivido, misturado com algo mais secreto do que qualquer coisa que ela tivesse dito ou mostrado em todos aqueles anos, era uma agonia. Ao mesmo tempo, era muitíssimo empolgante.

Nada poderia ser mais ponderado e tranquilo. Tirando do bolso um canivete, o sr. Bankes bateu na tela com o cabo de osso. O que ela pretendia representar com aquela forma triangular roxa, "esta aqui"?, perguntou ele.

Era a sra. Ramsay lendo para James, respondeu ela. Lily sabia o que ele iria argumentar — que ninguém reconheceria aquilo como uma forma humana. Mas não era sua intenção fazer uma figura reconhecível, retrucou ela. Então por que pintara aquilo? ele perguntou. Por quê? Só porque se, naquele canto ali, havia luz, neste aqui ela sentia necessidade de escuridão. Era uma coisa simples, óbvia, trivial, mas o sr. Bankes se interessou. Então mãe e filho — objetos de veneração universal, sendo a mãe, no caso, famosa por sua beleza — podiam ser reduzidos, concluiu ele, a uma sombra roxa, sem irreverência.

Mas não era um retrato dos dois, ela disse. Ou, pelo menos, não no sentido que ele tinha em mente. Havia outros sentidos, também, em que se podia manifestar reverência por eles. Uma sombra aqui e uma luz ali, por exemplo. Era essa a forma assumida por sua homenagem, se, como ela imaginava vagamente, um quadro tem que ser uma homenagem. Uma luz aqui exigia uma sombra ali. Ele ficou pensando. Estava interessado. Acolheu o argumento cientificamente, com a mais completa boa-fé. Na verdade, todos os seus preconceitos apontavam no sentido oposto, ele explicou. O maior quadro que havia na sua sala, que já fora elogiado por pintores, e avaliado numa quantia superior ao preço que ele havia pagado, mostrava cerejeiras em flor nas margens do Kennet. Ele havia passado a lua de mel às margens do Kennet, explicou. Lily devia ir lá para ver aquele quadro, disse ele. Mas agora — e virou-se, óculos levantados, para examinar cientificamente o quadro dela. Que se tratasse de uma questão da relação entre massas, de luz e sombra, algo em que, para ser sincero, nunca havia pensado antes, era uma coisa que ele gostaria que lhe explicassem — então, o que ela pretendia com aquilo? Lily olhou. Não podia mostrar-lhe o que pretendia com aquilo, ela própria não conseguia ver, se não tivesse na mão um pincel. Reassumiu a posição anterior de quem está pintando, com o olhar vago e o jeito distraído, submetendo todas as suas impressões como mulher a algo muito mais geral; colocando-se mais uma vez sob o poder daquela visão que ela tivera com nitidez uma vez, e que agora era forçada a procurar tateando em meio a sebes e casas e mães e crianças — a sua pintura. Era uma questão, lembrou-se, de como ligar esta massa à direita àquela outra à esquerda. Talvez pudesse fazer isso estendendo a linha do galho até o outro lado, assim; ou quebrar aquele vazio no primeiro plano inserindo um objeto (talvez James), assim. Mas o perigo era com isso quebrar a unidade do todo. Ela calou-se; não queria entediá-lo; com um gesto leve tirou a tela do cavalete.

Mas a pintura fora vista; fora tirada dela. Aquele homem havia compartilhado com ela algo profundamente íntimo. E, agradecendo ao sr. Ramsay e à sra. Ramsay, e à hora e ao lugar, reconhecendo no mundo um poder de cuja existência ela jamais desconfiara, que era possível afastar-se caminhando por aquela longa galeria não mais sozinha, porém de braços dados com outra pessoa — a sensação mais estranha do mundo, e a mais estimulante —, ela estalou o fecho da tampa do estojo de tintas, com mais força do que era necessário, e aquele estalo parecia criar um círculo eterno em torno do estojo de tintas, o gramado, o sr. Bankes e aquela terrível malfeitora, Cam, que passou por eles a toda velocidade.

10

Pois Cam por um triz não esbarrou no cavalete; não parou para o sr. Bankes e Lily Briscoe, muito embora o sr. Bankes, que gostaria de ter ele próprio uma filha, lhe estendesse a mão; não parou para o pai, em quem também não esbarrou por um triz; nem quando a mãe exclamou "Cam! Quero falar com você!" quando passou correndo por ela. Saiu na disparada como um pássaro, uma bala ou uma flecha, impelida por que desejo, disparada por quem, em direção ao quê, quem saberia dizer? O quê, o quê? perguntava-se a sra. Ramsay, olhando para ela. Talvez uma visão — de uma concha, de um carrinho de mão ou de um reino das fadas do outro lado da sebe; ou talvez a glória da velocidade; ninguém sabia. Mas quando a sra. Ramsay exclamou "Cam!" pela segunda vez, o projétil caiu em pleno voo, e Cam veio com passo arrastado, arrancando uma folha no caminho, em direção à mãe.

Com que estaria sonhando, perguntou-se a sra. Ramsay, ao vê-la absorta, parada a sua frente, entregue a seus próprios pensamentos, de modo que ela teve que repetir o recado duas vezes — perguntar a Mildred se Andrew, a srta. Doyle e o sr. Rayley já haviam voltado. As palavras pareciam ser largadas dentro de um poço, cujas águas, embora límpidas, tinham um extraordinário efeito de distorcer, de tal modo que, enquanto caíam, as palavras visivelmente se contorciam, formando sabe-se lá que configurações no fundo da mente da criança. Que recado ela transmitiria à cozinheira? perguntava-se a sra. Ramsay. E de fato foi só depois de aguardar com paciência, e ouvir que havia uma velha na cozinha com bochechas muito vermelhas, tomando sopa numa tigela, que a sra. Ramsay conseguiu acionar aquele instinto de papagaio que havia aprendido as palavras de Mildred com exatidão e agora permitia que elas fossem repetidas, desde que se esperasse, numa ladainha insossa. Deslocando o peso ora para um pé, ora para o outro, Cam repetiu as palavras: "Não voltaram, não, e eu mandei a Ellen tirar a mesa do chá".

Então Minta Doyle e Paul Rayley ainda não tinham voltado. Isso, pensou a sra. Ramsay, só poderia ter um significado. Ou bem ela o havia aceitado, ou bem o havia recusado. Isso de saírem para caminhar depois do almoço, mesmo estando Andrew com eles — que outro significado poderia ter, senão o de que ela havia decidido, com razão, pensou a sra. Ramsay (e ela gostava muito, mas muito, de Minta), aceitar aquele rapaz tão bonzinho, que podia até não ser brilhante, mas por outro lado, pensou a sra. Ramsay, dando-se conta de que James lhe puxava o vestido para que ela continuasse a ler para ele a história do pescador e sua esposa, no fundo do coração ela preferia mil vezes um bobo a um homem inteligente que escrevia teses; Charles Tansley, por exemplo. Fosse como fosse, àquela altura a coisa já estaria resolvida, de uma maneira ou de outra.

Porém ela lia: "Na manhã seguinte a mulher acordou primeiro, o dia estava raiando, e da cama ela via aquela terra linda estendendo-se diante de si. O marido ainda estava a espreguiçar-se...".

Mas como poderia Minta dizer agora que não o queria? Não tinha como, depois de consentir em passar tardes inteiras a perambular pelos campos só com ele — pois Andrew estaria à procura de caranguejos — mas talvez Nancy estivesse com eles. Tentou relembrar a imagem dos dois parados à porta do vestíbulo depois do almoço. Lá estavam eles, olhando para o céu, perguntando-se se o tempo estaria bom, e ela disse, em parte para disfarçar a timidez dos dois, em parte para incentivá-los a ir passear (pois ela era favorável a Paul):

"Não há nenhuma nuvem no céu", comentário que, ela percebeu, provocou um risinho irônico em Charles Tansley, que havia saído logo depois deles. Mas ela o fez de propósito. Se Nancy estava ou não presente, ela não tinha certeza, olhando ora para um, ora para o outro, na imaginação.

Continuou a leitura: "'Ah, mulher', disse o homem, 'e por que haveríamos de ser Rei? Eu não quero ser Rei.' 'Pois então', disse a esposa, 'se não queres ser Rei, quero-o eu; vai falar com o Linguado, pois quero ser Rei.'"

"Entre ou então saia, Cam", disse ela, sabendo que Cam fora atraída apenas pela palavra "Linguado" e que daí a pouco ficaria inquieta e começaria a brigar com James, como sempre. Cam saiu na disparada. A sra. Ramsay continuou a leitura, aliviada, pois ela e James tinham os mesmos gostos e ficavam muito bem juntos.

"Então, quando ele chegou ao mar, a água estava de um tom escuro de cinza, e agitada no fundo, e tinha um cheiro de podridão. Ele foi até a beira e disse:

'Linguado, que estás no mar,
Vem, peço-te, me escutar;
Ilsabil, minha mulher,
O que não quero, ela quer.'

'Pois então, o que quer ela?', perguntou o Linguado." E onde estarão eles agora? perguntou-se a sra. Ramsay, lendo e pensando ao mesmo tempo, sem a menor dificuldade; pois a história do pescador e sua esposa era como o contrabaixo que acompanha suavemente uma música, de vez em quando emergindo, inesperado, na melodia. E quando eles haveriam de lhe contar? Se nada acontecesse, seria necessário ter uma conversa séria com Minta. Pois ela não podia ficar perambulando pelos campos, mesmo se Nancy estivesse com ela (tentou mais uma vez, sem consegui-lo, visualizar os dois, a se afastar de costas, e contar os vultos). Ela era responsável perante os pais de Minta — a Coruja e o Atiçador. Os apelidos que ela inventara para os dois brotaram em sua mente enquanto lia. A Coruja e o Atiçador — sim, eles ficariam contrariados se ouvissem dizer — e certamente haveriam de ouvir — que Minta, hospedada na casa dos Ramsay, fora vista etc., etc., etc. "Ele usava uma peruca na Câmara dos Comuns, e ela o ajudava com muita competência no alto da escada", repetia, extraindo os apelidos da memória através de uma expressão que, ao voltarem de uma festa, havia formulado para fazer o marido rir. Meu Deus, meu Deus, disse a sra. Ramsay a si própria, como puderam produzir aquela filha tão surpreendente? Aquela menina amolecada, de meia furada? Como ela existia naquela atmosfera pomposa, em que a empregada ficava o tempo todo recolhendo a areia espalhada pelo papagaio, e praticamente o único assunto das conversas eram os feitos — talvez até interessantes, mas limitados, no final das contas — da ave em questão? Como era de esperar, ela fora convidada para um almoço, um chá, um jantar, e por fim para ir com eles a Finlay, o que havia gerado algum atrito com a Coruja, a mãe, e mais visitas, e mais conversas, e mais areia, e ao final de tudo isso ela dissera mais mentiras a respeito de papagaios do que ia precisar para o resto da vida (foi o que disse ao marido naquela noite, ao voltarem da festa). No entanto, Minta acabou vindo... Veio, sim, pensou a sra. Ramsay, desconfiando da existência de algum espinho naquele emaranhado de pensamentos; procurou-o e o que encontrou foi isto: uma vez uma mulher a acusara de "roubar-lhe o afeto da filha"; alguma coisa dita pela sra. Doyle a fez lembrar-se de novo daquela acusação. Vontade de dominar, de se meter, de levar as pessoas a fazer o que ela queria — era essa a acusação dirigida a ela, uma acusação que lhe parecia muitíssimo injusta. Que culpa tinha ela de ter aquela aparência? Ninguém podia acusá-la de se esforçar para fazer uma boa impressão. Com frequência ela se envergonhava de estar malvestida. Também não era dominadora, tampouco tirânica. Mas quanto aos hospitais e esgotos e leiterias, havia um pouco de verdade. De fato, essas coisas lhe despertavam sentimentos intensos; se pudesse, bem que gostaria de agarrar as pessoas pelo colarinho para obrigá-las a ver. Nem um único hospital em toda a ilha. Era uma vergonha. Leite entregue em casa em Londres escuro de tão sujo. Devia ser proibido. Uma leiteria modelo e um hospital ali — eram duas coisas que ela gostaria de fazer por conta própria. Mas como? Com todos aqueles filhos? Quando as crianças fossem mais crescidas, talvez ela tivesse tempo; quando todas estivessem na escola.

Ah, mas bem que gostaria que James não crescesse mais, nem ele nem Cam. Esses dois ela queria que ficassem para sempre tal como eram agora, diabretes maldosos, anjos deliciosos, jamais vê-los transformados em monstros de pernas compridas. Nada compensava aquela perda. Enquanto lia ainda há pouco para James que "havia inúmeros soldados com tambores e cornetas" e os olhos dele se ensombreciam, ela pensava: por que eles hão de crescer e perder tudo isso? James era o mais talentoso, o mais sensível de seus filhos. Todos, porém, pensou, eram muito promissores. Prue, um anjinho perfeito com os outros, e às vezes agora, principalmente à noite, a beleza dela era de cair o queixo. Andrew — até mesmo seu marido admitia que ele tinha um dom extraordinário para a matemática. E Nancy e Roger, esses agora eram duas criaturas selvagens, o dia inteiro a correr pelos campos. Quanto a Rose, a boca era grande demais, porém as mãos eram de uma habilidade maravilhosa. Quando brincavam de mímica, era Rose quem fazia os vestidos; fazia tudo;

quem mais gostava de arrumar a mesa, fazer arranjos de flores, tudo. Não gostava do hábito de Jasper de atirar nos pássaros; mas aquilo era só uma fase; todas as crianças passam por fases. Por quê, perguntava-se, apoiando o queixo na cabeça de James, elas crescem tão depressa? Por que têm de ir à escola? Ela bem que gostaria de ter um bebê o tempo todo. Era com um bebê nos braços que ela se sentia mais feliz. Então podiam chamá-la de tirânica, dominadora, mandona, se quisessem; ela pouco se importava. E, tocando nos cabelos do menino com os lábios, pensou: ele nunca mais viveria aquela felicidade; porém se conteve, lembrando que o marido ficava irritado ao ouvi-la dizer aquilo. Mas era mesmo verdade. Elas eram mais felizes agora do que jamais viriam a ser. Um jogo de xícaras que custava dez pence tornava Cam feliz por vários dias. Ela ouvia os passos e os gritos das crianças no andar de cima assim que acordavam. Vinham aos trambolhões pelo corredor. Então a porta se abria de repente e elas entravam, viçosas como rosas, olhos bem abertos, totalmente despertas, como se entrar na sala de jantar depois do desjejum, coisa que faziam todos os dias de suas vidas, fosse para elas um acontecimento e tanto; e era assim o dia todo, ora isso, ora aquilo, até o momento em que ela subia para os quartos delas para dar boa-noite a cada uma, e as encontrava aninhadas em suas caminhas como pássaros em meio a cerejas e framboesas, ainda inventando histórias sobre alguma bobagem — uma coisa que ouviram dizer, um objeto que encontraram no jardim. Todas tinham seus pequenos tesouros... E assim ela desceu e disse ao marido: por que elas têm que crescer e perder tudo isso? Nunca mais elas vão ser tão felizes. E ele irritou-se. Por que essa visão tão pessimista da vida? disse ele. Isso não é sensato. Pois era estranho, e ela achava que era mesmo verdade: com toda a sua melancolia e todo o seu desespero, ele era mais feliz, mais esperançoso, no final das contas, do que ela. Menos exposto às preocupações humanas — talvez fosse isso. Ele sempre podia recorrer ao trabalho. Não que ela fosse "pessimista", como ele a acusava de ser. Era só que ela pensava na vida — e uma pequena fatia de tempo se apresentava a seus olhos, seus cinquenta anos. Lá estava ela a sua frente — a vida. A vida: ela pensava mas não concluía o pensamento. Ela encarava a vida, pois tinha uma percepção nítida dela ali, uma coisa real, uma coisa íntima, que ela não compartilhava nem com os filhos nem com o marido. Uma espécie de transação havia entre elas duas, em que ela ficava de um dos lados e a vida ficava do outro, e ela estava sempre tentando levar a melhor, enquanto a vida fazia o mesmo; e às vezes as duas abriam uma trégua (quando ela estava a sós); ocorriam, ela relembrou, grandes cenas de reconciliação; de modo geral, porém, por estranho que fosse, ela era obrigada a reconhecer que para ela essa coisa que ela chamava de vida era terrível, hostil, pronta para atacar se tivesse a menor oportunidade. Havia os problemas eternos: o sofrimento; a morte; a miséria. Havia sempre uma mulher morrendo de câncer, mesmo ali. E no entanto ela dissera a todas aquelas crianças: vocês vão passar por tudo isso. A oito pessoas ela dissera isso, implacável (e a conta do conserto da estufa seria de cinquenta libras). Por esse motivo, sabendo o que elas teriam pela frente — o amor e a ambição, e a infelicidade de se ver a sós num lugar inóspito —, muitas vezes vinha-lhe este pensamento: por que elas têm de crescer e perder isso tudo? E então dizia a si mesma, brandindo sua espada diante da vida: bobagem. Elas vão ser perfeitamente felizes. E eis que agora, pensou, mais uma vez encarava a vida como uma coisa um tanto sinistra, fazendo com que Minta se casasse com Paul Rayley; porque fossem quais fossem seus sentimentos em relação à sua própria transação, e ela tivera experiências que não aconteceriam necessariamente com todo mundo (não identificou para si própria quais foram elas), sentia-se impelida, com uma rapidez excessiva, isso ela reconhecia, quase como se fosse também para ela uma fuga, a dizer que as pessoas precisavam se casar; as pessoas precisavam ter filhos.

Seria isso um erro da sua parte? ela se perguntava, pensando no seu comportamento nas últimas semanas, e perguntando-se se havia de fato pressionado Minta, que tinha apenas vinte e quatro anos, a tomar uma decisão. Sentia-se insegura. Não havia rido daquilo? Estaria se esquecendo o quanto era capaz de influenciar as outras pessoas? O casamento exigia... ah, um sem-número de qualidades (a conta do conserto da estufa seria de cinquenta libras); uma delas — não era necessário especificá-la — *essa* era essencial; a coisa que havia entre ela e o marido. Aqueles dois teriam isso?

"Então ele vestiu as calças e saiu correndo como um louco", ela lia. "Mas lá fora uma grande tempestade havia se instaurado, o vento era tão forte que ele mal conseguia permanecer em pé; casas e árvores eram derrubadas, as montanhas tremiam, os rochedos despencavam no mar; o céu estava negro como piche; trovões e relâmpagos explodiam, e o mar avançava, com ondas negras altas como torres de igrejas e como montanhas, todas com espuma branca no alto."

Ela virou a página; faltavam apenas umas poucas linhas, de modo que ela terminaria a história, embora já passasse da hora de ir para a cama. Estava ficando tarde. A luminosidade do jardim o indicava; e o embranquecimento das flores e um toque de cinza nas folhas juntos conspiravam para despertar nela uma certa ansiedade. Qual o motivo exato, de início ela não conseguia imaginar. Então lembrou-se; Paul e Minta e Andrew ainda não haviam voltado. Evocou mais uma vez a imagem do pequeno grupo reunido no terraço em frente à porta do vestíbulo, olhando para o céu. Andrew levava a rede e a cesta. Isso queria dizer que ele ia catar caranguejos e coisas assim. Isso queria dizer que ele ia subir num rochedo;

a maré ia deixá-lo ilhado. Ou então, voltando para casa em fila indiana numa daquelas picadas estreitas no alto do penhasco, um deles poderia escorregar. Cairia lá do alto e se despedaçaria. Estava cada vez mais escuro.

Mas ela não permitiu que sua voz se alterasse nem um pouco enquanto concluía a história, e acrescentou, ao fechar o livro, dizendo as últimas palavras como se ela própria as tivesse escrito, olhando nos olhos de James: "E ainda estão morando lá até hoje".

"Acabou a história", disse, e viu nos olhos dele, à medida que o interesse pela narrativa ia morrendo, uma coisa diferente substituí-lo; algum devaneio pálido, como o reflexo de uma luz, que o fazia ao mesmo tempo olhar fixamente e maravilhar-se. Virando-se, ela olhou para o outro lado da baía, e de lá, como não poderia deixar de ser, vieram num ritmo regular, acima das ondas, primeiro dois brilhos rápidos e depois um prolongado, a luz do Farol. Ele fora aceso.

Dentro de instantes o menino lhe perguntaria: "A gente vai ao Farol?". E ela seria obrigada a dizer: "Não; amanhã, não; seu pai disse que não". Felizmente Mildred veio buscar as crianças, e todo aquele bulício os distraiu. Mas James continuava a olhar para trás enquanto Mildred o levava para o quarto, e a sra. Ramsay tinha certeza de que ele estava pensando: a gente não vai ao Farol amanhã; e disso, ocorreu-lhe, ele vai se lembrar para o resto da vida.

II

Não, pensou ela, juntando algumas das imagens que ele havia recortado — uma geladeira, uma máquina de cortar grama, um cavalheiro com traje a rigor —, as crianças não esquecem jamais. Por isso era tão importante o que a gente dizia, o que a gente fazia, e era um alívio quando elas iam se deitar. Por ora ela não precisava pensar em ninguém. Podia ser quem era, estando sozinha. E era nisso que agora ela muitas vezes sentia necessidade de pensar; bem, nem mesmo de pensar. Ficar em silêncio; ficar a sós. Toda aquela história de ser e fazer, de ser expansiva, brilhar, falar, evaporava; e então a pessoa se reduzia, com um sentimento solene, a ser quem era, um núcleo de solidão em forma de cunha, invisível para as outras pessoas. Embora continuasse a tricotar, muito tesa na cadeira, era assim que sentia ser; e este eu, tendo se livrado de tudo a que se apegava, ficava livre para as mais estranhas aventuras. Quando a vida se atenuava por um momento, a gama de experiências parecia ilimitada. E para todo mundo sempre havia essa sensação de recursos ilimitados, parecia-lhe; um depois do outro, ela, Lily, Augustus Carmichael, certamente sentirão que nossas aparições, as coisas pelas quais os outros nos conhecem, são simplesmente infantis. Por trás disso, tudo é escuridão, tudo se espalha, tudo é de uma profundeza insondável; mas de vez em quando subimos até a superfície, e é isso que os outros veem de nós. Seu horizonte lhe parecia ilimitado. Havia todos aqueles lugares que ela não conhecera; as planícies da Índia; sentia que estava abrindo a grossa cortina de couro de uma igreja em Roma. Esse núcleo de escuridão podia ir a qualquer lugar, pois ninguém o via. Ninguém podia detê-lo, pensou, exultante. Havia liberdade, havia paz, havia, o melhor de tudo, uma concentração, um repouso numa plataforma de estabilidade. Sendo-se quem se era, ninguém jamais encontrava repouso, até onde ela sabia (e neste ponto realizou um feito de destreza com suas agulhas), mas só quando se era uma cunha de escuridão. Perdendo-se a personalidade, perdiam-se o frenesi, a pressa, o bulício; e lhe aflorava aos lábios sempre uma exclamação de triunfo sobre a vida quando as coisas se concentravam nesta paz, neste repouso, nesta eternidade; e fazendo uma pausa olhou para fora, para encontrar aquele feixe de luz do Farol, aquele brilho prolongado e firme, o último dos três, o que era o seu, pois ao contemplá-los naquele estado de espírito naquela hora, era impossível não se apegar a uma coisa em particular entre as coisas que se viam; e essa coisa, o feixe prolongado e firme, era o feixe dela. Com frequência dava por si sentada olhando, olhando, com a costura nas mãos, até que ela própria se transformava naquilo para que olhava — aquela luz, por exemplo. E a luz punha em relevo alguma expressão que estava solta na sua mente, como "As crianças nunca esquecem, as crianças nunca esquecem" — que ela repetia, e depois começava a fazer acréscimos: Vai acabar, vai acabar, disse ela. Vai vir, vai vir, quando de repente acrescentou: Estamos nas mãos do Senhor.

Mas na mesma hora sentiu uma irritação dirigida a si própria por ter dito o que disse. Quem dissera aquilo? Não ela; havia caído numa armadilha e acabara dizendo uma coisa que não queria dizer. Levantou os olhos da costura e encarou o terceiro feixe, e foi como se seus próprios olhos encarassem seus próprios olhos, perscrutando, como só ela mesma poderia fazer, sua mente e seu coração, a depurar, até tornar inexistente, aquela mentira, qualquer mentira. Congratulou-se por ter elogiado a luz, sem vaidade, pois era severa, estava perscrutando, ela era bela como aquela luz. Estranho, pensou, quando estamos sozinhos nos debruçamos sobre as coisas, as coisas inanimadas; árvores, riachos, flores; sentimos que elas nos expressam; sentimos que elas se tornam uma coisa única; sentimos que elas nos conhecem, e num certo sentido são quem somos; sentimos uma ternura irracional, assim (olhou para aquela luz prolongada e firme), por nós mesmos. Então emergia, e ela olhava e olhava com as agulhas suspensas, emergia, enroscada no soalho da mente, do lago do nosso próprio ser, uma névoa, uma noiva indo encontrar-se com seu amado.

O que a levara a dizer aquilo: "Estamos nas mãos do Senhor"? ela se perguntava. Aquela insinceridade que se

PASSEIO AO FAROL

imiscuíra entre as verdades a açulava, a irritava. Retomou o tricô. Como poderia qualquer Senhor ter feito este mundo? perguntou. Em sua mente sempre havia apreendido o fato de que não existe razão, ordem, justiça: e sim sofrimento, morte, miséria. Não havia traição tão vil que o mundo não fosse capaz de cometê-la; isso ela sabia. Nenhuma felicidade durava; isso ela sabia. Tricotava com um equilíbrio firme, lábios ligeiramente franzidos, e, sem se dar conta, de tal modo enrijeceu e controlou os traços do rosto, num hábito de severidade, que quando seu marido passou, embora estivesse rindo baixinho ao pensar que Hume, o filósofo, tendo ficado gordíssimo, uma vez se atolou num pântano, não pôde deixar de perceber, ao passar, a severidade que havia no âmago de sua beleza. Isso o entristeceu, e a sensação de que ela estava distante lhe doeu, e sentiu, ao passar, que não podia protegê-la, e, chegando à sebe, estava triste. Não podia fazer nada para ajudá-la. Só lhe restava observá-la. De fato, a verdade infernal era que ele só piorava as coisas para ela. Sentia-se irritadiço — suscetível. Havia perdido as estribeiras com aquela história do Farol. Olhou para o interior da sebe, emaranhada, escura.

Sempre, pensou a sra. Ramsay, a gente consegue sair da solidão com relutância agarrando-se a este ou àquele pequeno detalhe, algum som, alguma visão. Pôs-se a escutar, mas o silêncio era profundo; a partida de críquete havia terminado; as crianças estavam tomando banho; o único som vinha do mar. Parou de tricotar; deixou a comprida meia grená pender de seus dedos por um momento. Viu a luz outra vez. Com alguma ironia em sua interrogação, pois quando se estava desperto mudavam as relações que se tinha com as coisas, ficou a olhar fixamente para a luz firme, implacável, impiedosa, que era tão como ela, e no entanto tão pouco como ela, que se impunha a ela (quando acordava no meio da noite, via a luz debruçada sobre a cama, acariciando o soalho), mas mesmo assim, pensou, olhando-a fascinada, hipnotizada, como se a luz estivesse acariciando com seus dedos prateados algum vaso hermético em seu cérebro que, se explodisse, haveria de inundá-la de prazer, ela já conhecera a felicidade, uma felicidade extrema, uma felicidade intensa, e a luz emprestava um tom prateado um pouco mais vivo às ondas impetuosas, à medida que o dia ia morrendo, e o azul se esvaía do mar e se agitava em ondas de um tom puro de limão, que se curvavam e inchavam e se quebravam na praia, e o êxtase explodiu em seus olhos, e ondas de puro prazer dispararam pelo assoalho de sua mente e ela sentiu: Chega! Chega!

Ele virou-se e olhou para a mulher. Ah! Ela era linda, mais linda agora do que nunca, pensou. Mas ele não podia lhe falar. Não podia interrompê-la. Sentia uma vontade urgente de lhe dirigir a palavra agora que James não estava mais lá e ela por fim estava sozinha. Porém decidiu que não; não iria interrompê-la. Estava isolada dele agora em sua beleza, sua tristeza. Ele não a perturbaria, e passou sem dizer palavra, embora lhe doesse vê-la tão distante, ele não podia alcançá-la, não podia fazer nada para ajudá-la. E mais uma vez teria passado sem dizer palavra se ela, naquele exato momento, não lhe tivesse dado, por livre e espontânea vontade, o que sabia que ele jamais haveria de pedir, chamando-o e tirando o xale verde de cima da moldura do quadro e se aproximando dele. Pois ele queria, ela sabia, protegê-la.

12

Ela pôs nos ombros o xale verde. Tomou-lhe o braço. Ele era tão bonito, disse ela, começando a falar sobre Kennedy, o jardineiro, na mesma hora; era mesmo tão bonito que ela não conseguia demiti-lo. Havia uma escada apoiada na estufa, e montinhos de reboco grudados aqui e ali, pois estavam começando a consertar o telhado da estufa. É, mas enquanto caminhava com o marido, ocorreu-lhe que aquela fonte de preocupação estava devidamente localizada. Por um triz não disse, enquanto caminhavam, o que estava na ponta da língua: "Vai custar cinquenta libras"; mas em vez disso, pois não teve ânimo de falar sobre dinheiro, mencionou o hábito de Jasper de atirar em pássaros, e ele na mesma hora lembrou, tranquilizando-a imediatamente, que isso era natural nos meninos, e que estava certo de que em breve Jasper acharia maneiras melhores de se divertir. Seu marido era tão sensato, tão justo. E assim ela disse: "É, todas as crianças passam por fases", e voltou sua atenção para as dálias no canteiro grande, pensando como seriam as flores do próximo ano, e ele já tinha ouvido o apelido que as crianças puseram em Charles Tansley, perguntou? O ateu, elas dizem que ele é o ateuzinho. "Ele não é um tipo muito refinado", disse o sr. Ramsay. "Longe disso", retrucou a sra. Ramsay.

Na sua opinião, não havia problema em deixá-lo por conta própria, disse a sra. Ramsay, pensando se valeria a pena mandar bulbos para casa; será que iam plantá-los? "Ah, ele tem uma tese para escrever", disse o sr. Ramsay. *Disso* ela sabia muito bem, retrucou a sra. Ramsay. Ele não falava de outro assunto. O tema era a influência de alguém sobre algo. "Bem, agora ele depende disso", comentou o sr. Ramsay. "Queira Deus que ele não se apaixone pela Prue", disse a sra. Ramsay. Ele haveria de deserdá-la se ela se casasse com ele, disse o sr. Ramsay. Não olhava para as flores, que sua mulher contemplava, e sim para um ponto cerca de meio metro acima delas. Ele não é má pessoa, acrescentou, estava prestes a dizer que pelo menos ele era o único rapaz na Inglaterra que admirava seus... quando engoliu suas palavras. Não ia aborrecê-la de novo falando de seus livros. As flores até que não estavam más, observou o sr. Ramsay, baixando o olhar e percebendo alguma coisa vermelha, alguma coisa parda. Sim, mas aquelas ela havia plantado com suas próprias mãos, disse a sra. Ramsay. A questão era: o que aconteceria se ela mandasse bulbos para lá; Kennedy os plantaria? A preguiça dele era incurável, acrescentou, andando mais à frente. Se ela ficava o dia inteiro a supervisioná-lo, segurando uma pá, ele às vezes até fazia alguma coisa. Então continuaram a caminhar, em direção às tritomas. "Você está ensinando suas filhas a exagerar", disse o sr. Ramsay, reprovando-a. Tia Camilla era muito pior que ela, observou a sra. Ramsay. "Que eu saiba, nunca ninguém apontou a sua tia Camilla como modelo de virtudes", disse o sr. Ramsay. "Foi a mulher mais bonita que já vi", disse a sra. Ramsay. "Não, isso se aplica a outra pessoa", discordou o sr. Ramsay. Prue ia ser muito mais bonita do que ela, disse a sra. Ramsay. Ele não via sinal disso, discordou o sr. Ramsay. "Então olhe para ela esta noite", disse a sra. Ramsay. Fizeram uma pausa. Ele gostaria que fosse possível fazer com que Andrew estudasse mais. Ele ia acabar perdendo todas as oportunidades de ganhar uma bolsa de estudos se não estudasse. "Ah, essas bolsas!", exclamou ela. O sr. Ramsay achou uma bobagem ela fazer um comentário assim a respeito de uma coisa séria como uma bolsa de estudos. Ele teria muito orgulho de Andrew se ele ganhasse uma bolsa, disse o sr. Ramsay. Ela se orgulharia do mesmo jeito se ele não ganhasse bolsa nenhuma, replicou a sra. Ramsay. Os dois sempre discordavam em relação a esse assunto, mas isso não era problema. Ela gostava que ele acreditasse em bolsas de estudo, e ele gostava que ela se orgulhasse de Andrew independentemente do que ele fizesse. De súbito ela lembrou-se daquelas picadas estreitas na beira dos penhascos.

Já não estava ficando tarde? ela perguntou. Eles ainda não haviam voltado para casa. Ele abriu o relógio com um gesto displicente. Mas não, pouco passava das sete. Manteve o relógio aberto por um momento, decidindo que ia dizer a ela o que havia sentido no terraço. Para começo

PASSEIO AO FAROL 101

de conversa, não havia motivo para se preocupar tanto. Andrew sabia se cuidar. Depois, teve vontade de lhe dizer que, quando estava andando no terraço ainda há pouco — e nesse ponto sentiu-se constrangido, como se estivesse invadindo aquela solidão, aquele isolamento, aquele distanciamento dela... Porém ela insistiu. O que era que ele queria lhe dizer, perguntou, pensando que tinha a ver com a ida ao Farol, e que ele ia pedir desculpas por ter dito "dane-se". Mas não. Ele não gostava de vê-la tão triste, foi o que disse. Ela estava só pensando na morte da bezerra, disse ela, corando um pouco. Os dois se sentiam constrangidos, como se não soubessem se avançavam ou se voltavam atrás. Ela estava lendo contos de fadas para James, explicou. Não; não podiam compartilhar isso; não podiam dizer isso.

Haviam chegado à brecha entre os dois tufos de tritomas vermelhas, e lá estava o Farol outra vez, mas ela não se permitiu olhá-lo. Se soubesse que o sr. Ramsay estava olhando para ela, pensou, não teria se permitido ficar sentada ali, pensando. Não gostava de nada que a lembrasse de que ela fora vista sentada, pensando. Assim, olhou para trás, para a cidade. As luzes pingavam e escorriam como se fossem gotas de água prateada fixadas pelo vento. E toda a pobreza, todo o sofrimento se transformara naquilo, pensou a sra. Ramsay. As luzes da cidade e do porto e dos barcos pareciam uma rede fantasma, flutuando ali para marcar o lugar em que alguma coisa havia afundado. Bem, se não podia compartilhar os pensamentos dela, disse o sr. Ramsay a si próprio, ele ia afastar-se, ficar sozinho. Queria continuar a pensar, a contar a si próprio a história de Hume atolado num pântano; queria rir. Mas em primeiro lugar era bobagem preocupar-se com Andrew. Quando tinha a idade de Andrew, ele passava o dia inteiro perambulando pelo campo, levando apenas um biscoito no bolso, e ninguém se incomodava com ele, nem ficava achando que ele havia despencado de um penhasco.

Disse em voz alta que estava pensando em passar o dia caminhando, se o tempo estivesse bom. Já estava cheio de Bankes e Carmichael. Queria um pouco de solidão. Está bem, ela disse. Aquilo o incomodou, isso de ela não reclamar. Ela sabia que ele não iria coisa nenhuma. Estava velho demais para ficar um dia inteiro andando com um biscoito no bolso. Com os meninos, sim, se preocupava, mas não com ele. Anos atrás, antes de se casar, pensou ele, olhando para o outro lado da baía, estando os dois parados entre os tufos de tritomas, uma vez ele caminhou o dia inteiro. Sua refeição foi pão com queijo numa estalagem. Havia trabalhado dez horas corridas; uma velha vinha de vez em quando ver como estava o fogo na lareira. Era essa a região que mais lhe agradava, ali; aquelas dunas que iam se perdendo na escuridão. Podia-se caminhar o dia inteiro e não encontrar ninguém. Não havia praticamente nenhuma casa, nem uma única aldeia num raio de muitas milhas. Ali se podia resolver as coisas em pensamento, a sós. Havia pequenas praias de areia aonde ninguém ia desde o início dos tempos. As focas se levantavam e olhavam para a gente. Por vezes ele tinha a impressão de que numa casinha ali, sozinho... interrompeu-se, suspirando. Ele não tinha esse direito. Um pai de oito filhos — lembrou a si próprio. E seria um animal, um cachorro, se desejasse que uma única coisa fosse diferente. Andrew se tornaria um homem melhor do que ele. Prue seria belíssima, segundo a mãe. Eles haveriam de conter a inundação, um pouco. Nisso ele se saíra bem, de modo geral — oito filhos. Eram a prova de que ele não maldizia o pobre universo por completo, pois numa tarde como aquela, pensou, vendo a terra se perder na distância, a pequena ilha parecia ridiculamente pequena, meio engolida pelo mar.

"Pobre lugarejo", murmurou com um suspiro.

Ela o ouviu. Ele dizia as coisas mais melancólicas, mas ela percebia que assim que as dizia ficava mais alegre do que de costume. Todas aquelas frases de efeito eram um jogo, pensou, porque se ela dissesse metade do que ele dizia, àquela altura já teria dado um tiro nos miolos.

Incomodavam-na, essas frases de efeito, e ela disse a ele, num tom natural, que era uma bela tarde. E por que ele estava gemendo, perguntou, meio que rindo, meio que reclamando, pois adivinhava seus pensamentos — ele teria escrito livros melhores se não tivesse casado.

Ele não estava reclamando, retrucou o sr. Ramsay. Ela sabia que ele não reclamava. Sabia que ele não tinha motivo nenhum para reclamar. E ele segurou-lhe a mão e levou-a aos lábios e beijou-a com uma intensidade que fez com que os olhos dela marejassem, e mais que depressa soltou-lhe a mão.

Deram as costas para a vista e começaram a subir o caminho onde cresciam plantas de um verde prateado, em forma de lança, de braços dados. O braço dele era quase como o de um rapaz, pensou a sra. Ramsay, fino e rijo, e deliciada pensou no quanto ele ainda era forte, embora estivesse com mais de sessenta, indomável e otimista, e como era estranho, estando ele convicto de tantas coisas horríveis, isso não o deprimir, mas pelo contrário alegrá-lo. Não era estranho? pensou. De fato, às vezes ele lhe dava a impressão de ter nascido diferente das outras pessoas, cego, surdo e mudo para as coisas comuns, porém com olho de águia para as coisas extraordinárias. Com frequência ela admirava-se do entendimento dele. Mas será que ele reparava nas flores? Não. Reparava na vista? Não. Reparava sequer na beleza de sua própria filha, ou se havia pudim no prato dele, ou carne assada? Sentado à mesa com a família, era como se estivesse num sonho. E seu hábito de falar em voz alta, recitar poesia em voz alta, estava aumentando cada vez mais, ela pensava, preocupada; porque às vezes a coisa era constrangedora —

Vem, ó bela entre as belas!

A pobre da srta. Giddens, quando ele gritou isso para ela, quase caiu desmaiada. Mas então, a sra. Ramsay, embora na mesma hora ficasse do lado dele contra todas as srta. Giddens bobocas deste mundo, então, pensou, dando-lhe a entender por meio de uma pequena pressão em seu braço que ele estava subindo a ladeira rápido demais para ela, e que ela precisava parar por um momento para ver se aqueles montinhos de terra eram de toupeiras, então, pensou, abaixando-se para olhar, uma mente extraordinária como a dele tinha mesmo que ser diferente das nossas sob todos os aspectos. Todos os grandes homens que ela já conhecera, pensou, concluindo que um coelho devia ter entrado ali, eram assim, e era bom para os rapazes (embora a atmosfera das salas de aula fosse sufocante e deprimente para ela, insuportável, ou quase) simplesmente ouvi-lo, simplesmente olhar para ele. Mas como controlar a população de coelhos sem matá-los? perguntou-se. Talvez fosse um coelho; talvez fosse uma toupeira. Alguma criatura, fosse qual fosse, estava destruindo seus círios-do-norte. E ao olhar para o céu viu acima das árvores finas o primeiro pulsar da estrela, a latejar com toda a intensidade, e quis fazer com que seu marido olhasse para a estrela; pois vê-la dava-lhe um prazer enorme. Porém se conteve. Ele nunca olhava para as coisas. Se olhasse, só faria dizer: Pobre mundinho, com um dos seus suspiros.

Naquele momento, o que ele disse foi: "Muito bonitas", para agradá-la, e fingiu admirar as flores. Mas ela sabia muito bem que ele não as admirava, que nem sequer se dava conta da presença delas. Era só para agradá-la... Ah, mas não era Lily Briscoe que estava andando logo ali com William Bankes? Focalizou os olhos míopes nas costas de um casal que se afastava. Eram eles, sim. Isso não queria dizer que os dois iam se casar? Claro, com certeza! Que grande ideia! Eles tinham que se casar!

13

Ele já fora a Amsterdã, dizia o sr. Bankes enquanto caminhava pelo gramado com Lily Briscoe. Tinha visto os Rembrandts. Fora a Madri. Infelizmente, era Sexta-Feira da Paixão e o Prado estava fechado. Conhecia Roma. A srta. Briscoe nunca tinha ido a Roma? Ah, mas devia — seria uma experiência maravilhosa para ela — a Capela Sistina; Michelangelo; e Pádua, com seus Giottos. A esposa dele estava com problemas de saúde havia muitos anos, de modo que não tinham viajado tanto.

Ela já fora a Bruxelas; fora a Paris, mas numa viagem muito rápida, para visitar uma tia que estava doente. Fora a Dresden; mas havia milhares de pinturas que ela nunca tinha visto; porém, refletiu Lily Briscoe, talvez fosse melhor não ver pinturas: a gente acabava ficando totalmente desesperançada a respeito da pintura que fazia. O sr. Bankes achava que essa maneira de ver as coisas só poderia ir até um certo ponto. Nem todo mundo pode ser Ticiano nem ser Darwin, disse ele; por outro lado, parecia-lhe que não poderia surgir um Darwin ou um Ticiano se não houvesse pessoas humildes como nós. Lily teve vontade de lhe fazer um elogio; o senhor não é humilde, era o que tinha vontade de dizer. Mas ele não queria elogios (a maioria dos homens quer, pensou ela); sentindo um pouco de vergonha de seu impulso, não disse nada, enquanto ele dizia que talvez seu comentário não se aplicasse a pinturas. Fosse como fosse, disse Lily, cometendo uma pequena insinceridade, ela continuaria a pintar sempre, porque isso a interessava. Certamente, concordou o sr. Bankes; ela sem dúvida continuaria a pintar, e quando chegaram à extremidade do gramado ele perguntou-lhe se lhe era difícil encontrar temas para pintar em Londres, quando se viraram e viram os Ramsay. Então o casamento é isto, pensou Lily, um homem e uma mulher vendo uma menina jogando uma bola. Foi isso que a sra. Ramsay tentou me dizer naquela noite, pensou. Pois ela estava usando um xale verde, e as duas estavam bem próximas, vendo Prue e Jasper jogar a bola um para o outro. E de repente o significado que, sem nenhum motivo, quando por exemplo elas estão saindo do metrô ou tocando a campainha diante de uma porta, desce sobre as pessoas, tornando-as símbolos, tornando-as representativas, desceu sobre eles, transformando-os, parados ao entardecer, em símbolos do casamento, marido e mulher. Depois, passado um instante, o contorno simbólico que transcendia as figuras reais dissipou-se, e eles se tornaram, ao se aproximarem, o sr. e a sra. Ramsay vendo crianças jogando bola. Mesmo assim, por um momento, embora a sra. Ramsay os saudasse com seu sorriso de sempre (ah, ela está pensando que nós vamos nos casar, pensou Lily) e dissesse: "Hoje eu tive uma vitória", querendo dizer que pelo menos daquela vez o sr. Bankes havia concordado em jantar com eles em vez de escapulir para o lugar onde estava hospedado, onde seu criado ia preparar os legumes da maneira correta; mesmo assim, por um momento, havia uma sensação de que as coisas haviam sido dispersadas por uma explosão, uma sensação de espaço, de irresponsabilidade, quando a bola foi subindo cada vez mais alto e eles a seguiram e a perderam de vista e viram a estrela solitária em meio ao cortinado dos galhos. À luz do crepúsculo, todos estavam com contornos nítidos, etéreos, separados por grandes distâncias. Então, correndo de repente para trás, cruzando o espaço imenso (pois era como se a solidez tivesse desaparecido por completo), Prue entrou a toda velocidade no meio deles e agarrou a bola com destreza na mão esquerda levantada bem alto, e a mãe dela perguntou: "Eles ainda não voltaram?" quando então o encantamento se quebrou. Agora o sr. Ramsay sentiu-se livre para rir bem alto de Hume, que se atolou num pântano e foi salvo por uma velha sob a condição de que rezasse o padre-nosso, e rindo baixinho seguiu em direção a seu escritório. A sra. Ramsay, trazendo Prue de volta para os laços da vida familiar, de que ela havia escapulido ao jogar bola, perguntou-lhe:

"A Nancy foi com eles?"

14

(Certamente Nancy estava com eles, pois Minta Doyle o havia pedido com um olhar mudo, estendendo a mão, quando Nancy se recolheu, depois do almoço, ao porão, para fugir dos horrores da vida em família. Nancy concluiu que tinha que ir. Não queria ir. Não queria participar daquele passeio. Pois enquanto seguiam em direção ao penhasco, Minta a toda hora lhe tomava a mão. Depois a soltava. Depois tomava-a de novo. O que era que ela queria? Nancy perguntava-se. Havia alguma coisa, sem dúvida, que as pessoas queriam; pois quando Minta tomava sua mão e a segurava, Nancy, relutante, via o mundo inteiro abrir-se a seus pés, como se fosse Constantinopla vista através de uma névoa, e então, por menor que fosse a vontade de olhar, não havia como não perguntar: "É a Santa Sofia?" "É o Corno de Ouro?". Assim, Nancy perguntava-se, quando Minta lhe segurava a mão: "O que será que ela quer? Será isso?". E o que era isso? Aqui e ali emergiam da névoa (quando Nancy contemplava a vida que se espalhava a seus pés) um pináculo, uma cúpula; coisas proeminentes, sem nome. Mas quando Minta largava sua mão, como ela fez quando desceram a encosta correndo, tudo aquilo, a cúpula, o pináculo, fosse o que fosse que havia se destacado em meio à névoa, nela mergulhava e desaparecia.

Minta, Andrew observou, era boa em caminhadas. Usava roupas mais sensatas do que a maioria das mulheres. Usava saias bem curtas e culotes pretos. Jogava-se dentro de um riacho e o atravessava com passos trôpegos. Seu jeito estouvado o agradava, mas ele percebia que aquilo não ia acabar bem — um dia desses ela ia acabar tendo uma morte idiota. Parecia não ter medo de nada — com exceção dos touros. Bastava ver um touro num campo que levantava os braços e saía correndo aos gritos, o que é justamente o tipo de coisa que enfurece um touro, é claro. Mas, justiça seja feita, ela não tinha a menor vergonha de assumir seu medo. Sabia que era totalmente covarde diante de um touro, ela dizia. Achava que devia ter sido atacada por um deles quando estava no carrinho de bebê. Não parecia se importar muito com o que dizia ou fazia. Agora, sem mais nem menos sentou-se na beira do penhasco e começou a cantar uma música assim:

Malditos olhos teus, malditos olhos teus.

Todos foram obrigados a cantar com ela o refrão, gritando juntos:

Malditos olhos teus, malditos olhos teus,

mas seria fatal deixar que a maré subisse e cobrisse todos os lugares bons de explorar antes que chegassem à praia.

"Fatal", concordou Paul, levantando-se de um salto, e enquanto deslizavam pela encosta ele fazia citações do livro sobre a região, dizendo que "essas ilhas são merecidamente famosas pelas paisagens que lembram parques, e a extensão e variedade de suas curiosidades marinhas". Mas aquilo não ia acabar bem, aquela história de gritar, de malditos olhos teus, pensou Andrew, descendo cuidadosamente o penhasco, essa história de dar tapinhas nas suas costas e chamá-lo de "meu velho" e coisas assim; aquilo não ia acabar bem. Era o lado ruim de fazer caminhadas com mulheres. Chegando à praia, dispersaram-se, Andrew seguindo em direção ao Nariz do Papa, descalçando os sapatos, guardando as meias dentro deles e deixando aquele casal a sós; Nancy foi andando pela água rasa até chegar às suas pedras para investigar as suas poças, e deixou aquele casal a sós. Agachou-se para pegar nas anêmonas-do-mar, lisas como borracha, grudadas na superfície da rocha como pedaços de geleia. Pensativa, transformou a poça em mar e fez dos peixinhos tubarões e baleias, e lançou nuvens imensas sobre aquele mundo minúsculo tapando o sol com a mão, desse modo levando trevas e desolação, como o próprio Deus, a milhões de criaturas ignorantes e inocentes, e depois retirou a mão de repente, deixando que o sol se derramasse sobre elas. Lá na areia clara e riscada, viu, caminhando com passos largos, coberto de franjas e munido de manoplas, um fantástico leviatã (ela continuava amplificando a poça), que sumiu nas enormes fissuras da encosta. E então, deixando que o olhar deslizasse lentamente por sobre a poça e se fixasse naquela linha trêmula entre mar e céu, nos troncos de árvores que a fumaça dos vapores fazia tremular no horizonte, ela ficou, diante de todo aquele poder que avançava feroz e inevitavelmente se recolhia, hipnotizada, e as duas sensações de imensidão e pequenez (a poça havia diminuído de novo) que floresciam em seu interior a faziam sentir-se de mãos e pés amarrados, impossibilitada de se mexer pela intensidade de sentimentos que reduziam seu corpo, sua própria vida e as vidas de todas as pessoas no mundo, para sempre, ao nada. Assim, escutando as ondas, agachada sobre a poça, ela pensava.

E Andrew gritou que a maré estava subindo, por isso ela veio pulando por entre as ondas rasas até a praia e saiu correndo pela areia e foi levada por sua própria impetuosidade e seu desejo de velocidade até atrás de um rochedo e ali, meu Deus! abraçados, estavam Paul e Minta! beijando-se, provavelmente. Ficou furiosa, indignada. Ela e Andrew calçaram os sapatos e as meias num silêncio tumular, sem fazer nenhum comentário sobre o ocorrido. Aliás, estavam um tanto ríspidos um com o outro. Ela bem que poderia tê-lo chamado quando viu o lagostim ou lá o que fosse, resmungou Andrew. Porém, pensavam os dois, a culpa não é nossa. Eles não queriam que tivesse acontecido essa maçada horrenda. Mesmo assim, Andrew irritava-se por Nancy ser mulher, Nancy por Andrew ser homem, e os dois amarraram seus sapatos muito bem amarrados, apertando bem os laços.

Foi só quando já haviam subido até o alto do penhasco que Minta gritou que havia perdido o broche da sua avó — o broche da sua avó, o único enfeite que ela possuía — um salgueiro-chorão (eles certamente se lembrariam dele), um broche de pérolas. Eles certamente o teriam visto, dizia ela, as lágrimas escorrendo-lhe pelas faces, o broche que sua avó usou para prender a touca até seu último dia de vida. Agora ela o havia perdido. Antes perder qualquer outra coisa! Ia voltar para procurá-lo. Todos voltaram. Examinaram, fuçaram, olharam. Mantinham a cabeça bem rente ao chão, e pronunciavam frases curtas e secas. Paul Rayley procurou como um louco em torno da pedra onde estavam sentados antes. Todo aquele alvoroço por causa de um broche não ia acabar bem, pensava Andrew, enquanto Paul lhe dizia para realizar "uma busca meticulosa entre este ponto e aquele". A maré estava subindo depressa. Em um minuto o mar cobriria o lugar onde haviam se sentado. Não havia a menor possibilidade de encontrarem o broche agora. "Vamos ficar ilhados!", gritou Minta, subitamente apavorada. Como se houvesse algum perigo de isso acontecer! Era a mesma coisa que a história dos touros — ela não conseguia controlar as emoções, pensou Andrew. As mulheres não se controlavam. O infeliz Paul teve que tranquilizá-la. Os homens (Andrew e Paul no mesmo instante ficaram másculos, e diferentes do que costumavam ser) tiveram uma conversa rápida e resolveram que iam cravar o bastão de Rayley no lugar onde haviam se sentado e voltariam depois, quando a maré baixasse. Se o broche estava ali, ele continuaria ali na manhã seguinte, eles lhe garanti-

PASSEIO AO FAROL

ram, mas Minta continuava soluçando enquanto subiam o penhasco. Era o broche de sua avó; antes perder qualquer outra coisa, e no entanto Nancy tinha a impressão de que, mesmo que ela de fato sentisse a perda do broche, não era só por isso que estava chorando. Ela estava chorando por um outro motivo. Todos nós podíamos começar a chorar, pensou. Mas não sabia o motivo.

Os dois seguiam à frente juntos, Paul e Minta, e ele a confortava, dizendo-lhe ser famoso por saber encontrar coisas. Uma vez, quando era pequeno, tinha encontrado um relógio de ouro. Ele ia se levantar ao raiar do dia e tinha certeza de que ia achá-lo. Parecia-lhe que ainda estaria quase escuro, e ele ficaria sozinho na praia, e de algum modo seria um tanto perigoso. Porém começou a dizer a Minta que ia encontrar o broche com certeza, e ela retrucou que não queria que ele se levantasse ao raiar do dia: o broche estava perdido: ela não tinha dúvida: tivera um pressentimento ao prendê-lo na blusa naquela tarde. E, em segredo, ele decidiu que não diria a ela, porém sairia de casa de fininho ao raiar do dia, quando todos ainda estivessem dormindo, e se não conseguisse encontrá-lo iria até Edimburgo e compraria outro, parecido com aquele, só que mais bonito. Ele haveria de mostrar do que era capaz. E quando subiram o morro e viram as luzes da cidade, cada luzinha surgindo de repente, uma por uma, como coisas que iam acontecer com ele — o casamento, os filhos, a casa; e mais uma vez ele pensou, quando chegaram à estrada principal, sombreada por arbustos altos, que iam penetrar a solidão juntos, caminhando lado a lado, ele sempre à frente dela, e ela bem juntinho dele (tal como agora). Quando fizeram a curva na encruzilhada, ele pensou na experiência terrível que tivera, e precisava contar a alguém — à sra. Ramsay, naturalmente, pois ficava pasmo ao pensar no que ele tinha sido e feito. Fora de longe o pior momento de sua vida, o momento em que ele pediu a Minta para se casar com ele. Ele iria direto falar com a sra.

Ramsay, porque sentia de algum modo que fora ela que o levara a fazer aquilo. Ela o havia convencido de que ele era capaz de fazer qualquer coisa. Ninguém mais o levava a sério. Mas ela o fazia acreditar que ele era capaz de fazer o que quisesse fazer. Paul passara o dia com a impressão de que ela o estava olhando, seguindo-o aonde quer que ele fosse (embora sem dizer nada), como se estivesse dizendo: "Você pode, sim. Eu acredito em você. Eu espero isso de você". Ela o fizera sentir tudo isso, e assim que chegasse em casa (Paul procurava as luzes da casa acima da baía) ele diria a ela: "Fiz o que tinha que fazer, sra. Ramsay; graças à senhora". E assim, entrando no caminho que levava até a casa, viu luzes se mexendo nas janelas do andar de cima. Então já devia ser bem tarde. As pessoas estavam se preparando para o jantar. A casa inteira estava iluminada, e aquelas luzes todas depois da escuridão davam a seus olhos uma sensação de saciedade, e ele disse a si próprio, como uma criança, ao aproximar-se da casa: Luzes, luzes, luzes, e repetiu, atônito: Luzes, luzes, luzes, quando entraram em casa, olhando a seu redor, com o rosto totalmente rígido. Mas, meu Deus, disse ele a si próprio, levando a mão à gravata, não posso fazer papel de bobo.)

15

"Foi", disse Prue, à sua maneira pensativa, respondendo a pergunta da mãe, "acho que a Nancy foi com eles, sim."

16

Pois bem, então Nancy tinha mesmo ido com eles, pensou a sra. Ramsay, se perguntando, enquanto largava uma escova, pegava um pente e dizia "Pode entrar" ao ouvir alguém bater à porta (Jasper e Rose entraram), se o fato

PASSEIO AO FAROL 113

de Nancy estar com eles tornava menos ou mais provável que alguma coisa acontecesse; tornava menos provável, por algum motivo, a sra. Ramsay sentia, muito irracionalmente, se bem que, no final das contas, um holocausto de tais proporções não era provável. Eles não poderiam todos ter se afogado. E mais uma vez ela sentiu-se sozinha na presença de sua velha antagonista, a vida.

Jasper e Rose lhe disseram que Mildred queria saber se devia esperar para servir o jantar.

"Nem se fosse para a rainha da Inglaterra", respondeu a sra. Ramsay, enfática.

"Nem se fosse para a imperatriz do México", acrescentou, rindo para Jasper; pois ele tinha o mesmo vício da mãe: também ele exagerava.

E se Rose quisesse, disse a sra. Ramsay, enquanto Jasper levava o recado, ela poderia escolher as joias que a mãe ia usar. Quando há quinze pessoas para jantar, não se pode ficar esperando o resto da vida. Ela estava começando a irritar-se com eles por se atrasarem tanto; era falta de consideração, e irritava-a, além da preocupação que a faziam sentir, eles terem escolhido aquela exata noite para se atrasarem, quando ela mais queria que o jantar fosse um sucesso, já que William Bankes por fim havia aceitado o convite de jantar com eles; e seria servida a obra-prima de Mildred — *bœuf en daube*. Tudo dependia de as coisas serem servidas no momento exato em que ficassem prontas. A carne, o louro e o vinho — tudo devia estar no ponto exato. Ficar esperando era impensável. E é claro que hoje, precisamente hoje, eles resolviam sair e ficar até tarde, e era necessário levar as coisas de volta para a cozinha para requentá-las; isso ia estragar por completo o *bœuf en daube*.

Jasper lhe ofereceu um colar de opala; Rose, um colar de ouro. Qual deles combinava melhor com seu vestido preto? Sim, qual deles? perguntou a sra. Ramsay distraída, olhando para o pescoço e os ombros (mas evitando o rosto), no espelho. E então, enquanto as crianças remexiam suas coisas, foi até a janela para ver algo que sempre a divertia — as gralhas tentando escolher uma árvore em que pousar. Todas as vezes, elas pareciam mudar de ideia e sair voando de novo, porque, pensava ela, a gralha velha, o pai das gralhas, ela lhe dera o nome de Joseph, era uma ave de temperamento muito irritante e difícil. Era velho e desmazelado; havia perdido metade das penas de suas asas. Lembrava um senhor idoso e abatido, de cartola, que ela vira tocando trompete na frente de um bar.

"Olhem!", exclamou, rindo. As aves estavam mesmo brigando. Joseph e Mary estavam brigando. No entanto, todos alçaram voo de novo, e ficaram a empurrar e recortar o ar a sua volta em delicadas formas de cimitarra. O movimento das asas a bater, bater, bater — jamais conseguia descrever aquilo de modo preciso o bastante para satisfazê-la — era um dos mais belos de todos, para ela. Olhe só, disse para Rose, na esperança de que Rose visse a cena com mais clareza do que ela própria era capaz de ver. Porque os filhos muitas vezes avançavam um pouco em relação à percepção dos pais.

Mas qual ela usaria? As crianças haviam aberto todos os compartimentos de seu estojo de joias. O colar de ouro, que era italiano, ou o colar de opala, que o tio James trouxera da Índia? Ou deveria usar as ametistas?

"Escolham, meus queridos, escolham", disse ela, na esperança de que se apressassem.

Porém deixava que demorassem o tempo necessário para escolher: deixava que Rose, em particular, pegasse primeiro este e depois aquele, e exibisse as joias em cima do vestido preto, pois essa pequena cerimônia de escolher joias, que se repetia todas as noites, era a preferida de Rose, ela sabia. A menina tinha algum motivo secreto para dar tanta importância à escolha do que sua mãe ia usar. Qual seria a razão? perguntava-se a sra. Ramsay, permanecendo imóvel para que Rose prendesse o fecho do colar que havia escolhido, e adivinhando, com um mergulho no seu próprio passado, algum sentimento profundo, enterrado, inexprimível, que as crianças tinham pela mãe quando eram da idade de Rose. Esse sentimento, como todos os que são dirigidos a nós próprios, pensou a sra. Ramsay, nos deixava tristes. Era tão pouco o que se podia dar em troca; e o que Rose sentia era totalmente desproporcional a qualquer coisa que ela fosse na realidade. E Rose haveria de crescer; e Rose haveria de sofrer, ela imaginava, com esses sentimentos profundos, e a sra. Ramsay disse que agora estava pronta, e eles iam descer, e Jasper, por ser o cavalheiro, daria o braço a ela, e Rose, por ser a dama, levaria o lenço dela (deu o lenço à menina), e o que mais? Ah, claro, talvez esfriasse: um xale. Escolha um xale para mim, ela pediu, pois isso agradaria Rose, que estava destinada a sofrer tanto. "Olhem", disse ela, parando junto à janela do patamar da escada, "lá estão eles de novo." Joseph havia pousado no alto de uma outra árvore. "Você não acha que eles se incomodam", perguntou a Jasper, "se alguém lhes quebra as asas?" Por que ele queria atirar em Joseph e Mary, coitados? Jasper arrastou os pés no degrau da escada, sentindo-se repreendido, mas não a sério, pois ela não compreendia como era divertido atirar em pássaros; que eles não sentiam nada; e, sendo sua mãe, ela morava num outro compartimento do mundo, mas Jasper até que gostava das histórias que ela contava sobre Mary e Joseph. Ela o fazia rir. Mas como saberia ela que aqueles dois eram Mary e Joseph? Será que ela pensava que as mesmas aves pousavam nas mesmas árvores todas as noites? ele perguntou. Mas nesse ponto, de repente, como todos os adultos, ela parou de lhe dar atenção por completo. Estava ouvindo passos no vestíbulo.

"Eles voltaram!", exclamou, e na mesma hora sentiu-se muito mais irritada com eles do que aliviada. Então se perguntou: a coisa teria acontecido? Ela desceria e eles lhe contariam — mas não. Não poderiam contar nada a ela, no meio de toda aquela gente. Então ela teria que descer e dar início ao jantar e esperar. E, como uma rainha que, encontrando seu povo reunido no salão, olha lá do alto para eles e desce entre eles e recebe suas homenagens em silêncio, e aceita sua devoção e sua prostração diante dela (Paul não mexeu nenhum músculo, porém ficou olhando fixamente para a frente quando ela passou), ela desceu, atravessou a sala e abaixou a cabeça muito de leve, como se aceitasse o que eles não podiam dizer: a homenagem a sua beleza.

Porém parou. Sentiu um cheiro de queimado. Teriam deixado o *bœuf en daube* passar do ponto? queira Deus que não! quando o bater do grande gongo anunciou solene, com autoridade, que todos os que estavam dispersos, nos sótãos, nos quartos, em pequenos recantos privados, lendo, escrevendo, dando o último retoque no cabelo ou abotoando o vestido, deviam largar tudo isso, e os pequenos objetos em seus lavatórios e penteadeiras, e os romances nas mesas de cabeceira, e os diários que eram tão secretos, e reunir-se no salão para jantar.

17

Mas o que foi que fiz da minha vida? pensou a sra. Ramsay, ocupando seu lugar à cabeceira da mesa e olhando para todos aqueles pratos, que traçavam círculos brancos na toalha. "William, fique aqui do meu lado", disse ela. "Lily", disse, com uma voz cansada, "ali." Eles tinham aquilo — Paul Rayley e Minta Doyle — e ela, só isto — uma mesa infinitamente comprida e pratos e facas. Na extremidade oposta, seu marido, sentado, inerte, cenho franzido. Por quê? Ela não sabia. Isso não importava. Ela não conseguia entender como pudera algum dia ter sentido qualquer emoção ou afeto por ele. Sentia que havia passado por tudo, atravessado tudo, saído de tudo, enquanto servia a sopa, como se houvesse um torvelinho —

PASSEIO AO FAROL

ali — e ou se estava dentro dele ou fora dele, e ela estava fora. É o fim de tudo, pensou, enquanto entravam um por um, Charles Tansley — "Sente-se ali, por favor", disse ela — Augustus Carmichael — e sentou-se. E enquanto isso esperava, passivamente, que alguém lhe respondesse, que alguma coisa acontecesse. Mas não se trata de uma coisa, pensou, servindo a sopa, que se possa dizer.

Levantando as sobrancelhas diante daquela discrepância — aquilo era o que ela estava pensando, isto era o que estava fazendo — servindo sopa —, sentia-se cada vez mais fora daquele torvelinho; ou, como se uma sombra houvesse descido sobre as coisas e, agora privadas das cores, elas se apresentassem a ela tal como eram. A sala (ela olhava a sua volta) estava muito maltratada. Não havia beleza em lugar nenhum. Ela proibiu-se de olhar para o sr. Tansley. Nada parecia haver se fundido com nada. Todos estavam separados. E todo o esforço de fundir e fluir e criar recaía sobre ela. Mais uma vez sentiu, apenas como um fato, sem hostilidade, a esterilidade dos homens, pois se ela não fizesse nada ninguém faria nada, e assim, dando a si própria a pequena sacudidela que se dá a um relógio que parou, o velho pulso de sempre voltou a bater, tal como um relógio começa a andar — um, dois, três, um, dois, três. E assim por diante e assim por diante, ela repetiu, escutando, protegendo e estimulando o pulso ainda débil, como quem protege uma chama fraca com um jornal. E assim, concluiu, dirigindo-se, enquanto se curvava em silêncio em sua direção, a William Bankes — coitado! que não tinha mulher nem filhos e sempre jantava sozinho onde estava hospedado, com exceção de hoje; e, com pena dele, estando a vida agora forte o bastante para voltar a lhe dar apoio, ela deu início às operações, tal como um marinheiro, um tanto cansado, vê o vento inflar a vela e no entanto não sente vontade de zarpar outra vez, e pensa que, se o navio tivesse afundado, ele teria ficado a rodopiar e rodopiar, para depois encontrar repouso no fundo do mar.

"O senhor encontrou suas cartas? Mandei que elas fossem colocadas no vestíbulo para o senhor", disse ela a William Bankes.

Lily Briscoe viu-a penetrar naquela estranha terra de ninguém onde é impossível seguir quem lá entra, e no entanto ver uma pessoa partir para lá provoca tamanho desânimo nos espectadores que eles sempre tentam segui-la ao menos com os olhos, como quem acompanha o afastamento de um navio até que as velas desapareçam sob o horizonte.

Como está envelhecida, como está acabada, pensou Lily, e distante. Então, quando ela se virou para William Bankes, sorrindo, foi como se o navio tivesse mudado de posição e o sol voltasse a bater em suas velas, e Lily pensou, achando graça porque estava aliviada: Por que ela sente pena dele? Pois foi essa a impressão que deu, quando lhe disse que as cartas dele estavam no vestíbulo. Pobre William Bankes, ela parecia estar dizendo, como se seu cansaço fosse causado em parte pela pena que sentia das pessoas, e a vida que havia nela, sua decisão de voltar a viver, tivesse sido açulada pelo sentimento de piedade. E isso não era verdade, pensou Lily; era um desses erros de avaliação da parte dela que pareciam ser instintivos e brotar de uma necessidade que era dela e não das outras pessoas. Não há nenhum motivo para ter pena dele. Ele tem o trabalho dele, disse Lily a si própria. Lembrou-se, de repente, como se tivesse encontrado um tesouro, que também ela tinha seu trabalho. Viu num lampejo sua pintura e pensou: Sim, vou chegar aquela árvore mais para o meio; com isso resolvo o problema daquele espaço vazio. É isso que vou fazer. É isso que está me causando perplexidade. Pegou o saleiro e o pôs em cima de uma flor no estampado da toalha de mesa, como se para não esquecer de deslocar a árvore.

"É estranho, raramente chega pelo correio alguma coisa que preste, e mesmo assim sempre queremos ver nossas cartas", disse o sr. Bankes.

PASSEIO AO FAROL   119

Quanta tolice eles dizem, pensou Charles Tansley, largando a colher exatamente no meio do prato, que ele havia raspado, como se, pensou Lily (ele estava sentado em frente a ela, de costas para a janela, exatamente no meio da vista), estivesse decidido a aproveitar bem as refeições. Tudo que o cercava tinha aquela fixidez seca, aquela aridez desprovida de beleza. Mesmo assim, o fato é que era quase impossível não gostar de uma pessoa se a gente olhava para ela. Lily gostava dos olhos dele; eram azuis, fundos, assustadores.

"O senhor escreve muitas cartas, sr. Tansley?", perguntou a sra. Ramsay, sentindo pena dele também, imaginava Lily; pois isto era verdade — a sra. Ramsay tinha sempre pena dos homens, como se lhes faltasse alguma coisa — jamais das mulheres, como se elas tivessem alguma coisa. Ele escrevia para a mãe; tirando isso, imaginava não escrever nem mesmo uma carta por mês, respondeu o sr. Tansley, lacônico.

Pois recusava-se a dizer o tipo de tolice que essa gente queria que ele dissesse. Não ia aturar a condescendência daquelas mulheres bobas. Estivera lendo no quarto, e agora que descera tudo lhe parecia bobo, superficial, fútil. Por que elas se arrumavam todas para o jantar? Ele havia descido com suas roupas normais. Não possuía roupas de sair. "A gente raramente recebe pelo correio alguma coisa que preste" — era o tipo de coisa que elas viviam dizendo. Elas obrigavam os homens a dizer esse tipo de coisa. E era verdade, sim, pensou ele. Essas pessoas nunca recebiam nada que prestasse, do início ao fim do ano. Só faziam falar, falar, falar, comer, comer, comer. A culpa era das mulheres. Elas impossibilitavam a civilização, com todo o seu "charme", toda a sua tolice.

"Amanhã ninguém vai ao Farol, sra. Ramsay", disse ele, para afirmar-se. Ele gostava dela; admirava-a; continuava pensando no homem que olhava para ela da vala que estava cavando; mas sentia necessidade de se afirmar.

Na verdade, pensou Lily Briscoe, apesar dos olhos, ele era o ser humano menos encantador que ela jamais conhecera. Então por que ela se importava com o que ele dizia? As mulheres não sabem escrever, não sabem pintar — o que importava isso se vinha dele, já que sem dúvida não era verdade para ele, porém de algum modo o ajudava, e era por isso que ele o dizia? Por que ela, com todo o seu ser, se dobrava, como um trigal ao vento, e só voltava a empertigar-se depois dessa humilhação mediante um grande esforço, um tanto doloroso? Era preciso fazer aquele esforço mais uma vez. Tenho aquele galho na mesa; tenho minha pintura; preciso chegar a árvore mais para o meio; isso é que é importante — mais nada. Será que ela não poderia agarrar-se àquilo, perguntou-se, e não perder a paciência, não discutir; e se queria uma pequena vingança, por que não rir dele?

"Ah, sr. Tansley", disse ela, "me leve ao Farol. Eu gostaria muito de ir lá com o senhor."

Ela estava mentindo, ele percebia. Estava dizendo uma coisa em que não acreditava, para implicar com ele, por algum motivo. Estava rindo dele. Ele estava usando suas velhas calças de flanela. Não tinha outras. Sentia-se muito áspero, isolado, solitário. Sabia que ela estava tentando caçoar dele por algum motivo; não queria ir ao Farol com ele; desprezava-o: também Prue Ramsay o desprezava; todo mundo o desprezava. Mas ele não ia deixar que as mulheres o fizessem de bobo, e por isso virou-se de propósito na cadeira e olhou para a janela e disse, de supetão, de modo muito grosseiro, que o mar estaria agitado demais para ela amanhã. Ela ia enjoar.

Irritava-o que ela o tivesse feito falar daquele jeito, com a sra. Ramsay escutando. Queria mais era estar a sós no seu quarto trabalhando, pensou, em meio a seus livros. Era ali que se sentia à vontade. E nunca devera um tostão a ninguém; desde os quinze anos não custara a seu pai um tostão; ele ajudara a família com suas economias; estava custeando os estudos da irmã. Mesmo assim, queria ter dado uma resposta apropriada à srta. Briscoe; lamentava ter respondido de supetão, daquele jeito. "A senhorita ia enjoar." Queria pensar em alguma coisa para dizer à sra. Ramsay, alguma coisa que lhe mostrasse que ele não era só um sujeito pedante e aborrecido. Era assim que todos o viam. Virou-se para ela. Mas a sra. Ramsay estava falando com William Bankes, sobre pessoas de quem ele nunca ouvira falar.

"Pode levar, sim", disse ela rapidamente, interrompendo a fala dirigida ao sr. Bankes, para a empregada. "Acho que foi há quinze — não, há vinte anos — que eu a vi pela última vez", estava dizendo, virando-se de novo para ele como se não pudesse perder um instante daquela conversa, pois estava absorta no que estavam dizendo. Então ele havia recebido carta dela naquele dia mesmo! E Carrie ainda estava morando em Marlow, e tudo continuava como antes? Ah, ela se lembrava como se fosse ontem — a ida ao rio, o frio intenso. Mas se os Manning faziam um plano, eles o seguiam à risca. Ela jamais se esqueceria de Herbert matando uma vespa com uma colher de chá na margem do rio! E tudo continuava como antes, pensou a sra. Ramsay, deslizando como um fantasma em meio às cadeiras e mesas daquela sala até a margem do Tâmisa onde ela passara tanto, mas tanto frio, vinte anos atrás; mas agora andava entre eles como um fantasma; e isso a fascinava, como se, embora ela tivesse mudado, aquele dia em especial, agora totalmente imóvel e belo, permanecesse lá, esses anos todos. Fora Carrie que escrevera a ele pessoalmente? ela perguntou.

"Foi, sim. Ela diz que eles estão construindo uma sala de bilhar nova", disse ele. Não! Não! Isso estava fora de questão! Uma sala de bilhar nova! Ela achava isso impossível.

O sr. Bankes não via nada de extraordinário naquilo. Eles estavam muito bem de dinheiro agora. A sra. Ramsay gostaria que ele lhe mandasse lembranças?

"Ah", exclamou a sra. Ramsay, com um pequeno sobressalto, "não", acrescentou, refletindo que não conhecia esta Carrie de agora, que estava construindo uma sala de bilhar nova. Mas que estranho, repetiu, fazendo rir o sr. Bankes, que eles ainda continuassem lá. Pois era extraordinário pensar que eles haviam conseguido ficar vivendo lá por tantos anos, enquanto ela só pensara neles no máximo uma vez durante esse tempo todo. Na sua vida acontecera tanta coisa durante esses mesmos anos. E, no entanto, talvez Carrie Manning também não tivesse pensado nela. Essa ideia era estranha e desagradável.

"As pessoas em pouco tempo se afastam", disse o sr. Bankes, sentindo, porém, alguma satisfação ao pensar que ele, afinal de contas, conhecia tanto os Manning quanto os Ramsay. Não havia se afastado deles, pensou, largando a colher e limpando com todo apuro os lábios bem barbeados. Mas talvez ele fosse uma pessoa um tanto incomum, pensou, sob esse aspecto; nunca se permitira fechar-se num círculo. Tinha amigos em todos eles... A sra. Ramsay teve que interromper-se neste ponto para dizer à empregada alguma coisa a respeito de manter a comida quente. Era por isso que ele preferia jantar sozinho. Todas essas interrupções o incomodavam. Pois bem, pensou William Bankes, mantendo uma fachada de cortesia extrema, e limitando-se a abrir os dedos da mão esquerda sobre a toalha de mesa tal como um mecânico examina uma ferramenta lindamente lustrada e pronta para ser usada, num intervalo de descanso, tais são os sacrifícios que nos impõem os amigos. Ela teria ficado magoada se ele se recusasse a vir. Mas para ele não valia a pena. Contemplando a própria mão, pensou que, se estivesse a sós, já teria quase terminado o jantar; estaria livre para trabalhar. É, pensou, é mesmo uma terrível perda de tempo. Ainda havia crianças chegando. "Queria que um de vocês subisse até o quarto do Roger", estava dizendo a sra. Ramsay. Tudo isso é tão trivial, tão chato, pensou ele, em compa-

PASSEIO AO FAROL   123

ração com esta outra coisa — o trabalho. Lá estava ele,
tamborilando sobre a toalha da mesa, quando poderia
estar — teve uma visão momentânea e abrangente do seu
trabalho. Era mesmo uma grande perda de tempo, ora! No
entanto, pensou, ela é uma das minhas amigas mais anti-
gas. Sempre fui um amigo dedicado. No entanto, agora,
naquele momento, a presença dela nada significava para
ele: sua beleza nada significava; ela sentada com o filhinho
à janela — nada, nada. Ele só queria estar a sós e retomar
aquele livro. Sentia desconforto; sentia-se como um trai-
dor, por estar sentado ao seu lado e não sentir nada por
ela. A verdade é que ele não gostava da vida em família.
Era o tipo de estado em que a gente se perguntava: qual
o sentido desta vida? Por que, a gente se perguntava, apo-
quentar-se tanto para dar continuidade à espécie humana?
Somos tão desejáveis assim? Somos atraentes, enquanto
espécie? Nem tanto, pensou, olhando para aqueles meninos não muito limpos. Dessas crianças a que mais o
agradava, Cam, já estava na cama, ele imaginava. Perguntas bobas, perguntas vãs, perguntas que a gente nunca
fazia quando estava ocupada. A vida humana é isso? A
vida humana é aquilo? Nunca se tinha tempo para pensar
nisso. Mas lá estava ele a fazer a si próprio esse tipo de
pergunta, porque a sra. Ramsay estava dando ordens às
empregadas, e também porque lhe havia ocorrido a ideia,
ao pensar na surpresa que a sra. Ramsay experimentou
ao saber que Carrie Manning ainda existia, de que as
amizades, mesmo as melhores, são frágeis. A gente acaba
se afastando. Ele recriminou-se outra vez. Estava sentado
ao lado da sra. Ramsay e não havia nada no mundo que
ele tivesse a lhe dizer.

     "Mil desculpas", disse a sra. Ramsay, virando-se para
ele por fim. Ele sentia-se rígido e estéril, como um par de
botas que se encharcaram e secaram de novo e agora mal
se consegue enfiar os pés dentro delas. No entanto, ele
tinha que enfiar os pés dentro delas. Tinha que se obrigar

a conversar. Se não fosse muito cuidadoso, ela descobriria essa sua traição; que ele pouco se importava com ela, e isso não seria nem um pouco agradável, pensou. Assim, baixou a cabeça, cortês, em direção a ela.

"Como o senhor deve detestar jantar nessa balbúrdia", disse ela, lançando mão, como fazia quando estava com a cabeça em outro lugar, de suas boas maneiras sociais. É pelo mesmo motivo que, quando há um conflito de idiomas em alguma assembleia, o presidente, para obter unidade, sugere que todos falem em francês. Talvez seja um francês ruim; talvez o francês não disponha de termos que exprimam o pensamento de cada falante; mesmo assim, falar em francês impõe alguma ordem, alguma uniformidade. Respondendo-lhe na mesma língua, o sr. Bankes disse: "Não, de modo algum", e o sr. Tansley, que desconhecia essa língua por completo, mesmo quando falada só com palavras curtas, na mesma hora desconfiou que o que estava sendo dito era insincero. Eles realmente diziam bobagens, pensou ele, os Ramsay; e apoderou-se de mais este exemplo com entusiasmo, tomando notas que, um dia desses, haveria de ler em voz alta, para um ou dois amigos. Lá, num meio em que se podia dizer o que se quisesse, ele falaria com sarcasmo sobre "a visita aos Ramsay" e sobre as bobagens que eles diziam. É uma experiência que vale a pena ter, ele diria; mas não se deve repetir. As mulheres eram tão aborrecidas. É claro, Ramsay havia enfiado os pés pelas mãos ao casar-se com uma bela mulher e ter oito filhos. A coisa ia ganhar forma mais ou menos assim, mas agora, naquele momento, sentado à mesa com uma cadeira vaga a seu lado, nada ganhava forma alguma. Eram só fiapos e fragmentos. Sentia-se muitíssimo desconfortável, até mesmo fisicamente. Queria que alguém lhe desse uma oportunidade de se afirmar. Queria isso com tanta urgência que se remexia na cadeira, olhava para uma pessoa, depois para outra, tentava entrar na conversa delas, abria a boca e a fechava em seguida. Estavam falando sobre a

PASSEIO AO FAROL

indústria da pesca. Por que ninguém lhe pedia a opinião? O que essas pessoas sabiam sobre a indústria da pesca?

Lily Briscoe sabia tudo isso. Sentada em frente a ele, como poderia não ver, como se numa radiografia, as costelas e fêmures do desejo que tinha aquele rapaz de impressionar a si próprio, que jazia na escuridão no meio da sua carne — aquela névoa fina que a convenção havia formado sobre seu desejo ardente de entrar na conversa? Porém, pensou ela, apertando os olhos chineses, e lembrando que ele fizera pouco das mulheres, "não sabem pintar, não sabem escrever", por que haveria ela de ajudá-lo a encontrar alívio?

Há um código de comportamento que ela conhecia, cujo artigo sétimo (talvez) afirma que, em ocasiões como essa, cabe à mulher, qualquer que seja a sua ocupação, ajudar o jovem sentado à sua frente para que ele possa expor e aliviar os fêmures, as costelas, de sua vaidade, de seu desejo insistente de se afirmar; tal como é dever deles, pensou, com seu senso de justiça de solteirona, nos ajudar se ocorrer um incêndio no metrô. Nesse caso, refletiu, eu certamente haveria de esperar que o sr. Tansley me tirasse de lá. Mas o que aconteceria, pensou, se nem eu nem ele fizéssemos o esperado? E continuou sorrindo.

"Você não está planejando ir ao Farol, não é, Lily?", perguntou a sra. Ramsay. "Lembre-se do pobre sr. Langley; ele já tinha dado não sei quantas voltas ao mundo, mas me contou que nunca sofreu tanto quanto no dia em que meu marido o levou lá. O senhor é um bom marinheiro, sr. Tansley?", ela perguntou.

O sr. Tansley levantou um martelo; brandiu-o lá no alto; porém, dando-se conta, ao baixá-lo, de que não podia golpear aquela borboleta com um instrumento desses, limitou-se a dizer que nunca enjoara na vida. Mas aquela única frase continha, compactados, como pólvora, os fatos de que seu avô era pescador; de que seu pai era químico; de que ele construíra sua vida sem a ajuda de ninguém;

de que ele se orgulhava disso; de que ele era Charles Tansley — um fato de que nenhum dos presentes parecia se dar conta; mas um dia todas as pessoas que estavam ali saberiam disso. Ele franziu o cenho, olhando para a frente. Chegava quase a sentir pena daquelas pessoas pacatas e cultas, que seriam lançadas para o alto, como fardos de lã e barris de maçãs, um dia desses, quando explodisse a pólvora que havia nele.

"O senhor me leva, sr. Tansley?", pediu Lily, pressurosa, bondosa, pois, é claro, se a sra. Ramsay lhe dissesse, como de fato disse: "Estou me afogando, minha cara, num oceano de fogo. Se você não aplacar com um pouco de unguento a angústia desta hora dizendo alguma coisa simpática a esse rapaz, a vida vai abalroar os rochedos — já estou até ouvindo o estrépito e os gemidos. Meus nervos estão esticados como cordas de violino. Basta mais um toque para que eles se rompam" — quando a sra. Ramsay disse tudo isso, tal como o disseram seus olhos, é claro, pela centésima quinquagésima vez Lily Briscoe teve que desistir de seu experimento — o que acontece quando a gente não é simpática com aquele rapaz ali — e ser simpática.

Avaliando corretamente a mudança de humor nela ocorrida — ela agora estava simpática em relação a ele — Charles Tansley, desonerado de seu egotismo, contou-lhe que caiu de um bote na água quando era bebê; que seu pai o pescava com um croque; fora assim que ele aprendera a nadar. Um tio seu era faroleiro em alguma ilha rochosa perto da costa escocesa, disse ele. Uma vez estava lá com o tio durante uma tempestade. Isso foi dito em voz bem alta durante uma pausa. Todos foram obrigados a ouvi-lo quando ele disse que estava com o tio num farol durante uma tempestade. Ah, pensou Lily Briscoe, agora que a conversa enveredava por um caminho auspicioso, e ela sentia a gratidão da sra. Ramsay (pois a sra. Ramsay agora estava livre para falar por um momento), ah,

PASSEIO AO FAROL

pensou ela, mas e o preço que paguei para conseguir isso para a senhora? Ela não fora sincera.

Tinha apelado para o recurso de sempre — ser simpática. Jamais conheceria aquele rapaz. Ele jamais a conheceria. As relações humanas eram todas assim, pensou, e as piores (não fosse pelo sr. Bankes) eram as entre homens e mulheres. Era inevitável que essas relações fossem extremamente insinceras. Então seu olhar se deteve sobre o saleiro, que ela havia colocado ali como lembrete, e lembrou-se de que no dia seguinte ia chegar a árvore mais para o meio, e ficou tão alegre ao pensar em pintar no dia seguinte que riu alto do que o sr. Tansley estava dizendo. Ele que falasse a noite toda se quisesse.

"Mas quanto tempo eles deixam um homem num farol?", perguntou ela. Ele respondeu. Era espantosamente bem informado. E como sentia-se grato, e gostava dela, e estava começando a se divertir, então agora, pensou a sra. Ramsay, seria possível voltar àquela terra onírica, àquele lugar irreal, porém fascinante, a sala de visitas dos Manning em Marlow vinte anos atrás, onde ninguém tinha pressa nem ansiedade, pois não havia futuro com que se preocupar. Ela sabia o que havia acontecido com eles, com ela. Era como reler um bom livro, pois ela sabia o final daquela história, já que acontecera vinte anos atrás, e a vida, que mesmo daquela mesa de sala de jantar jorrava como uma cascata, só Deus sabia para onde, estava bem fechada lá, contida, como um lago, tranquilamente entre suas margens. Ele disse que haviam construído um salão de bilhar — isso era possível? William continuaria a falar sobre os Manning? Era o que ela queria. Mas não — por algum motivo ele não estava mais com vontade. Ela tentou. Ele não reagiu. Não havia como obrigá-lo. Ela ficou decepcionada.

"As crianças são terríveis", disse, com um suspiro. Ele havia comentado que a pontualidade era uma das virtudes menores que só adquirimos com a maturidade.

"Quando a adquirimos", disse a sra. Ramsay apenas para encher o espaço, pensando que William estava virando uma verdadeira solteirona. Cônscio de que a estava traindo, cônscio de que ela queria falar sobre algo mais íntimo, porém não tendo vontade disso no momento, ele sentiu-se dominado pelo que havia de desagradável na vida, sentado ali, esperando. Estariam os outros dizendo coisas interessantes? O que eles estavam dizendo?

Que a temporada de pesca estava má; que os homens estavam emigrando. Conversavam sobre salários e desemprego. O rapaz estava falando mal do governo. William Bankes, pensando que era um alívio apegar-se a um tema desses num momento em que a vida privada era desagradável, ouviu-o dizer algo a respeito de "um dos atos mais escandalosos do atual governo". Lily estava escutando; a sra. Ramsay estava escutando; todos estavam escutando. Porém, já entediada, Lily sentia que alguma coisa faltava; o sr. Bankes sentia que alguma coisa faltava. Ajeitando o xale, a sra. Ramsay sentia que alguma coisa faltava. Todos, inclinando-se para ouvir melhor, pensavam: "Queira Deus que meus pensamentos não sejam revelados", porque cada um deles pensava: "Os outros estão sentindo isso. Estão indignados com o governo por causa dos pescadores. E eu não sinto absolutamente nada". Mas talvez, pensou o sr. Bankes, olhando para o sr. Tansley, este seja o homem. Todos estavam sempre esperando pelo homem. Sempre havia uma possibilidade. A qualquer momento o líder poderia surgir; o homem de gênio, na política como em tudo o mais. É bem provável que ele seja extremamente desagradável para velhos antiquados como eu, pensou o sr. Bankes, esforçando-se o máximo para ser tolerante, pois sabia, através de uma curiosa sensação física, como se de nervos tensos na medula, que estava sentindo inveja, em parte por si próprio, em parte, o que era mais provável, por seu trabalho, por seu ponto de vista, por sua ciência; assim, ele não era de todo imparcial nem de todo justo, pois o sr.

Tansley parecia estar dizendo: Vocês desperdiçaram suas vidas. Vocês estão todos enganados. Pobres de vocês, velhos antiquados; vocês estão completamente ultrapassados. Ele parecia muito seguro de si, esse rapaz; e não tinha boas maneiras. Mas o sr. Bankes se obrigou a observar que ele tinha coragem; tinha capacidade; estava muitíssimo bem informado a respeito dos fatos. Provavelmente, pensou o sr. Bankes, enquanto Tansley falava mal do governo, boa parte do que ele diz está certo.

"Digam-me então"... prosseguiu ele. E assim, discutiam sobre política, e Lily olhava para a folha na estampa da toalha de mesa; e a sra. Ramsay, entregando a discussão por completo aos dois homens, perguntava-se por que essa conversa a entediava tanto, e desejava, olhando para o marido na outra extremidade da mesa, que ele dissesse alguma coisa. Uma só palavra, dizia ela a si própria. Pois se ele dissesse alguma coisa, faria toda a diferença. Ele ia ao âmago das questões. Ele se importava com os pescadores e os salários deles. Não conseguia dormir de tanto que pensava neles. Era muito diferente quando ele falava; ninguém pensava: queira Deus que você não veja que não me importo nem um pouco com isso, porque as pessoas se importavam. Então, dando-se conta de que era porque o admirava tanto que esperava que ele falasse, ela sentiu como se alguém estivesse elogiando o seu marido para ela, e também o seu casamento, e ficou toda orgulhosa, sem perceber que era ela própria que o havia elogiado. Olhou para ele, achando que encontraria uma demonstração disso em seu rosto; ele estaria magnífico... Mas não, nada disso! Ele estava de rosto fechado, o cenho franzido, carrancudo, vermelho de raiva. Qual o motivo disso? ela se perguntou. Qual seria o problema? Era só porque o pobre Augustus havia pedido mais um prato de sopa — só isso. Era impensável, detestável (era isso que ele transmitia a ela da outra extremidade da mesa) que Augustus repetisse a sopa. Ele odiava que as pessoas comessem quando ele já havia terminado. Ela viu sua raiva acorrer como um bando de cães de caça a seus olhos, sua fronte, e percebeu que dentro de um momento alguma coisa violenta haveria de explodir, e então... mas, graças a Deus!, viu que ele se segurava e pisava no freio, e todo o seu corpo parecia emitir faíscas, mas não palavras. Permanecia de cenho franzido. Não dissera nada, ele queria que ela observasse isso. Que lhe desse crédito por essa atitude! Mas, no final das contas, por que o pobre do Augustus não podia pedir mais um prato de sopa? Ele apenas tocara no braço de Ellen e dissera:

"Ellen, por favor, mais um prato de sopa", e então o sr. Ramsay fez aquela cara.

E por que não? perguntava-se a sra. Ramsay. Podiam muito bem deixar que Augustus tomasse mais sopa se ele quisesse. O sr. Ramsay detestava ver alguém chafurdando na comida, foi o que disse a ela através de sua expressão. Detestava coisas que se arrastavam por horas daquele jeito. Porém controlou-se, e isso ele queria que ela observasse, por mais repulsiva que fosse a cena. Mas por que demonstrá-lo de modo tão evidente, indagava a sra. Ramsay (eles se entreolhavam de uma ponta à outra da mesa comprida, enviando essas perguntas e respostas, um sabendo exatamente como o outro se sentia). Todos podiam ver, pensava a sra. Ramsay. Lá estava Rose olhando para o pai, lá estava Roger olhando para o pai; os dois iam cair na gargalhada no próximo instante, ela sabia, e por isso disse imediatamente (e de fato estava na hora):

"Acendam as velas", e eles se levantaram de um salto e foram até o aparador cumprir a ordem.

Por que ele jamais conseguia ocultar seus sentimentos? perguntava-se a sra. Ramsay; perguntava-se também se Augustus Carmichael havia percebido. Talvez sim; talvez não. Ela não podia deixar de sentir respeito pela compostura com que ele tomava a sopa. Se queria sopa, ele pedia sopa. Quer as pessoas rissem, quer se zangassem, ele permanecia o mesmo. Ele não gostava dela, a sra. Ramsay sabia; mas em parte por esse exato motivo ela o respeitava, e vendo-o a tomar sopa, muito grande e tranquilo na luz cada vez mais fraca, e monumental, e contemplativo, ficou a pensar o que ele estaria sentindo naquele momento, e por que ele sempre manifestava tanto contentamento e tanta dignidade; e pensou no quanto ele se dedicava a Andrew, chamava-o para seu quarto e, segundo Andrew, lhe "mostrava coisas". E ficava o dia inteiro no gramado, provavelmente pensando nos seus poemas, parecendo um gato a observar pássaros, e então juntava as patas dianteiras quando encontrava a palavra, e seu marido dizia: "Pobre do Augustus — ele é um poeta de verdade", o que era um grande elogio partindo de seu marido.

Agora oito velas foram colocadas na mesa, e depois de uma primeira oscilação as chamas ficaram eretas e tornaram visíveis toda a mesa comprida, e no meio uma fruteira amarela e roxa. O que ela fizera com as frutas? perguntou-se a sra. Ramsay, pois Rose tinha feito um arranjo com as uvas e peras, a concha dura de bordas rosadas e as bananas, tal que a fez pensar num troféu retirado do fundo do mar, no banquete de Netuno, naquele cacho cheio de folhas de parreira que pende sobre o ombro de Baco (em algum quadro), em meio às peles de leopardo e os archotes com suas línguas vermelhas e douradas... Trazido de repente para a luz, o arranjo dava a impressão de ser dotado de tamanho e profundidade enormes, era como um mundo em que se podia pegar um cajado e subir morros, pensou ela, e descer em vales, e para seu deleite (pois por um momento os dois entraram em sintonia) ela viu que também Augustus se regalava com o espetáculo da fruteira, mergulhava nela, colhia uma flor aqui, uma espiga ali, e voltava, tendo se regalado, para sua colmeia. Era essa a sua maneira de olhar, diferente da dela. Mas estarem olhando juntos os unia.

Agora todas as velas estavam acesas, e os rostos nos

dois lados da mesa foram aproximados pela luz, formando, coisa que não acontecia na penumbra de antes, um grupo reunido em torno de uma mesa, pois a noite agora estava contida pelas vidraças, as quais, longe de passar uma imagem precisa do mundo exterior, o reduzia a um ondulado tão estranho que aqui, dentro da sala, pareciam reinar a ordem e terra firme; lá fora, um reflexo onde as coisas tremulavam e desapareciam, aquáticas.

De imediato, alguma mudança atingiu a todos, como se isso tivesse realmente acontecido, e todos tivessem consciência de estar juntos no fundo de um vale, numa ilha; estivessem unidos contra a fluidez do mundo exterior. A sra. Ramsay, até então intranquila, aguardando a entrada de Paul e Minta e incapaz, ela sentia, de imergir nas coisas à sua volta, agora percebeu que sua intranquilidade se transformava em expectativa. Pois agora eles teriam que vir, e Lily Briscoe, tentando analisar a causa daquela animação súbita, comparou-a àquele momento vivido no gramado de tênis, quando a solidez desapareceu de repente e espaços enormes abriram-se entre eles; agora o mesmo efeito era proporcionado pelas inúmeras velas espalhadas pela sala pouco mobiliada, e as janelas sem cortinas, e a aparência de máscaras iluminadas que tinham os rostos à luz das velas. Tinham sido aliviados de um peso; agora qualquer coisa poderia acontecer, ela sentia. Os dois tinham que entrar agora, pensou ela, olhando para a porta, e naquele instante Minta Doyle, Paul Rayley e uma empregada carregando uma grande travessa entraram juntos. Estavam atrasadíssimos; estavam terrivelmente atrasados, disse Minta, enquanto se instalavam em pontos distantes da mesa.

"Perdi meu broche — o broche da minha avó", disse Minta, num tom de lamento, e uma sufusão nos grandes olhos castanhos, olhando para baixo, olhando para cima, ao sentar-se ao lado do sr. Ramsay, o que despertou nele seu sentimento de cavalheirismo, levando-o a caçoá-la de leve.

PASSEIO AO FAROL   133

Como ela pôde ser tão tola, perguntou, de ir meter-se entre as pedras usando joias?

Ela costumava sentir pavor dele — um homem tão inteligente, e na primeira noite, quando se sentou a seu lado e ele falou sobre George Eliot, ela ficou realmente assustada, pois havia esquecido o terceiro volume de *Middlemarch* no trem e nunca mais soube como a história terminava; mas depois disso se entenderam muito bem, e ela se fazia passar por mais ignorante do que era na verdade, porque ele gostava de chamá-la de tola. E assim, agora, assim que ele riu dela o medo desapareceu. Além disso, Minta percebeu tão logo entrou na sala que o milagre havia acontecido; ela estava cercada por uma névoa dourada. Às vezes isso acontecia, às vezes não acontecia. Ela nunca entendia por que a névoa ora vinha, ora sumia, ou se ela já a tinha no momento em que entrava na sala e o percebia no mesmo instante pelo modo como algum homem olhava para ela. Sim, naquela noite a névoa estava ali, uma névoa tremenda; ela sabia disso pela maneira como o sr. Ramsay lhe dizia para não ser uma tola. Sentada a seu lado, ela sorria.

A coisa deve ter acontecido então, pensou a sra. Ramsay; eles estão noivos. E por um momento sentiu o que jamais imaginava que voltaria a sentir — ciúme. Pois ele, seu marido, também percebera o brilho jubiloso de Minta; gostava de moças assim, moças entre louras e ruivas, com alguma coisa que voa, alguma coisa de selvagem e estouvado, que não "raspavam o cabelo", que não eram, como ele dizia ser a pobre Lily Briscoe, "ralas". Havia em Minta alguma qualidade que ela própria não tinha, algum brilho, alguma abundância, que o atraía, que o fazia rir, que o levava a fazer de moças como Minta suas favoritas. Elas cortavam o cabelo dele, trançavam correias para seu relógio ou interrompiam seu trabalho, chamando-o (ela as ouvia): "Venha, sr. Ramsay; agora é nossa vez de dar uma surra neles", e ele saía para jogar tênis.

Mas na verdade ela não tinha ciúmes; era só, vez por outra, quando ela se obrigava a se olhar no espelho, um pouco de ressentimento por ter envelhecido, talvez por culpa sua. (A conta do conserto da estufa e tudo o mais.) Ela sentia gratidão por aquelas moças quando riam dele ("Quantos cachimbos o senhor fumou hoje, sr. Ramsay?"), a ponto de fazê-lo parecer um rapaz; um homem muito atraente para as mulheres, e não onerado, derrubado pela grandeza dos seus trabalhos e as tristezas do mundo e sua fama ou seu fracasso, mas de novo tal como ela o conhecera no início, descarnado mas galante; ajudando-a a sair de um barco, ela se lembrava; com maneiras deliciosas, assim (olhou para ele, e achou-o extraordinariamente jovem, caçoando de Minta). Quanto a ela própria — "Ponha aqui", disse, ajudando a moça suíça a colocar delicadamente à sua frente a enorme panela parda que continha o *bœuf en daube* —, de sua parte, gostava de gente tola. Paul devia estar sentado ao lado dela. Ela guardara um lugar para ele. Realmente, por vezes tinha a impressão de que seus favoritos eram os tolos. Eles não ficavam maçando as pessoas com suas teses. E, no final das contas, quantas coisas eles não deixavam de viver, esses homens inteligentíssimos! Como eles acabavam ficando secarrões. Havia alguma coisa, ela pensou, voltando a sentar-se, de muito encantador em Paul. Suas maneiras eram realmente deliciosas, e seu nariz afilado e seus olhos de um azul vivo. Era tão atencioso. Será que ele contaria para ela — agora que todos estavam falando de novo — o que havia acontecido?

"Nós voltamos para procurar o broche da Minta", disse ele, sentando-se a seu lado. "Nós" — isso já bastava. Ela entendeu, notando o esforço, a elevação da voz para transpor uma palavra difícil, que era a primeira vez que ele dizia "nós". "Nós" fizemos isso, "nós" fizemos aquilo. Eles vão dizer isso o resto da vida, pensou, e um sutil aroma de azeitonas e óleo e suco desprendeu-se da grande travessa parda quando Martha, com um pequeno gesto de efeito, a destampou. A cozinheira havia trabalhado naquele prato por três dias. E era importante ter o maior cuidado, pensou a sra. Ramsay, de escolher um pedaço particularmente macio para William Bankes. E enquanto examinava a travessa, com seu fundo reluzente e uma confusão de carnes suculentas, pardas e amarelas, e folhas de louro e vinho, pensou: Com isso vamos comemorar a ocasião — com uma curiosa sensação a se formar dentro dela, ao mesmo tempo extravagante e tenra, de estar comemorando um festival, como se duas emoções estivessem sendo evocadas dentro dela, uma delas profunda — pois nada poderia ser mais sério do que o amor de um homem por uma mulher, nada mais impositivo, mais impressionante, contendo em seu seio as sementes da morte; ao mesmo tempo, aqueles seres apaixonados, aquelas pessoas que penetravam um mundo de ilusão com os olhos faiscantes, mereciam que os outros dançassem zombeteiros em torno delas, engrinaldadas.

"Está magnífico", disse o sr. Bankes, largando a faca por um momento. Havia comido com atenção. Estava delicioso; estava tenro. Fora preparado à perfeição. Como ela conseguia uma coisa assim nos confins do interior? ele perguntou-lhe. Uma mulher maravilhosa. Todo o seu amor, toda a sua reverência, voltaram; e ela o percebeu.

"É uma receita francesa da minha avó", disse a sra. Ramsay, falando com um toque de grande prazer na voz. Claro que era francesa. O que na Inglaterra passa por culinária é uma abominação (eles concordaram). É colocar repolho na água. É assar uma peça de carne até que ela fique dura como couro. É cortar fora as cascas deliciosas dos legumes. "Nas quais", disse o sr. Bankes, "reside toda a virtude dos legumes." E o desperdício, prosseguiu a sra. Ramsay. Toda uma família francesa conseguiria viver só comendo o que uma cozinheira inglesa joga fora. Impelida pela percepção de que o afeto de William por ela havia retornado, e de que tudo estava bem outra vez, e que o suspense havia terminado, e que ela agora estava livre tanto para triunfar quanto para zombar, ela ria, gesticulava, até que Lily pensou: que coisa infantil, que coisa absurda, ela com toda sua beleza exposta outra vez, falando sobre cascas de legumes. Havia nela algo de assustador. Ela era irresistível. Sempre acabava conseguindo se impor, pensou Lily. Agora ela havia realizado isto — Paul e Minta, ao que parecia, estavam noivos. O sr. Bankes estava jantando com eles. Ela lançava um encantamento sobre todos, apenas pela força de seu desejo, tão simples, tão direto, e Lily contrastou aquela abundância com sua própria pobreza de espírito, e imaginou que em parte era a crença (pois o rosto dela estava todo iluminado — sem parecer jovem, ela estava radiante) nessa coisa estranha, assustadora, que deixava Paul Rayley, o centro dela, trêmulo, e no entanto abstrato, absorto, mudo. A sra. Ramsay, Lily pensou, enquanto falava sobre cascas de legumes, exaltava, cultuava essa coisa; punha as mãos sobre ela para aquecê-los, para protegê-la, e no entanto, tendo causado tudo isso, de algum modo ria e conduzia suas vítimas, Lily sentia, ao altar. Também ela fora atingida agora — a emoção, a vibração do amor. Como se sentia invisível ao lado de Paul! Ele, brilhando, ardendo; ela, distante, satírica; ele, destinado à aventura; ela, atracada ao cais; ele, tendo zarpado, incauto; ela, solitária, excluída — e, prestes a implorar uma participação, se viesse a ser um desastre, no desastre dele, perguntou, tímida:

"Quando foi que a Minta perdeu o broche?"

Ele sorriu seu sorriso mais delicado, velado pela memória, tingido pelo sonho. Fez que não com a cabeça. "Na praia", respondeu.

"Eu vou encontrar", disse ele. "Vou me levantar cedo." Como isso era um segredo para Minta, falou em voz mais baixa, e voltou o olhar para ela, que ria, ao lado do sr. Ramsay.

PASSEIO AO FAROL

Lily teve vontade de protestar com violência e indignação, insistir que queria ajudá-lo, imaginando que, ao raiar do dia, na praia, seria ela a encontrar o broche semioculto atrás de uma pedra, e desse modo seria incluída entre os marinheiros e aventureiros. Mas que resposta ele deu àquela oferta? Ela chegou mesmo a dizer, com uma emoção que raramente deixava transparecer: "Deixe-me ir com você"; e ele riu. Ele queria dizer sim ou não — talvez as duas coisas. Mas não era isso que ele queria dizer — era a risadinha estranha que deu, como se tivesse dito: Jogue-se do alto do penhasco se você quiser, para mim tanto faz. Ele a fez sentir nas faces o calor do amor, o que nele há de horror, de crueldade, de falta de escrúpulos. Chamuscada, Lily, olhando para Minta sendo encantadora para o sr. Ramsay na outra ponta da mesa, estremeceu ao pensar na jovem exposta àquelas presas, e sentiu gratidão. Pois fosse como fosse, disse ela a si própria, vendo o saleiro sobre o estampado da toalha, ela não precisava se casar, graças a Deus: não precisava se expor àquela degradação. Estava salva daquela diluição. Ela ia chegar a árvore mais para o meio.

Tal era a complexidade das coisas. Pois o que acontecia com ela, especialmente estando hospedada com os Ramsay, era ser levada a sentir com violência duas coisas opostas ao mesmo tempo; é isso que você está sentindo, era uma delas; é isso que eu estou sentindo, era a outra; e então as duas entravam em conflito em sua mente, como ocorria agora. É tão belo, tão empolgante, este amor, que estremeço à beira dele, e me ofereço, agindo contra meus hábitos, para procurar um broche na praia; e é também a mais idiota, a mais bárbara das paixões humanas, e transforma um bom rapaz com um belo perfil (o de Paul era delicado) num valentão armado com um porrete (ele estava se gabando, estava insolente) na Mile End Road. No entanto, ela disse a si própria, desde o início dos tempos cantam-se odes ao amor; grinaldas e rosas se amontoam; e se a pergunta fosse feita, nove entre dez pessoas responderiam que não há nada no mundo que elas queiram mais do que isso; enquanto as mulheres, baseando-se na sua experiência de vida, o tempo todo pensariam: Não é isso que queremos; não há nada mais maçante, pueril e desumano do que o amor; e no entanto ele é também belo e necessário. E então, e então? perguntava ela, de algum modo esperando que os outros entrassem na discussão, como se numa discussão desse tipo cada um lançasse seu dardo, que evidentemente não atingiria o alvo, deixando para os outros a tarefa de continuar a peleja. Assim, Lily voltou a atentar para o que estavam dizendo, para ver se eles lhe dariam algum esclarecimento para a questão do amor.

"E mais", disse o sr. Bankes, "aquele líquido que os ingleses chamam de café."

"Ah, o café!", exclamou a sra. Ramsay. Mas o mais importante (ela estava realmente empolgada, Lily percebeu, falando com muita ênfase) era manteiga de verdade e leite limpo. Veemente e eloquente, ela criticou a iniquidade das leiterias inglesas, o estado em que o leite era entregue em domicílio, e estava prestes a apresentar provas, pois havia estudado o problema, quando em torno da mesa, a começar com Andrew, no meio, como as chamas de um incêndio saltando de um arbusto a outro, seus filhos começaram a rir; estavam rindo dela, num círculo de fogo, e a forçaram a baixar a crista, desmontar as baterias e retaliar apenas apresentando ao sr. Bankes as risadas e o escárnio da mesa como exemplo do que as pessoas sofriam quando atacavam os preconceitos do público britânico.

De propósito, porém, por ter em mente que Lily, que a havia ajudado com o sr. Tansley, estava excluída de tudo, isentou-a da acusação; disse: "Seja como for, a Lily concorda comigo", e desse modo a incluiu, um pouco constrangida, um pouco surpresa. (Pois ela estava pensando no amor.) Os dois estavam excluídos de tudo, pensava a sra. Ramsay, Lily e Charles Tansley. Os dois sofriam com o brilho dos outros dois. Ele, disso não havia dúvida, sentia--se completamente fora do jogo; nenhuma mulher olharia para ele na presença de Paul Rayley. Coitado! Mas ele tinha a tese dele, a influência de alguém sobre algo; ele sabia cuidar de si próprio. O caso de Lily era diferente. Ela se apagava, diante do brilho de Minta; tornava-se mais invisível do que nunca, com seu vestidinho cinzento, seu rostinho franzido, seus olhinhos chineses. Tudo nela era tão pequeno. No entanto, pensou a sra. Ramsay, comparando-a com Minta, enquanto lhe pedia ajuda (pois Lily deveria reforçar sua posição de que ela não falava mais a respeito das leiterias do que seu marido falava sobre sapatos — ele falava a toda hora sobre seus sapatos), das duas, Lily era a que estaria melhor aos quarenta anos. Havia em Lily um fio de alguma coisa; a faísca de alguma coisa; algo seu que agradava muitíssimo a sra. Ramsay, mas que não haveria de agradar homem algum, infelizmente. A menos, é claro, que fosse um homem muito mais velho, como William Bankes. Ele, porém, gostava, bem, às vezes a sra. Ramsay pensava que ele gostava, desde a morte da esposa, talvez, dela própria. Não que estivesse "apaixonado", é claro; era um desses afetos inclassificáveis, que são tão numerosos. Ah, mas que bobagem, ela pensou; William tinha que se casar com Lily. Eles tinham tanta coisa em comum. Lily gosta tanto de flores. Os dois são frios e distantes e um tanto autossuficientes. Ela precisava dar um jeito de levar os dois a fazer um longo passeio juntos.

Cometera o erro de sentá-los um em frente ao outro. Isso poderia ser remediado amanhã. Se fizesse bom tempo, fariam um piquenique. Tudo parecia possível. Tudo parecia bem encaminhado. Naquele exato momento (mas isso não pode durar, pensou ela, dissociando-se do momento enquanto todos falavam sobre sapatos), naquele exato momento ela havia conquistado a segurança; voava em círculos como um falcão; como uma bandeira, flutuava num elemento de júbilo que tomava todos os nervos de seu corpo de modo pleno e suave, não ruidosamente, mas com solenidade, pois emanava, pensou ela, vendo todos a comer, do marido, dos filhos e amigos; tudo isso, emergindo naquela tranquilidade profunda (ela estava servindo a William Bankes mais um pedacinho mínimo, olhando para as profundezas da travessa de faiança), parecia agora, sem nenhum motivo em particular, pairar sobre a mesa como uma fumaça, como um vapor subindo no ar, mantendo-os protegidos para sempre. Não era preciso dizer nada; não era possível dizer nada. Lá estava, cercando a todos. Tinha algo, pensou ela, cuidadosamente escolhendo para o sr. Bankes um pedaço bem tenro, da eternidade; ela já tivera a mesma sensação provocada por algo diferente, naquela tarde; há uma coerência nas coisas, uma estabilidade; algo, ela queria dizer, que é imune às mudanças, e que brilha (olhou de relance para a janela, com suas ondas de luzes refletidas) em oposição ao fluido, ao efêmero, ao espectral, feito um rubi; e assim, naquele momento da noite, teve de novo a sensação que tivera durante o dia, de paz, de repouso. É de momentos assim, pensou, que se faz a coisa que fica para todo o sempre. Isto ia ficar.

"Sim", afirmou para William Bankes, "tem bastante para todo mundo."

"Andrew", disse ela, "abaixe seu prato, para não cair na toalha." (O *bœuf en daube* estava mesmo estupendo.) Ali estava, pensou, largando a colher, o espaço tranquilo que cerca o âmago das coisas, onde era possível se movimentar ou repousar; esperar agora (estavam todos servidos) à escuta; e então, como um falcão que desce de repente das alturas, exibir-se e cair no riso com facilidade, apoiando todo seu peso no que, na extremidade oposta da mesa, seu marido estava dizendo sobre a raiz quadrada de mil duzentos e cinquenta e três, que por acaso era o número de sua passagem de trem.

PASSEIO AO FAROL 141

O que queria dizer isso? Até hoje ela não fazia ideia. Raiz quadrada? O que era isso? Seus filhos sabiam. Ela se apoiava neles; em cubos e raízes quadradas; era sobre isso que estavam falando agora; sobre Voltaire e Madame de Staël; sobre o caráter de Napoleão; sobre o sistema francês de propriedade fundiária; sobre lorde Rosebery; sobre as memórias de Creevey: ela se deixava apoiar e sustentar sobre a admirável tessitura da inteligência masculina, que subia e descia, cruzava por aqui e por ali, e que, como vigas de aço que abrangem toda a estrutura oscilante, segurando o mundo, lhe permitia confiar-se por completo a ela, até mesmo fechar os olhos, ou piscá-los por um momento, como uma criança, a cabeça repousando no travesseiro, pisca para as incontáveis camadas de folhas numa árvore. Então acordou. A construção ainda estava em andamento. William Bankes estava elogiando os romances da série Waverley.

Ele lia um a cada seis meses, disse. E por que essa afirmação irritou Charles Tansley? Ele intrometeu-se na conversa (tudo isso, pensou a sra. Ramsay, só porque Prue não é simpática com ele) e criticou os romances sem que entendesse nada do assunto, absolutamente nada, pensou a sra. Ramsay, observando-o mais do que ouvindo suas palavras. Seus modos deixavam claro para ela — ele queria se afirmar, e seria assim até que ele conquistasse sua cátedra ou sua esposa, quando então não precisaria mais viver repetindo: "Eu... eu... eu". Pois era a isso que se reduzia sua crítica ao pobre sir Walter, ou talvez a Jane Austen. "Eu... eu... eu." Estava pensando em si próprio e na impressão que estava causando, como indicavam seu tom de voz, sua veemência e sua insegurança. O sucesso lhe faria bem. Fosse como fosse, a coisa continuava. Ela nem precisava escutar. Aquilo não podia durar, ela sabia, mas naquele momento seus olhos se tornaram tão límpidos que pareciam correr por toda a mesa e desvelar cada uma daquelas pessoas, seus pensamentos e seus sentimentos, sem esforço, como luz que penetra a água de modo que as ondulações e os juncos da margem, e os peixinhos a se equilibrarem, e a súbita truta silenciosa, ficam todos iluminados, pendentes, trêmulos. Era assim que ela os via; ela os ouvia; mas tudo que diziam tinha também essa qualidade, como se o que diziam fosse semelhante ao movimento de uma truta quando, ao mesmo tempo, se vê o ondular da água e o cascalho no fundo, alguma coisa à direita, alguma coisa à esquerda; e o todo se mantém unido; pois, se na vida ativa ela estaria capturando e separando uma coisa da outra, estaria dizendo que gostava dos romances da série Waverley ou que nunca os havia lido, estaria se impelindo para a frente, agora não dizia nada. Por um momento, pairava em suspenso.

"Ah, mas quanto tempo você acha que vai durar?", alguém perguntou. Era como se ela tivesse antenas, estendidas para longe, a tremular, as quais, interceptando algumas frases, as impusesse à sua atenção. Essa era uma delas. Sentiu que havia ali um perigo para seu marido. Uma pergunta assim levaria, quase fatalmente, alguém a dizer alguma coisa que o faria pensar em seu próprio fracasso. Por quanto tempo ele seria lido? — era o que pensaria na mesma hora. William Bankes (que era inteiramente livre desse tipo de vaidade) riu, e afirmou que não dava nenhuma importância às mudanças da moda. Quem saberia dizer o que havia de durar — na literatura, como em tudo o mais?

"Apreciemos as coisas que de fato apreciamos", disse ele. Sua integridade pareceu admirável à sra. Ramsay. Ele nunca parecia pensar por um momento que fosse: Mas de que modo isso afeta a mim? Porém, se seu temperamento é do tipo contrário, que precisa de elogios, que precisa de estímulos, então naturalmente você começa (e ela sabia que o sr. Ramsay estava começando) a sentir-se inseguro; a querer que alguém diga: Ah, mas a sua obra vai durar, sr. Ramsay, ou algo parecido. Ele demonstrou sua insegurança naquele momento com muita clareza ao dizer, com certa irritação, que fosse como fosse Scott (ou seria Shakespeare?) haveria de durar até o final de sua vida. Disse isso com irritação. Todos, pensou ela, se sentiram um pouco incomodados, sem saber por quê. Então Minta Doyle, cujo instinto era seguro, disse do modo mais franco e absurdo que não acreditava que alguém realmente gostasse de ler Shakespeare. O sr. Ramsay disse, severo (mas de novo estava com a cabeça em outro lugar), que muito poucas pessoas gostavam tanto quanto diziam que gostavam. Porém, acrescentou, algumas das peças têm um mérito considerável, assim mesmo, e a sra. Ramsay viu que tudo correria bem pelo menos por ora; ele riria de Minta e ela, a sra. Ramsay percebia, dando-se conta da extrema ansiedade que ele sentia por si próprio, daria um jeito, à maneira dela, de cuidar dele, e elogiá-lo de algum modo. Mas desejava que isso não fosse necessário: talvez fosse por culpa dela que isso era necessário. Fosse como fosse, ela agora estava livre para ouvir o que Paul Rayley estava tentando dizer sobre os livros que a gente lê na infância. Esses duravam, dizia ele. Tinha lido alguma coisa de Tolstói na escola. Havia um nome de que sempre se lembrava, mas havia se esquecido dele. Os nomes russos eram impossíveis, disse a sra. Ramsay. "Vronski", disse Paul. Lembrava-se porque sempre achava que era um nome muito bom para um vilão. "Vronski", disse a sra. Ramsay; "ah, *Anna Kariênina*", mas a coisa não foi adiante; os livros não eram o forte deles. Não, em matéria de livros Charles Tansley haveria de corrigir a ambos em um segundo, mas era tudo tão misturado com: estou dizendo a coisa certa? Estou causando uma boa impressão? — que, no final das contas, ficava-se sabendo mais sobre ele do que sobre Tolstói, embora o que Paul dizia era sobre a coisa em si, e não sobre ele. Como todas as pessoas burras, ele tinha também uma espécie de modéstia, uma consideração pelo que o outro estava sentindo, algo que, pelo menos às vezes e de certo modo, ela achava atraente. Agora ele estava pensando não sobre ele próprio nem sobre Tolstói, e sim se ela estava sentindo frio, se ela estava sentindo uma corrente de ar, se ela queria comer uma pera.

Não, disse ela, não queria pera. De fato, estava montando guarda sobre a fruteira (sem se dar conta do fato) zelosamente, na esperança de que ninguém tocasse nela. Seus olhos entravam e saíam dela, percorrendo as curvas e sombras das frutas, em meio aos tons ricos de roxo das uvas da planície, depois subindo a beira dura da concha, lançando um amarelo contra um roxo, uma forma curva contra uma forma redonda, sem saber por que fazia aquilo, nem por que, cada vez que o fazia, se sentia mais e mais serena; até que — ah, que pena — uma mão surgiu, pegou uma pera e estragou tudo. Em busca de solidariedade, ela olhou para Rose. Olhou para Rose, sentada entre Jasper e Prue. Como era estranho, uma filha sua fazer uma coisa dessas!

Como era estranho, vê-los sentados lado a lado, seus filhos, Jasper, Rose, Prue, Andrew, quase silenciosos, mas no meio de alguma pilhéria só deles, ela adivinhava, vendo como se contorciam seus lábios. Era uma coisa separada de todo o resto, que estavam guardando para depois rir dela quando voltassem para seus quartos. Não tinha a ver com o pai delas, ela esperava. Não, achava que não. O que seria? perguntou-se, com um pouco de tristeza, pois lhe parecia que ririam quando ela não estivesse presente. Tudo isso estava guardado por trás daqueles rostos um tanto fixos, imóveis, como máscaras, pois eles não se juntavam aos outros com facilidade; eram como observadores, inspetores, um pouco acima ou afastados dos adultos. Mas olhando agora para Prue, percebeu que isso não era de todo verdade em relação a ela. Prue estava começando, começando a se mexer, a descer. Uma luzinha bem fraca clareava seu rosto, como se o brilho de Minta, sentada à sua frente, algum entusiasmo, alguma antevisão da felicidade, se refletisse nela, como se o sol do amor entre

PASSEIO AO FAROL
145

homens e mulheres nascesse por trás da beira da toalha de mesa, e sem saber o que era Prue se inclinasse em direção a ele para saudá-lo. Ela olhava o tempo todo para Minta, tímida, porém curiosa, de modo que a sra. Ramsay olhava ora para uma, ora para outra, e dizia, dirigindo-se mentalmente a Prue: Você vai estar tão feliz quanto ela um dia desses. Muito mais feliz, acrescentou, porque você é minha filha, era o que ela queria dizer; sua filha tinha que ser mais feliz que as filhas das outras pessoas. Mas o jantar havia terminado. Era hora de sair dali. Estavam apenas brincando com o que restava nos pratos. Ela resolveu esperar até que terminassem de rir de algumas histórias que seu marido estava contando. Ele estava rindo com Minta a respeito de uma aposta. Em seguida ela se levantaria.

Ela gostava de Charles Tansley, pensou, de repente; gostava do riso dele. Gostava dele por ficar tão irritado com Paul e Minta. Gostava de sua falta de jeito. Havia muita coisa boa naquele rapaz, no final das contas. E Lily, pensou, pondo o guardanapo ao lado do prato, ela sempre tem um motivo secreto para rir. Não havia por que se preocupar com Lily. Ela esperava. Enfiou o guardanapo embaixo do prato. Bem, todos haviam terminado agora? Não. Aquela história havia puxado outra história. Seu marido estava muito animado hoje, e querendo, imaginava ela, fazer as pazes com o velho Augustus depois daquela cena da sopa, havia-o incluído na conversa — estavam contando histórias sobre alguém que eles tinham conhecido na faculdade. Ela olhou para a janela, onde as chamas das velas brilhavam mais, agora que as vidraças estavam negras, e olhando para o lado de fora as vozes lhe pareciam muito estranhas, como se fossem vozes durante uma cerimônia religiosa numa catedral, pois ela não prestava atenção nas palavras. As súbitas gargalhadas e depois uma voz (de Minta) falando sozinha a faziam pensar em homens e meninos enunciando as palavras latinas de uma missa numa catedral católica. Ela esperava. Seu marido falava. Repetia

alguma coisa, e ela percebeu que era poesia por causa do
ritmo e do toque de exaltação e melancolia na voz dele:

> Vem cá, comigo, até o jardim,
> Luriana, Lurilee.
> Zumbem abelhas pelo ar, e já floresce o jasmim.

As palavras (ela estava olhando para a janela) pareciam flutuar como flores na água lá fora, separadas de todos eles, como se ninguém as tivesse pronunciado, e elas
tivessem surgido espontaneamente.

> E nossas vidas todas, no passado e no futuro,
> São plenas de árvores frondosas.

Ela não sabia o que as palavras queriam dizer, mas, tal
como a música, era como se estivessem sendo enunciadas
pela voz dela, fora de seu eu, exprimindo do modo mais
natural o que ela tivera em mente durante toda aquela
noite, ao mesmo tempo que dizia coisas diferentes. Ela
sabia, sem precisar olhar a sua volta, que todos à mesa
escutavam a voz que dizia:

> Será que tu pensas também,
> Luriana, Lurilee

com a mesma sensação de alívio e prazer que ela sentia,
como se isso, no final das contas, fosse a coisa natural a
dizer, como se fosse a voz de todos a falar.

Porém a voz se calou. Ela olhou a sua volta. Obrigou-
-se a levantar-se. Augustus Carmichael havia se levantado
e, segurando seu guardanapo como se fosse um comprido
manto branco, continuou a recitar:

> Ver reis cruzando o gramado
> Por entre as flores daqui

Com baldaquins em meio aos jardins,
  Luriana, Lurilee,

e quando ela passou por ele, Augustus virou-se um pouco em sua direção repetindo as últimas palavras:

  Luriana, Lurilee,

e fez uma mesura, como se em sua homenagem. Sem saber por quê, teve a impressão de que ele gostava mais dela do que jamais gostara antes; e com um sentimento de alívio e gratidão retribuiu o gesto e passou pela porta que ele mantinha aberta para sua passagem.

Agora era necessário dar mais um passo à frente. Com o pé na soleira, aguardou mais um instante dentro daquela cena que estava se dissolvendo no momento em que ela a contemplava, e então, enquanto dava o braço a Minta e saía da sala, a cena mudou, assumiu uma forma diferente; já se tornara, ela sabia, olhando para trás pela última vez, o passado.

18

Como sempre, pensou Lily. Sempre havia alguma coisa que precisava ser feita naquele exato momento, algo que a sra. Ramsay havia decidido, por motivos que só ela sabia, fazer imediatamente, e isso podia acontecer quando todos estavam fazendo gracejos, como agora, sem conseguir decidir se iam para o salão de fumar, para a sala de visitas ou para os sótãos. Então via-se a sra. Ramsay parada no meio desse rebuliço, de braços dados com Minta, pensando "Sim, chegou a hora" e saindo de imediato, com um ar misterioso, para fazer alguma coisa sozinha. E tão logo ela saiu uma espécie de desintegração teve início; as pessoas hesitavam, indo cada uma para um lado, o sr. Bankes deu o braço para Charles Tansley e saiu com ele para terminar no terraço a discussão sobre política que haviam começado durante o jantar, alterando assim o equilíbrio de toda aquela noite, deslocando o peso para uma direção diferente, como se, pensou Lily, vendo-os se afastarem, e ouvindo um ou outro comentário sobre a política do Partido Trabalhista, tivessem subido para o passadiço para determinar a posição do navio; era essa a impressão que lhe dava a passagem da poesia para a política; e assim o sr. Bankes e Charles Tansley saíram, enquanto os outros ficaram olhando para a sra. Ramsay subindo a escada, à luz das luminárias, sozinha. Aonde, perguntou-se Lily, ela estava indo com tanta pressa?

Não que ela estivesse de fato apressada ou correndo; na verdade, caminhava bem devagar. Sentia-se inclinada por um momento a ficar parada, depois de todas aquelas conversas, e escolher uma coisa específica; a coisa que era importante; destacá-la; separá-la; limpá-la de todas as emoções e demais vestígios de outras coisas, e então segurá-la diante de si, e levá-la ao tribunal onde estavam reunidos os juízes que ela havia instituído para decidir tais questões. É boa, é má, é certa ou errada? Para onde vamos? etc. Era assim que ela se aprumava depois do choque do evento, e de modo inconsciente e incongruente usava os galhos dos olmos lá fora para ajudá-la a estabilizar sua posição. Seu mundo estava mudando: eles estavam imóveis. O evento lhe proporcionara uma sensação de movimento. Era necessário pôr tudo em ordem. Tinha que endireitar isso e aquilo, pensou, aprovando sem pensar a dignidade das árvores imóveis, e também da soberba elevação (como o bico de um navio levantado por uma onda) dos galhos dos olmos agitados pelo vento. Pois estava ventando (ela parou por um momento e olhou para fora). Estava ventando, e de vez em quando as folhas se esgarçavam revelando uma estrela, e até as estrelas pareciam estar se sacudindo e lançando suas luzes e tentando brilhar por entre as bordas das folhas. Sim, a coisa estava feita, realizada; e, como todas as coisas fei-

PASSEIO AO FAROL   149

tas, tornava-se solene. Agora, ao se pensar nela, tendo-a limpado de todas as falas e emoções, ela parecia ter existido sempre, e apenas ser mostrada agora, e ao mostrar-se assim tornava tudo estável. Eles, pensava ela, continuando a subir, ainda que vivessem por muitos anos, haveriam de voltar a esta noite; esta lua, este vento; esta casa: e a ela também. Lisonjeava-a, no ponto em que ela era mais suscetível à lisonja, pensar que, enroscada em seus corações, ainda que vivessem por muitos anos, ela continuaria lá enovelada; e isto, e isto, e isto, pensou, subindo a escada, rindo, mas afetuosa, do sofá no alto da escada (que fora da sua mãe); da cadeira de balanço (que fora do seu pai); do mapa das Hébridas. Tudo isso seria relembrado nas vidas de Paul e Minta; "os Rayley" — ela testou o novo nome várias vezes; e sentiu, com a mão na porta do quarto das crianças, aquela comunidade de sentimentos com outras pessoas que é proporcionada pela emoção, como se as paredes divisórias tivessem se tornado tão finas que fosse praticamente (era uma sensação de alívio e felicidade) tudo um fluxo único, e cadeiras, mesas, mapas, fossem dela, fossem deles, não importava, e Paul e Minta levariam a coisa adiante depois que ela morresse.

Virou a maçaneta com firmeza, para que não rangesse, e entrou, apertando os lábios um pouco, como se para não esquecer que não devia falar alto. Mas assim que entrou constatou, irritada, que a precaução era desnecessária. As crianças não estavam dormindo. Era muito irritante. Mildred devia ser mais cuidadosa. James estava totalmente acordado, Cam estava sentada na cama e Mildred andava pelo quarto descalça, eram quase onze horas e todas as crianças estavam falando. O que estava acontecendo? Era aquele crânio horrível, de novo. Ela havia dito a Mildred para tirá-lo dali, mas Mildred, é claro, havia se esquecido, e agora Cam estava totalmente acordada, e James estava totalmente acordado, e os dois brigavam quando já deviam estar dormindo há horas. Que ideia de Edward, mandar aquele crânio horrível para eles? Ela fizera a bobagem de deixar que o pregassem ali. Estava muito bem pregado, disse Mildred, e Cam não conseguia dormir com ele no quarto, e James gritava se ela tocasse no crânio.

Então Cam devia ir dormir (tinha uns chifres enormes, disse Cam —), dormir e sonhar com palácios lindos, disse a sra. Ramsay, sentando-se na cama ao lado dela. Ela via os chifres no quarto todo, disse Cam. Era verdade. Onde quer que pusessem a luminária (e James não dormia sem uma luz), sempre se formava uma sombra em algum lugar.

"Mas, Cam, pense, é só um porco velho", disse a sra. Ramsay, "um porco preto bonito, como aqueles da fazenda." Mas Cam achava aquilo uma coisa horrorosa, com chifres que se espalhavam, a ameaçá-la, por todo o quarto.

"Pois bem", disse a sra. Ramsay, "vamos cobri-lo", e as crianças a viram ir até a cômoda, abrir as gavetinhas rapidamente uma após a outra, e, não encontrando nada que servisse, tirou o xale que usava e o dispôs em torno do crânio, dando voltas e voltas e mais voltas, e depois voltou para perto de Cam e deitou-se, com a cabeça quase toda apoiada no travesseiro ao lado do de Cam, e disse que agora estava bonito; que as fadas iam gostar muito; era como um ninho de passarinhos; era como uma linda montanha como as que ela vira no estrangeiro, com vales e flores e sinos tocando e passarinhos cantando e cabrinhas e antílopes... Ela via as palavras ecoando, enquanto as pronunciava, na mente de Cam, e Cam repetia depois dela que era como uma montanha, um ninho de passarinhos, um jardim, com antílopes, e seus olhos se abriam e fechavam, e a sra. Ramsay continuou dizendo, de modo ainda mais monótono, e mais rítmico, e mais absurdo, que ela devia fechar os olhos e sonhar com montanhas e vales e estrelas cadentes e papagaios e antílopes e jardins, e tudo lindo, disse ela, levantando a cabeça bem devagar e falando de modo cada vez mais mecânico, até sentar-se na cama e ver que Cam havia adormecido.

Agora, sussurrou ela, indo para a cama dele, James precisava dormir também, pois veja só, disse ela, o crânio do porco continuava ali; ninguém havia mexido nele; fora feito exatamente o que ele queria; continuava lá, intacto. Ele verificou que o crânio continuava ali, embaixo do xale. Mas queria lhe perguntar uma outra coisa. Eles iriam ao Farol amanhã?

Não, amanhã não, disse ela, mas em breve, prometeu, o próximo dia em que fizesse tempo bom. Ele se comportou muito bem. Deitou-se. Ela o cobriu. Mas ele nunca esqueceria, ela sabia, e sentiu-se irritada com Charles Tansley, com o marido e consigo própria, porque havia alimentado as esperanças dele. Então, apalpando-se em busca do xale e lembrando-se de que o havia usado para cobrir o crânio do porco, levantou-se e abaixou a janela mais um pouco, e ouviu o vento, e aspirou o ar frio e indiferente da noite, e deixou que o trinco deslizasse lentamente em sua fenda, e saiu.

Ela esperava que ele não fizesse barulho com seus livros no andar superior, ainda pensando no quanto Charles Tansley era irritante. Nenhuma das duas crianças dormia bem; ambas eram excitáveis, e, como ele dizia coisas semelhantes àquele comentário sobre o Farol, era provável que derrubasse uma pilha de livros, justamente quando do elas estivessem pegando no sono, derrubando-os da mesa, desajeitado, com o cotovelo. Pois ela imaginava que ele havia subido para trabalhar. No entanto, parecia tão desolado; e no entanto ela ficaria aliviada quando ele partisse; no entanto, faria questão de que ele fosse bem tratado amanhã; e no entanto ele era admirável com o seu marido; e no entanto suas maneiras sem dúvida precisavam melhorar; e no entanto o riso dele agradava-lhe — pensando nisso, enquanto descia para o andar de baixo, percebeu que agora dava para ver a lua pela janela da escada — a lua amarela do outono — e virou-se, e eles a viram, na escada.

"É a minha mãe", pensou Prue. Sim; Minta devia olhar para ela; Paul Rayley devia olhar para ela. É a coisa em si, pensava, como se houvesse uma única pessoa assim no mundo; sua mãe. E, depois de ser uma perfeita adulta, ainda há pouco, conversando com os outros, voltou a ser criança, e o que eles estavam fazendo antes era um jogo, e perguntou-se se a mãe aprovaria aquele jogo ou o condenaria. E, pensando na ótima oportunidade que Minta e Paul e Lily estavam tendo de vê-la, e sentindo que sorte extraordinária eles tinham de tê-la, e que ela jamais ia crescer e jamais sair de casa, disse, como uma criança: "A gente pensou em descer até a praia para ver as ondas".

Na mesma hora, sem motivo nenhum, a sra. Ramsay virou uma moça de vinte anos, de uma alegria esfuziante. Um estado de espírito de celebração dominou-a de repente. Claro; eles deviam ir; claro que deviam ir; desceu correndo os dois ou três últimos graus, e ajeitando o xale de Minta nos ombros dela e dizendo que gostaria de ir também, perguntou se iam voltar muito tarde, e alguém ali teria um relógio?

"O Paul tem, sim", disse Minta. Paul tirou um lindo relógio de ouro de um pequeno estojo de camurça e mostrou-o a ela. E enquanto o segurava na palma e o exibia a ela, pensou: "Ela já está sabendo tudo. Não preciso dizer nada". Enquanto mostrava o relógio, estava a dizer-lhe: "Falei com ela, sra. Ramsay. Devo tudo à senhora". E, vendo o relógio de ouro na mão dele, a sra. Ramsay pensou: Que sorte extraordinária a de Minta! Vai se casar com um homem que tem um relógio de ouro com um estojo de camurça!

"Eu queria tanto ir com vocês!", exclamou. Mas havia algo que a impedia de ir, algo tão forte que nem lhe ocorreu perguntar-se o que era. Claro que era impossível ela lhes fazer companhia. Mas gostaria de ir, sim, se não fosse essa outra coisa, e achando graça no pensamento absurdo que tivera (que sorte, casar-se com um homem que tem um

PASSEIO AO FAROL   153

estojo de camurça para o relógio), foi com um sorriso para
a sala ao lado, onde seu marido estava lendo.

                            19

É claro, disse a si própria, entrando na sala, precisava ir
ali para pegar uma coisa que ela queria. Primeiro queria
sentar-se numa cadeira específica junto a um abajur específico. Mas queria algo mais, embora não soubesse, não
fizesse ideia do que era. Olhou para o marido (pegando
a meia e começando a tricotar), e viu que ele não queria
ser interrompido — disso não havia dúvida. Ele estava
lendo alguma coisa que o emocionava muito. Tinha nos
lábios um meio sorriso, e isso a fez perceber que ele estava controlando a emoção. Virava a página com um gesto
enfático. Estava encenando — talvez imaginasse que era
o personagem do livro. Ela se perguntava que livro seria.
Ah, era um dos velhos livros de Sir Walter, ela percebeu,
ajustando o quebra-luz de modo que sua costura fosse iluminada. Pois Charles Tansley havia comentado (ela levantou a vista como se esperasse ouvir o barulho dos livros
desabando no chão no andar de cima) havia comentado
que as pessoas não leem mais Scott. Então seu marido
pensou: "É isso que vão dizer de mim"; e assim foi pegar um daqueles livros. E se concluísse "É verdade" em
relação ao comentário de Charles Tansley, ele o aceitaria
a respeito de Scott. (Ela percebia que ele estava ponderan-
do, considerando, comparando isto com aquilo enquanto
lia.) Mas não a respeito de si próprio. Ele sempre seria
inseguro em relação a si próprio. Isso a perturbava. Ele
sempre haveria de se preocupar sobre seus livros — será
que serão lidos, são bons, por que não são melhores, o
que as pessoas pensam de mim? Não gostando de pensar
nele nesses termos, e perguntando a si própria se os convidados durante o jantar haviam entendido por que ele fi-

cou irritadiço de repente quando começaram a falar sobre a fama e a duração dos livros, perguntando-se se as crianças estavam rindo disso, ela pôs de lado a costura com um movimento brusco, e toda uma rede de riscos finos foi traçada por instrumentos de aço em torno de seus lábios e sua testa, e ela imobilizou-se como uma árvore que, antes agitada de um lado para o outro, agora, tendo amainado o vento, se recolhe, folha a folha, à quietude.

Não importava, nada disso importava, pensou ela. Um grande homem, um grande livro, a fama — quem haveria de saber? Ela é que não sabia nada a esse respeito. Mas com ele era assim, seu compromisso com a verdade — por exemplo, durante o jantar ela estava pensando, de modo instintivo: ah, se ele falasse! Tinha absoluta confiança nele. E, deixando tudo isso de lado, como quem ao mergulhar passa ora por uma alga, ora por uma palha, ora por uma bolha, ela voltou a pensar, imergindo mais fundo, tal como havia se sentido no vestíbulo quando os outros estavam falando: há uma coisa que eu quero — uma coisa que eu vim aqui para pegar, e mergulhava mais e mais fundo sem saber exatamente o que era, de olhos fechados. E esperou um pouco, tricotando, pensando, e lentamente as palavras que as pessoas tinham dito durante o jantar, "zumbem abelhas pelo ar, e já floresce o jasmim", ficaram jogando de um lado para o outro na sua mente, de modo ritmado, e enquanto jogavam, palavras, como pequenas luzes atenuadas, uma vermelha, uma azul, uma amarela, foram se acendendo na escuridão de sua mente, parecendo sair de seus poleiros lá no alto para voar de um lado para o outro, ou gritar, fazendo eco; e assim ela virou-se e tateou a mesa a seu lado em busca de um livro.

> E as vidas que já vivemos
> E as que havemos de viver,
> São cheias de folhas outonais,

PASSEIO AO FAROL 155

ela murmurou, cravando as agulhas na meia. E abriu o livro e começou a ler aqui e ali, a esmo, e enquanto o fazia teve a impressão de que estava subindo, andando para trás, para cima, passando por baixo de pétalas que se curvavam sobre ela, e tudo o que ela sabia era esta é branca, ou esta é vermelha. De início sequer sabia o que significavam as palavras.

Guiai pra cá vossas naus, Marujos vencidos

Ela lia e virava a página, saltando, traçando ziguezagues de lá para cá, de um verso a outro como se de um galho a outro, de uma flor vermelha e branca para outra, até que um som discreto lhe chamou a atenção — o marido dando um tapa nas coxas. Seus olhares se encontraram por um segundo; mas eles não queriam falar um com o outro. Não tinham nada a dizer, porém alguma coisa parecia, assim mesmo, passar dele para ela. Era a vida, era o poder da vida, era o humor tremendo, ela sabia, que o levava a dar um tapa nas coxas. Não me interrompa, ele parecia estar dizendo; fique parada. E continuou lendo. Seus lábios se mexiam. A leitura o preenchia, o fortalecia. Ele esquecera por completo todos os pequenos atritos e choques da noite, o tédio indizível que fora ficar sentado enquanto pessoas comiam e bebiam incessantemente, e a irritação com a mulher e a contrariedade e a suscetibilidade quando contornaram os seus livros como se eles não existissem. Mas agora, ele sentia, pouco se lhe dava quem chegaria ao Z (se o pensamento seguia, como o alfabeto, do A ao Z). Alguém chegaria lá — se não ele, então outro. A força e a sanidade deste homem, o sentimento que tinha pelas coisas diretas e simples, esses pescadores, a pobre criatura enlouquecida na cabana de Mucklebackit* lhe infundiam tanto vigor, tamanha sensação de alívio que, comovido e triunfante, não

---

* Personagem de *O antiquário*, romance de Walter Scott. (N. T.)

conseguia conter as lágrimas. Levantando o livro um pouco para esconder o rosto, deixou que elas escorressem, e sacudiu a cabeça de um lado para o outro, e esqueceu-se de si próprio por completo (mas não de uma ou duas reflexões a respeito da moralidade e do romance francês e do romance inglês e das mãos atadas de Scott, mas talvez a visão dele fosse tão verdadeira quanto a outra) esqueceu-se de seus próprios aborrecimentos e fracassos por completo com o afogamento do pobre Steenie e o sofrimento de Mucklebackit (isso era Scott em plena forma) e as extraordinárias sensações de prazer e vigor que a leitura lhe dava.

Pois tentem fazer melhor do que isso, ele pensou enquanto terminava o capítulo. Tinha a impressão de que estava discutindo com alguém, e havia vencido a discussão. Era impossível fazer melhor do que isso, dissessem o que dissessem; e a posição que defendia tornou-se mais segura. Os apaixonados eram uma bobagem, pensou ele, abrangendo tudo na mente mais uma vez. Isso é bobagem, aquilo é excelente, pensou, pondo uma coisa ao lado da outra. Mas ele precisava ler tudo de novo. Não conseguia lembrar a forma completa da coisa. Era preciso manter em suspenso seu juízo de valor. Assim, voltou ao outro pensamento: se os jovens não gostavam disso, era natural que não gostassem dele também. Não era caso de reclamar, pensou o sr. Ramsay, tentando reprimir o desejo de reclamar com a esposa que os jovens não o admiravam. Porém estava decidido; não ia voltar a incomodá-la. Ela parecia muito tranquila, lendo. Agradava-o pensar que todo mundo havia ido embora e que ele e ela estavam sozinhos. A vida inteira não consiste em ir para a cama com uma mulher, pensou, voltando a Scott e Balzac, ao romance inglês e o romance francês.

A sra. Ramsay levantou a cabeça e, como uma pessoa imersa num sono leve, parecia dizer que se ele queria que ela despertasse, ela o faria, certamente, mas caso contrário, será que ela podia continuar dormindo, só mais um pouquinho, só mais um pouquinho? Ela subia de galho

PASSEIO AO FAROL

em galho, por aqui e por ali, pousando a mão ora numa flor, ora noutra.

Nem da rosa louvar o carmesim,

ela leu, e desse modo ler era ascender, era a sensação que lhe dava, até chegar ao topo, ao cume. Como era prazeroso! Como era repousante! Todos os vestígios do dia eram atraídos por esse ímã; sua mente sentia-se varrida, limpa. E lá estava, de repente totalmente formada em suas mãos, bela e razoável, límpida e completa, a essência sugada da vida e ali resumida — o soneto.

Mas ela começava a perceber que seu marido a olhava. Ele sorria para ela, um sorriso irônico, como se estivesse rindo dela de leve por estar dormindo em pleno dia, mas ao mesmo tempo estava pensando: continue a ler. Agora você não parece estar triste, ele pensou. E perguntava a si próprio o que ela estaria lendo, exagerando a ignorância, a simplicidade dela, pois gostava de pensar que ela não era inteligente, não tinha nenhuma formação livresca. Ele se perguntava se ela compreendia o que estava lendo. Talvez não, pensou. Sua beleza era extraordinária. Sua beleza lhe dava a impressão, se tal fosse possível, de que aumentava.

Era-me inverno, e estando tu distante,
Qual sombra tua, isso me era bastante,

ela terminou.

"Sim?", perguntou ela, ecoando o sorriso do marido, levantando os olhos do livro.

Qual sombra tua, isso me era bastante,

murmurou, repondo o livro na mesa.

O que havia acontecido, perguntou-se, retomando a costura, desde a última vez que ela o vira a sós? Lembrava-

-se de que se vestira e vira a lua; de Andrew segurando o prato alto demais no jantar; de que se sentira deprimida por conta de alguma coisa dita por William; dos pássaros nas árvores; do sofá no alto da escada; das crianças ainda acordadas; de Charles Tansley acordando-as com os livros despencando no chão — ah, não, isso fora ela que inventara; e de Paul com o seu estojo de camurça para o relógio de bolso. O que ela deveria dizer a ele?

"Eles estão noivos", disse, recomeçando a tricotar, "o Paul e a Minta."

"Eu imaginava", ele respondeu. Não havia muito mais o que dizer sobre o assunto. A mente dela continuava a subir e descer, subir e descer com os poemas; ele continuava a sentir-se muito vigoroso, muito direto, depois de ler o trecho do funeral de Steenie. Assim, ficaram em silêncio. Então ela se deu conta de que queria que ele dissesse alguma coisa.

Qualquer coisa, qualquer coisa, pensou ela, continuando a tricotar. Qualquer coisa há de servir.

"Como seria bom casar-se com um homem que tem um estojo de camurça para o relógio", ela comentou, pois era esse o tipo de gracejo que eles trocavam entre si.

Ele bufou, desdenhoso. Sentia-se em relação àquele noivado tal como se sentia em relação a todos os noivados; essa moça é boa demais para esse rapaz. Lentamente formou-se na cabeça dela o pensamento: por que então a gente quer que as pessoas se casem? Qual o valor, o sentido das coisas? (Cada palavra que dissessem agora seria verdadeira.) Diga alguma coisa, pensou, só para ouvir a voz dele. Pois a sombra, a coisa que os envolvia, estava começando, ela sentia, a se fechar em torno dela de novo. Diga qualquer coisa, implorava, olhando para ele, como se pedindo ajuda.

Ele estava calado, balançando o relógio na ponta da corrente de um lado para o outro, e pensando nos romances de Scott e nos romances de Balzac. Mas atravessando

PASSEIO AO FAROL   159

as paredes crepusculares de sua intimidade, pois eles estavam se aproximando, sem querer, colocando-se lado a lado, bem próximos, ela sentia a mente do marido como uma mão levantada projetando uma sombra sobre a mente dela; ele estava começando, agora que os pensamentos dela iam por um caminho que o desagradava — rumo a esse "pessimismo", como ele dizia — a remexer-se, inquieto, embora sem dizer nada, levando a mão à testa, retorcendo um cacho de cabelo, soltando-o em seguida.

"Você não vai conseguir terminar esta meia hoje", disse ele, apontando para a costura. Era isso que ela queria — a aspereza da voz dele a reprová-la. Se ele diz que é errado ser pessimista, deve ser errado mesmo, pensou; o casamento vai dar certo.

"Não", ela respondeu, esticando a meia sobre o joelho, "não vou conseguir, não."

E então? Pois parecia-lhe que ele continuava a olhá-la, porém seu olhar havia mudado. Ele queria uma coisa — queria a coisa que ela sempre achava tão difícil lhe dar; queria que ela lhe dissesse que o amava. E isso, não, isso ela não conseguia fazer. Para ele, falar era muito mais fácil do que para ela. Ele dizia coisas — que ela jamais conseguiria dizer. Assim, naturalmente, era sempre ele que dizia as coisas, e então por algum motivo esse fato o incomodava de repente, e ele a criticava. Dizia que ela não tinha coração; pois nunca lhe dizia que o amava. Mas não era verdade — não era verdade. Era só porque ela não conseguia jamais dizer o que sentia. Não havia nenhuma migalha no casaco dele? Nada que ela pudesse fazer por ele? Levantando-se, foi até a janela com a meia grená nas mãos, em parte para não olhar para o marido, em parte porque não se incomodava de olhar agora, mesmo que ele a visse, para o Farol. Pois sabia que ele havia virado a cabeça acompanhando o seu movimento; que estava a observá-la. Sabia o que ele estava pensando. Você está mais bonita do que nunca. E ela própria sentia-se belíssima.

Você não vai me dizer pelo menos uma vez que me ama? Era o que ele pensava, pois estava emocionado, por causa de Minta e do livro, e porque o dia estava terminando e eles haviam brigado por causa da ida ao Farol. Mas ela não conseguia; não conseguia dizê-lo. Então, sabendo que estava sendo observada, em vez de falar virou-se, segurando a meia, e olhou para ele. E ao fazer isso começou a sorrir, pois embora não tivesse dito nenhuma palavra ele entendeu, claro que entendeu, que ela o amava. Não podia negá-lo. E, sorrindo, ela olhou pela janela e disse (pensando consigo mesma: Nada neste mundo pode igualar esta felicidade) —

"É, você tinha razão. Amanhã vai chover." Não chegou a dizer essas palavras, mas ele entendeu. E ela olhou para ele, sorrindo. Pois havia triunfado outra vez.

II
O tempo passa

1

— Bem, temos que esperar que o futuro chegue — disse o sr. Bankes, entrando, vindo do terraço.

— Está tão escuro que não se pode ver quase nada — disse Andrew, vindo da praia.

— Difícil saber o que é mar, o que é terra — disse Prue.

— A gente deixa aquela luz acesa? — perguntou Lily, quando todos tiravam os casacos dentro de casa.

— Não — disse Prue — se todo mundo já entrou.

— Andrew — ela exclamou —, apague a luz do vestíbulo.

Uma por uma, todas as luzes foram apagadas, menos a do sr. Carmichael, que gostava de ficar acordado mais um pouco lendo Virgílio na cama, e mantinha a sua vela acesa por bem mais tempo que os outros.

2

Assim, com todas as luzes apagadas, a lua oculta e uma chuva fina a tamborilar no telhado, teve início um imenso dilúvio de escuridão. Nada, ao que parecia, conseguiria sobreviver àquela enchente, a abundância de escuridão que, infiltrando-se pelos buracos de fechadura e fendas, contornando os estores das janelas, adentrava os quartos, engolia aqui um lavabo, ali um vaso com dálias vermelhas e amarelas, ali os contornos nítidos e o volume firme de uma cômoda. Não era apenas a mobília que se confundia; praticamente não restava nada no corpo nem na mente de que se pudesse dizer: "Isto é ele" ou "Isto é ela". De vez em quando uma mão se levantava como se para agarrar algo ou afastar algo, ou alguém gemia, ou alguém ria alto como se compartilhasse uma pilhéria com o nada.

Nada se movia na sala de visita nem na sala de jantar nem na escada. Apenas, atravessando as dobradiças enferrujadas e o madeirame inchado e umedecido pelo mar, alguns ares, desprendendo-se do corpo do vento (a casa estava caindo aos pedaços, afinal), contornavam os cantos e aventuravam-se no interior dos cômodos. Era quase possível imaginá-los, ao entrar na sala de visita, questionando e perguntando, remexendo na ponta solta do papel de parede, indagando: até quando ele ficaria pendurado, quando haveria de cair? Então, roçando de leve nas paredes, passavam pensativos como se perguntassem às rosas vermelhas e amarelas do papel de parede se elas iam fenecer, e questionando (delicadamente, pois tinham todo o tempo a sua disposição) as cartas rasgadas no cesto de papéis, as flores, os livros, tudo isso agora aberto para eles, e perguntando: Seriam aliados? Seriam inimigos? Quanto tempo durariam?

Assim, direcionados pela luz aleatória de alguma estrela desencoberta, ou de um navio errante, ou até mesmo do Farol, com seus passos pálidos na escada e no capacho, os pequenos ares subiram os degraus e fuçaram em torno das portas dos quartos. Mas aqui, certamente, eles haverão de parar. Ainda que tudo o mais sucumba e desapareça, o que há aqui é inabalável. Aqui pode-se dizer àquelas luzes deslizantes, àqueles ares intrometidos, que respiram e se debruçam sobre a própria cama: isto aqui vocês não podem nem tocar nem destruir. E diante disso, cansados, fantasmáticos, como se tivessem dedos leves como plumas e a persistência leve das plumas, eles olhavam, uma vez apenas, para os olhos fechados e os dedos frouxamente apertados, e dobravam suas vestes, cansados, e desapareciam. E assim, fuçando, esfregando-se, foram até a janela da escada, aos quartos das criadas, às caixas nos sótãos; descendo, descoloriram as maçãs na mesa da sala de jantar, remexeram nas pétalas das rosas, testaram a pintura sobre o cavalete, escovaram o capacho e espalharam um pouco de areia no assoalho. Por fim, desistindo, todos cessaram juntos, reunidos, todos suspiraram juntos; todos exalaram juntos um bafo de lamento sem sentido, ao qual alguma porta na cozinha respondeu; escancarou-se; abriu passagem para o nada; e fechou-se com força.

[Neste momento o sr. Carmichael, que estava lendo Virgílio, soprou sua vela. Já passava da meia-noite.]

3

Mas, afinal, o que é uma noite? Um intervalo curto, especialmente quando a escuridão se apaga tão rápido, e ainda bem cedo um pássaro chilreia, um galo canta ou um verde pálido brilha, como uma folha tenra, no côncavo da onda. Porém noite segue noite. O inverno tem em seu estoque um maço inteiro de noites, e as distribui igualmente, irmãmente, com dedos incansáveis. Elas se estendem; elas escurecem. Algumas elevam no céu planetas límpidos, placas luminosas. As árvores outonais, dilapidadas como estão, brilham como bandeiras esfarrapadas ardendo na treva de frescas grotas de catedrais, onde letras douradas em páginas de mármore falam de mortes no campo de batalha e ossos escaldados pelo sol em distantes areias na Índia. As árvores outonais brilham no luar amarelado, à luz das luas outonais, luz que atenua a energia do trabalho, e alisa o restolho, e faz a onda lamber a praia, azul.

Agora era como se, tocada pela penitência humana e todo o seu esforço, a bondade divina tivesse aberto as cortinas de modo a exibir atrás dela, únicos, distintos, a lebre ereta; a onda quebrando; o barco se balançando, coisas que, se as merecêssemos, seriam sempre nossas. Infelizmente, porém, a bondade divina, dando um puxão na corda, fecha as cortinas; ela não gostou; ela cobre seus tesouros numa chuvarada de granizo, e assim os quebra, confunde-os de tal modo que parece impossível que sua calma retorne, ou que jamais sejamos capazes de compor a partir de seus fragmentos um todo perfeito, ou de ler nos pedaços dispersos as palavras límpidas da verdade. Pois nossa penitência só merece um relance rápido; nosso esforço, apenas um breve descanso.

As noites agora estão cheias de vento e destruição; as árvores mergulham e se dobram e suas folhas voam a esmo, até deixar o gramado coberto de folhas que se embolam nas sarjetas e entopem as calhas e se espalham pelos caminhos úmidos. Além disso, o mar se lança e se quebra, e se algum adormecido imagina que talvez encontre na praia uma resposta às suas dúvidas, alguém com quem compartilhar sua solidão, e joga para o lado as cobertas e vai a sós caminhar na areia, nenhuma imagem que evoque uma divindade pressurosa se prontifica a impor ordem à noite e fazer com que o mundo reflita a amplidão da alma. A mão encolhe em sua mão; a voz grita em seu ouvido. Pareceria quase inútil, numa confusão assim, perguntar à noite aquelas perguntas referentes ao quê, e por quê, e para quê, que levam o adormecido a pensar em levantar-se da cama e buscar uma resposta.

[O sr. Ramsay, andando trôpego por um corredor, estendeu os braços numa manhã escura, porém, tendo a sra. Ramsay morrido repentinamente na noite da véspera, ele estendeu os braços. Que permaneceram vazios.]

4

Assim, estando a casa vazia e as portas trancadas e os colchões enrolados, aqueles ares errantes, a vanguarda de grandes exércitos, irromperam casa adentro, roçaram nas tábuas nuas, mordiscaram e abanaram, nada encontraram em quarto ou sala que a eles opusesse resistência, porém apenas cortinas a esvoaçar, madeira a ranger, pés nus de mesas, caçarolas e louças felpudas de poeira, manchadas, rachadas. Coisas despidas e largadas pelas pessoas — um par de sapatos, um boné de caçador, umas saias desbotadas e casacos em armários — só essas coisas conservavam a forma humana, e no vazio davam mostras dos modos como outrora eram preenchidas e animadas; como mãos se ocupavam de colchetes e botões; como o espelho continha um rosto; continha um mundo esvaziado em que uma figura se virava, uma mão se movia, a porta se abria e crianças entravam correndo, aos borbotões, e depois saíam. Agora, dia após dia, a luz deslizava, como uma flor refletida na água, sua imagem límpida na parede em frente. Apenas as sombras das árvores, florescendo no vento, faziam mesuras na parede, e por um momento obscureciam a lagoa em que a luz se refletia; ou então aves, voando, projetavam uma mancha difusa que se deslocava lentamente pelo chão do quarto.

Assim, beleza reinava, e silêncio, e juntos davam forma à própria beleza, uma forma da qual a vida havia se afastado; solitária como uma lagoa ao anoitecer, bem ao longe, vista da janela de um trem, desaparecendo tão depressa que a lagoa, pálida no crepúsculo, quase nada perde de sua solidão, mesmo tendo sido vista. Beleza e silêncio davam as mãos no quarto, e em meio às jarras amortalhadas e cadeiras envoltas em lençóis até mesmo a bisbilhotice do vento, e o focinho macio dos ares úmidos de maresia, a esfregar-se, a fungar, a iterar e reiterar suas perguntas — "Vais desbotar? Vais perecer?" — pouco perturbavam a paz, a indiferença, o ar de pura integridade, como se a pergunta que faziam não carecesse da resposta: permaneceremos.

Nada, ao que parecia, podia quebrar aquela imagem, corromper aquela inocência, nem perturbar o manto oscilante de silêncio que, semana após semana, na sala vazia, absorvia os gritos dos pássaros, os apitos dos navios, o zumbido dos campos, o latido de um cão, o berro de um homem, e os enroscava em torno da casa em silêncio. Uma única vez uma tábua soltou-se no patamar da escada; uma vez no meio da noite, com um estrondo, com estrépito, como uma pedra, depois de séculos de imobilidade, se desprende da montanha e se lança com ímpeto no vale, uma dobra do xale soltou-se e ficou a balançar de um lado para o outro. Depois a paz se reinstaurou; e a sombra oscilou; a luz debruçou-se diante de sua própria imagem, em atitude de adoração, na parede do quarto; quando a sra. McNab, rompendo o véu de silêncio com as mãos saídas da tina de lavar roupas, esmagando-o com as botas que haviam calcado o cascalho, veio, conforme o combinado, para abrir todas as janelas e tirar o pó dos quartos.

5

Enquanto caminhava cambaleando (pois balançava como um navio em movimento) e olhava de soslaio (pois não voltava a vista diretamente para nada, porém lançava olhares de esguelha que censuravam o desprezo e ódio do mundo — ela era uma tola, e sabia que era), enquanto se agarrava aos corrimãos e se arrastava escada acima e cambaleava de um cômodo a outro, ela cantava. Esfregando o vidro do espelho comprido e olhando de esguelha para sua própria imagem oscilante, um som saiu de seus lábios — algo que fora alegre vinte anos antes num palco, talvez, que fora trauteado e dançado, mas agora, saindo da boca daquela faxineira desdentada, de touca na cabeça, esvaziava-se de todo sentido, era

PASSEIO AO FAROL

como a voz da tolice, do humor e da própria persistência, pisoteada mas reerguendo-se, e assim, enquanto ela seguia cambaleando, espanando, esfregando, ela parecia contar que tudo era uma prolongada dor e canseira, como era levantar-se da cama e depois deitar-se outra vez, e tirar coisas do armário e depois guardá-las outra vez. Não era fácil nem confortável viver nesse mundo que ela conhecia há quase setenta anos. Estava dobrada de cansaço. Quanto tempo, ela perguntava, gemendo, os ossos estalando, ajoelhada debaixo da cama, limpando o assoalho, quando tempo isso vai durar? Mas com esforço punha-se de pé de novo, esticava-se, e de novo, com seu olhar de soslaio que escorregava e se desviava até mesmo de seu próprio rosto, de sua própria dor, punha-se diante do espelho e ficava a olhar, com um sorriso besta, e recomeçava a cambalear e se arrastar como sempre, levantando tapetes, guardando louças, olhando de soslaio para o espelho, como se, no final das contas, ela tivesse lá seus consolos, como se de fato se enredasse em torno de seu lamento alguma esperança incorrigível. Visões de felicidade certamente teria havido diante da tina de lavar roupa, talvez com seus filhos (no entanto, dois eram ilegítimos e um a abandonara), na taverna, bebendo; revirando seus trastes nas gavetas. Alguma fenda na escuridão teria havido, algum canal nas profundezas da obscuridade pelo qual passava luz suficiente para contorcer seu rosto com um esgar diante do espelho, e fazer com que ela, retomando o trabalho, cantarolasse a velha canção ouvida num espetáculo de variedades. Enquanto isso, os místicos, os visionários, caminhavam pela praia, agitavam uma poça, contemplavam uma pedra e se perguntavam: "Quem sou eu?" "O que é isto?" e de repente uma resposta lhes era concedida (qual era, eles não saberiam dizer): e assim sentiam-se agasalhados no frio e confortáveis no deserto. Mas a sra. McNab continuava a beber e a falar da vida alheia tal como antes.

6

A primavera, sem uma folha para balançar, nua e luminosa como uma virgem de uma castidade feroz, de uma pureza desdenhosa, se expunha nos campos, os olhos abertos e vigilante e de todo indiferente ao que fizessem ou pensassem os observadores.

[Prue Ramsay, apoiando-se no braço do pai, foi dada em casamento naquele maio. O que poderia, comentavam as pessoas, ser mais apropriado? E, acrescentavam, como ela estava bonita!]

À medida que se aproximava o verão, e as tardes se alongavam, os insones, os esperançosos, a caminhar pela praia, agitando a poça, eram acometidos por imaginações as mais estranhas — carne que se transformava em átomos que o vento espalhava, estrelas que brilhavam de súbito em seus corações, penhasco, mar, nuvem e céu reunidos de propósito para juntar externamente as partes dispersas da visão interior. Nesses espelhos, as mentes dos homens, nessas poças de águas intranquilas, em que nuvens eternamente giram e sombras se formam, os sonhos persistiam, e era impossível resistir à estranha sugestão que parecia ser feita por toda gaivota, flor, árvore, homem e mulher, e a própria terra branca parecia declarar (porém, se questionada, ela se desdiria na mesma hora) que o bem triunfa, a felicidade se instaura, a ordem impera; ou resistir ao extraordinário impulso de vagar de um lado para o outro em busca de algum bem absoluto, algum cristal de intensidade, distante dos prazeres conhecidos e das virtudes tradicionais, algo alheio ao processo da vida doméstica, único, duro, luminoso, como um diamante na areia, que proporcionaria segurança a quem o possuísse. Além disso, suavizada e aquiescente, a primavera, com suas abelhas a zumbir e mosquitos a dançar, envolvia-se em seu manto, fechava os olhos e, em meio a sombras passageiras e revoadas de chuva miúda, parecia ter assumido o conhecimento das dores da humanidade.

[Prue Ramsay morreu naquele verão de alguma doença relacionada ao parto, uma tragédia deveras, diziam as pessoas. Comentavam que ninguém merecia a felicidade mais que ela.]

E agora, no calor do verão, o vento introduziu seus espiões na casa outra vez. Moscas teciam suas teias nos quartos ensolarados; ervas que haviam se aproximado da janela durante a noite tamborilavam metodicamente na vidraça. Quando escurecia, o feixe de luz do Farol, que antes se impunha com tanta autoridade ao tapete na escuridão, traçando seu desenho, agora vinha na luz mais suave da primavera combinado com o luar, deslizando delicadamente como se fizesse uma carícia e aguardava, dissimulado, e voltava, amoroso. Mas no exato silêncio dessa carícia amorosa, quando o feixe longo se apoiava na cama, a rocha rachava de lado a lado; mais uma dobra do xale se desprendia; e ficava a balançar-se, solta. Durante as curtas noites de verão e os longos dias de verão, quando os cômodos vazios pareciam murmurar com os ecos dos campos e os zumbidos das abelhas, o pano alongado balouçava-se de leve, à toa; enquanto o sol de tal modo traçava riscos e listras nos cômodos, e os enchia de uma névoa amarela, que a sra. McNab, quando irrompeu na casa e ficou a cambalear de um lado para o outro, espanando, varrendo, parecia um peixe tropical a vagar por águas lancetadas pelo sol.

Mas apesar de tanta modorra e sono, mais para o final do verão soavam ruídos ameaçadores, como golpes calculados de martelos atenuados pelo feltro, os quais, com seus impactos repetidos, afrouxavam ainda mais o xale e rachavam ainda mais as xícaras de chá. De vez em quando um vidro tilintava no armário, como se uma voz de gigante soltasse um grito de agonia tão alto que os copos dentro do armário vibrassem também. Depois, novamente, o silêncio se instaurava; e então, noite após noite, e às vezes em pleno dia, quando as rosas brilhavam e luz lançava nítida sua forma na parede, parecia descer sobre esse silêncio, essa indiferença, essa integridade, o baque surdo de alguma coisa caindo.

[Um obus explodiu. Vinte ou trinta rapazes foram para os ares na França, entre eles Andrew Ramsay, cuja morte, felizmente, foi instantânea.]

Nessa estação, as pessoas que haviam ido caminhar na praia e perguntar ao mar e ao céu que mensagem eles tinham para dar, ou que visão eles afirmavam, tinham que incluir entre os sinais costumeiros da munificência divina — o pôr do sol no mar, a luz pálida do amanhecer, o nascimento da lua, os barcos de pescadores com a lua ao fundo e crianças jogando punhados de grama umas nas outras — uma coisa que não se harmonizava com esta alegria, esta serenidade. Um navio cinzento silencioso, por exemplo, surgia, sumia; uma mancha arroxeada formava-se na superfície tranquila do mar como se alguma coisa tivesse fervido e sangrado, invisível, debaixo dela. Essa intrusão num cenário calculado para despertar as reflexões mais sublimes e levar às conclusões mais apaziguadoras os detinha em sua caminhada. Era difícil ignorá-las tranquilamente, abolir o significado delas na paisagem; continuar andando à beira-mar e maravilhando-se com o modo como a beleza exterior espelhava a beleza interior.

A Natureza suplementava o que o homem propunha? Ela completava o que ele principiava? Com a mesma complacência ela contemplava a sua desgraça, desculpava sua mesquinhez e consentia em sua tortura. Aquele sonho, portanto, de compartilhar, completar, encontrar na solidão, na praia, uma resposta, seria apenas um reflexo num espelho, e o espelho em si seria apenas a vitrificação superficial que se forma na imobilidade quando os poderes mais nobres dormem abaixo da superfície? Impacientes, desesperados, e no entanto relutando em ir embora (pois a beleza oferece seus encantos, tem lá suas consolações), era-lhes impossível caminhar na praia; a contemplação era insuportável; o espelho estava quebrado.

[O sr. Carmichael publicou um volume de poesia naquela primavera, que fez um sucesso inesperado. A guerra, diziam as pessoas, havia redespertado o interesse pela poesia.]

7

Noite após noite, verão e inverno, o tormento das tempestades, a imobilidade de flecha dos dias ensolarados, imperavam sem interferência. Quem ficasse a escutar (se houvesse alguém para escutar) nos quartos do andar de cima da casa vazia não ouviria outra coisa que não o caos gigantesco riscado por relâmpagos a ribombar e rolar, quando ventos e ondas se comportavam como vultos amorfos de leviatãs cujas frontes não são penetradas por nenhum raio de luz da razão, e jogavam-se um em cima do outro, e empurravam-se e saltavam na escuridão ou na claridade (pois noite e dia, mês e ano se amontoavam numa massa informe) em folguedos idiotas, até que se tivesse a impressão de que o universo estava em plena batalha, entregue a uma brutal confusão e a uma volúpia insana e sem sentido, só.

Na primavera, os vasos do jardim, que os ventos enchiam de plantas aleatórias, continuavam alegres como sempre. Vinham as violetas e os narcisos. Mas a imobilidade e a luminosidade do dia eram tão estranhas quanto o caos e o tumulto da noite, com as árvores paradas, e as flores paradas, olhando para a frente, olhando para cima, e no entanto não vendo nada, cegas, e tão terríveis.

8

Achando que não fazia mal, já que a família nunca mais voltaria, segundo diziam alguns, e que a casa seria vendida talvez no dia de São Miguel, a sra. McNab abaixou-se e pegou um ramo de flores para levar para casa. Colocou-as na mesa enquanto espanava. Ela gostava de flores. Era uma pena desperdiçá-las. Se a casa fosse vendida (postou-se diante do espelho com as mãos na cintura), haveria muito que fazer com ela. Estava fechada há tantos anos sem vivalma. Os livros e as outras coisas todas estavam mofados, e ainda mais com a guerra e a dificuldade de contratar empregados a casa não tinha sido limpa da maneira que ela gostaria de limpá-la. Uma pessoa só não tinha forças para pô-la em ordem agora. Ela própria estava muito velha. As pernas lhe doíam. Aqueles livros todos precisavam ser espalhados no gramado para pegar sol; o reboco tinha caído do teto no vestíbulo; a calha havia entupido bem na altura da janela do escritório e tinha entrado água; o tapete estava completamente estragado. Mas as pessoas deviam vir elas próprias; deviam ter mandado alguém para ver. Pois havia roupas nos armários; eles tinham deixado roupas em todos os quartos. O que ela haveria de fazer com essas roupas? Estavam cheias de traças — as coisas da sra. Ramsay. Coitada! Ela é que não ia querer saber daquelas roupas. Já havia morrido, lhe disseram; anos atrás, em Londres. Lá estava o velho capote cinzento que ela usava para trabalhar no jardim. (A sra. McNab o apalpava.) Era como se visse a senhora, enquanto ela ia em direção à casa carregando a roupa lavada, debruçando-se sobre as flores (o jardim agora estava de dar dó, tinha virado mato, coelhos fugindo da gente no meio dos canteiros) — como se a visse com uma das crianças, usando o capote cinzento. Havia botas e sapatos; e uma escova e um pente largados na penteadeira, exatamente como se ela pretendesse voltar amanhã. (Ela acabara morrendo de repente, diziam.) E uma vez chegaram a combinar de vir, mas adiaram por causa da guerra, e de todas as dificuldades de viajar naquela época; e assim não vieram nem uma vez naqueles anos todos; só mandavam o dinheiro dela; mas nunca enviaram uma carta, nunca vieram, e esperavam encontrar as coisas tal como as haviam deixado, pois sim! Ora, as gavetas da penteadeira estavam cheias de coisas (ela as abriu), lenços, pedaços de fita. É, era como se ela visse a sra. Ramsay, quando voltava para casa com a roupa lavada.

"Boa tarde, sra. McNab", dizia ela.

Tinha um jeito agradável. Todas as moças gostavam dela. Mas, ah, tanta coisa havia mudado desde aquele tempo (e fechou a gaveta); muitas famílias haviam perdido seus entes queridos. Então ela morreu; e o sr. Andrew também morreu; e a srta. Prue também, diziam, quando teve o primeiro filho; mas todo mundo havia perdido alguém durante esses anos. Os preços tinham subido de uma maneira escandalosa, e nunca mais desceram. Ela lembrava-se muito bem da sra. Ramsay com seu capote cinzento.

"Boa tarde, sra. McNab", dizia ela, e mandava a cozinheira guardar um prato de sopa cremosa para ela — bem que ela estava precisada, tendo trazido aquele cesto pesado da cidade. Era como se a visse agora, debruçada sobre as flores; (e, vaga e hesitante, como um feixe de luz amarelo ou o círculo na extremidade de um telescópio, uma senhora com um capote cinzento, debruçada sobre as flores, atravessou a parede do quarto, subiu na penteadeira, foi até o lavabo, enquanto a sra. McNab se arrastava de um lado para o outro, espanando, arrumando).

E como era mesmo o nome da cozinheira? Mildred? Marian? Um nome assim. Ah, ela tinha esquecido — é, ela esquecia as coisas. Fogosa, como todas as mulheres ruivas. Elas duas riam de muita coisa. Ela era sempre bem recebida na cozinha. Ela fazia as moças rirem, sim. As coisas eram melhores do que agora.

Ela suspirou; era trabalho demais para uma mulher apenas. Sacudiu a cabeça de um lado para o outro. Ali era o quarto das crianças. Mas como o quarto estava úmido; o reboco estava caindo. Por que cargas-d'água haviam pendurado um crânio de bicho ali? Também estava mofado. E ratos em todos os sótãos. Mas eles nunca mandaram ninguém; nunca vieram. Algumas das trancas haviam estragado, e as portas ficavam batendo. Ela não gostava de estar ali sozinha quando escurecia. Os ossos rangiam, ela gemia. Bateu a porta. Passou a chave na tranca e foi embora deixando a casa fechada, trancada, sozinha.

9

A casa estava abandonada; a casa estava deserta. Estava abandonada como uma concha largada numa duna a encher-se de grãos de sal seco, agora que a vida a abandonara. A longa noite parecia ter se instaurado; os ares frívolos, a fuçar, os hálitos úmidos, a titubear, pareciam ter triunfado. A caçarola havia enferrujado, o capacho estava podre. Sapos haviam se intrometido na casa. À toa, a esmo, o xale pendurado oscilava de um lado para o outro. Um cardo brotara entre os ladrilhos da despensa. As andorinhas fizeram um ninho na sala de visita; o assoalho estava cheio de palha; o reboco desabava em grandes placas; os caibros ficaram expostos; os ratos levavam uma e outra coisa para roer atrás dos lambris. Borboletas irrompiam das crisálidas e levavam suas vidas a bater de leve na vidraça. Papoulas semeavam-se entre as dálias; o capim alto ondulava ao vento no gramado; alcachofras gigantescas destacavam-se em meio às rosas; um cravo de bordas coloridas florescia entre os repolhos; e o discreto tamborilar de uma erva na janela havia se transformado, nas noites de inverno, num rufar das árvores volumosas e das urzes espinhosas que pintavam de verde toda a sala no verão.

Que poder conseguiria agora deter a fertilidade, a insensibilidade da natureza? O sonho da sra. McNab com uma mulher, uma criança, um prato de sopa cremosa? Ele havia tremulado sobre as paredes como uma mancha de sol, desaparecendo depois. Ela havia trancado a porta; havia ido embora. Era demais para a força de uma mulher só, dizia ela. Nunca mandaram ninguém. Nunca enviaram uma carta. Havia coisas lá em cima apodrecendo nas gavetas — era uma pena deixá-las daquele jeito, dizia ela. A casa toda estava caindo aos pedaços. Apenas a luz do Farol penetrava os cômodos por um momento, seu olhar de súbito se fixava na cama e na parede na escuridão do inverno, encarava com equanimidade o cardo e a andorinha, o rato e a palha. Nada agora resistia a eles; nada lhes dizia "não". Que o vento soprasse; que a papoula espalhasse as suas sementes e o cravo cruzasse com o repolho. Que a andorinha construísse seu ninho na sala de visita, que o cardo empurrasse para o lado os ladrilhos, e a borboleta fosse pegar sol no cretone desbotado das poltronas. Que os cacos de vidro e a porcelana se espalhassem no gramado e se confundissem com o capim e as frutas silvestres.

Pois havia chegado aquele momento, aquela hesitação quando a madrugada treme e a noite pausa, quando, se uma pluma pousa na balança, o prato desce. Uma pluma, e toda a casa, afundando, caindo, teria mergulhado nas profundezas da escuridão. Na sala destruída, pessoas fariam piqueniques e esquentariam suas chaleiras; namorados buscariam refúgio ali, deitados nas tábuas nuas do assoalho; o pastor guardaria seu lanche nos tijolos, e o vagabundo dormiria envolto no casaco para se proteger do frio. Então o telhado desabaria; urzes e cicutas cobririam caminhos, degraus e janelas; cresceriam, de modo desigual porém luxuriante por cima dos destroços, até que algum intruso, tendo se perdido, perceberia tão só por um tritoma em meio às urtigas, ou um caco de louça entre as cicutas, que ali alguém vivera outrora; que ali tinha havido uma casa.

Se a pluma tivesse caído, se tivesse baixado o prato da balança, toda a casa teria mergulhado nas profundezas, até pousar nas areias do esquecimento. Mas havia uma força a atuar; uma coisa que não era muito consciente;

uma coisa que cambaleava com um esgar nos lábios; uma coisa que não se sentia inspirada a realizar seu trabalho como um ritual digno nem com cantilenas solenes. A sra. McNab gemia; os ossos da sra. Bast estalavam. Eram velhas; seus corpos estavam rígidos; suas pernas doíam. Vieram munidas de vassouras e baldes, por fim; começaram a trabalhar. Sem mais nem menos, será que a sra. McNab podia aprontar a casa? escreveu uma das moças: se ela faria isso; se faria aquilo; tudo em cima do laço. Talvez viessem no verão; haviam deixado tudo para a última hora; queriam encontrar as coisas tais como as haviam deixado. Lenta e dolorosamente, com vassoura e balde, esfregando, polindo, a sra. McNab e a sra. Bast iam estancando a deterioração e o apodrecimento; salvavam da poça do Tempo que rapidamente se fechava sobre elas ora uma bacia, ora um armário; resgataram do esquecimento todos os romances da série Waverley e um aparelho de chá numa manhã; na parte da tarde restauraram, expondo-os ao sol e ao ar, um guarda-fogo e um jogo de atiçadores da lareira. George, filho da sra. Bast, pegou as ratazanas e cortou a grama. Vieram os trabalhadores. Acompanhado pelo ranger de dobradiças e o guinchar dos parafusos, os baques da madeira inchada de umidade, uma espécie de parto difícil e enferrujado parecia estar em andamento, enquanto as mulheres, abaixando-se, levantando-se, gemendo, cantando, batiam e empurravam, ora no andar de cima, ora nos porões. Ah, diziam elas, que trabalheira!

Tomavam chá no quarto, às vezes, ou no escritório; interrompiam o trabalho ao meio-dia, os rostos sujos, as mãos velhas doídas de tanto segurar cabos de vassouras. Largadas nas cadeiras, ficavam a contemplar ora a magnífica conquista das torneiras e da banheira; ora o triunfo mais árduo, mais incompleto, arrancado das longas fileiras de livros, antes negros como corvos, agora de um branco sujo, gerando cogumelos pálidos e secretando

PASSEIO AO FAROL   179

aranhas furtivas. Mais uma vez, quando ela sentia o chá
aquecê-la por dentro, o telescópio encaixou-se nos olhos
da sra. McNab, e num anel de luz ela viu o velho cavalheiro, magro como um varapau, balançando a cabeça,
enquanto ela chegava com a roupa lavada, falando sozinho, ela imaginava, no gramado. Nunca reparava nela.
Uns diziam que ele havia morrido; outros, que ela havia
morrido. Qual dos dois? A sra. Bast também não tinha
certeza. O rapaz havia morrido, mesmo. Disso não havia
dúvida. Ela vira o nome dele nos jornais.

E tinha também a cozinheira, Mildred, Marian, um
nome assim — uma mulher ruiva, mal-humorada como
todas as ruivas, mas também simpática, se a gente sabia
lidar com ela. Elas duas riam de muita coisa. Ela guardava um prato de sopa para a Maggie; um pouquinho de
presunto, às vezes; o que sobrasse. Vivia-se bem naquele tempo. Tinham tudo que queriam (relaxada, jovial, o
chá a aquecê-la por dentro, ela desenrolava seu novelo de
recordações, sentada na cadeira de vime junto ao guarda-
-fogo do quarto das crianças). Sempre havia muita coisa
para fazer, muita gente na casa, às vezes vinte, coisas para
lavar até bem depois da meia-noite.

A sra. Bast (ela não conhecera a família; na época,
morava em Glasgow) perguntou, largando a xícara, por
que diabos eles penduraram na parede aquele crânio de
bicho? Caçado no estrangeiro, decerto.

Podia bem ser, respondeu a sra. McNab, ainda refes-
telando-se nas suas lembranças; eles tinham amigos no
Oriente; uns senhores que se hospedavam ali, senhoras
com vestidos de baile; uma vez ela os vira pela porta da
sala de jantar, todos sentados em volta da mesa. Vinte, ela
calculava, muitas joias, e lhe pediram que ela ficasse para
ajudar a lavar os pratos, até bem depois da meia-noite, ela
achava.

Ah, disse a sra. Bast, eles iam encontrar tudo mudado.
Debruçou-se à janela. Ficou a ver seu filho, George, cor-

tando a grama com uma foice. Bem que podiam ter perguntado: estavam cuidando do gramado? Já que o velho Kennedy é que estava encarregado, mas aí a perna dele ficou mal depois que ele caiu da carroça; e talvez um ano sem ninguém cuidar, ou quase isso; e então veio o Davie Macdonald, e bem que podiam ter mandado sementes, mas como saber se alguém as havia plantado? Iam encontrar tudo mudado.

Ela via o filho ceifando a grama. Esse pegava no pesado — era do tipo calado. É, mas elas precisavam começar a limpar os armários. Levantaram-se com esforço.

Por fim, depois de vários dias trabalhando dentro da casa, cortando e cavando fora da casa, os espanadores foram batidos nas janelas, as janelas foram fechadas, chaves foram passadas em portas por toda a casa; a porta da frente foi batida; o trabalho havia terminado.

E agora, como se a lavação e a esfregação e o barulho da foice e o do cortador de grama a estivessem sufocando, surgiu aquela melodia semiouvida, aquela música intermitente que o ouvido quase apreende, porém deixa cair; um latido, um balido; irregular, intermitente, e no entanto de algum modo relacionado; o zumbido de um inseto, o tremor de grama cortada, separada do chão e no entanto ainda fazendo parte dele; o zumbido de um besouro, o guinchar de uma roda, altos, baixos, porém misteriosamente relacionados; sons que o ouvido se esforça para juntar e está sempre quase harmonizando, mas nunca chegam a ser ouvidos exatamente, nunca são harmonizados por completo, e por fim, com o cair da tarde, um por um os sons vão morrendo, e a harmonia falha, e o silêncio impera. Com o pôr do sol a nitidez se perdeu, e como névoa que se eleva, o silêncio subiu, o silêncio se espalhou, o vento se aquietou; o mundo se espreguiçou antes de dormir, numa escuridão sem luz nenhuma, tirando o verde que espalhava através das folhas, e a palidez das flores brancas junto à janela.

[Lily Briscoe mandou que carregassem sua mala até a casa bem tarde numa noite de setembro. O sr. Carmichael veio no mesmo trem.]

10

Então a paz chegou de verdade. Mensagens de paz eram sussurradas do mar para a praia. Para nunca mais interromper seu sono, e sim acalentá-la e aprofundar seu repouso e fosse o que fosse que os sonhadores sonhavam santamente, sonhavam sabiamente, confirmar — o que mais ele estaria sussurrando? — quando Lily Briscoe apoiou a cabeça no travesseiro no quarto limpo e silencioso e ouviu o mar. Entrando pela janela aberta, a voz da beleza do mundo murmurava, tão débil que não era possível ouvir com exatidão o que ela dizia — mas que importava, se o significado era tão claro? — instigando os adormecidos (a casa estava cheia de novo; a sra. Beckwith estava hospedada lá, e também o sr. Carmichael), já que eles não iriam à praia, a pelo menos abrir a janela e olhar para fora. Eles veriam então a noite a fluir, em púrpura; sua cabeça coroada; seu cetro coberto de joias; e como seria uma criança vista por seus olhos. E se mesmo assim se negassem (Lily estava exausta por conta da viagem e adormeceu quase imediatamente; mas o sr. Carmichael ficou lendo um livro à luz de uma vela), se mesmo assim dissessem que não, que não passava de vapor esse esplendor da noite, e que o orvalho tinha mais poder que ela, e que eles preferiam dormir, então, delicadamente, sem reclamar, sem discutir, a voz cantava sua canção. Delicadas, as ondas se quebravam (Lily as ouvia adormecida); suave, a luz descia (era como se atravessasse suas pálpebras). E tudo, pensou o sr. Carmichael, fechando o livro, adormecendo, parecia bem semelhante ao que era anos atrás.

De fato, a voz poderia recomeçar, enquanto as cortinas de escuridão envolviam a casa, a sra. Beckwith, o sr. Carmichael e Lily Briscoe, deixando-os com várias dobras de negrume a cobrir-lhes os olhos, por que não aceitar, contentar-se, aquiescer e resignar-se? O suspiro de todos os mares a bater, ritmados, em torno de todas as ilhas, os tranquilizava; nada lhes interrompia o sono, até que, começando os pássaros a cantar e a madrugada a entretecer-lhes as vozes suaves em sua brancura, uma carroça rangendo, um cachorro latindo em algum lugar, o sol levantou as cortinas, rompeu o véu que lhes cobria os olhos, e Lily Briscoe, mexendo-se ainda adormecida, agarrou as cobertas como uma pessoa se agarra ao mato à beira de um precipício para não despencar. Ela abriu bem os olhos. Estava ali de novo, pensou, sentando-se de repente na cama. Acordada.

III
O farol

I

O que significa isso, então, o que significa tudo isso? Lily Briscoe se perguntava, sem saber, desde que fora deixada a sós, se ia à cozinha pegar mais uma xícara do café ou se esperava ali. O que isso significa? — era um refrão, encontrado em algum livro, que se encaixava mais ou menos em seus pensamentos, pois ela não conseguia, nessa primeira manhã na casa dos Ramsay, contrair seus sentimentos, conseguia apenas fazer com que uma frase ressoasse a ponto de encobrir seu vazio mental até que esses vapores se dispersassem. Pois o que era que ela sentia, de verdade, voltando depois de tantos anos e estando morta a sra. Ramsay? Nada, nada — nada que ela conseguisse exprimir.

Havia chegado bem tarde na véspera, quando tudo era mistério e escuridão. Agora estava acordada, ocupando o seu lugar de sempre à mesa do café da manhã, porém sozinha. Ainda era muito cedo, antes das oito. Iam fazer um passeio — iam ao Farol, o sr. Ramsay, Cam e James. Já deviam ter ido — para aproveitar a maré ou algo assim. E Cam não estava pronta e James não estava pronto e Nancy havia se esquecido de mandar fazer os sanduíches e o sr. Ramsay perdeu as estribeiras e saiu da sala batendo a porta.

"O que adianta ir agora?", ele explodiu.

Nancy havia desaparecido. Lá estava ele, andando de

um lado para o outro do terraço, possesso. Tinha-se a impressão de que havia portas batendo e vozes gritando por toda a casa. Agora Nancy entrou de repente e perguntou, olhando a sua volta, meio apalermada, meio desesperada: "O que é que se leva para o Farol?", como se estivesse se obrigando a fazer aquilo que ela não tinha a menor esperança de conseguir fazer.

De fato, o que é que se leva para o Farol? Em circunstâncias outras, Lily teria dado sugestões razoáveis: chá, fumo, jornais. Mas naquela manhã tudo parecia tão extraordinariamente estranho que uma pergunta como a de Nancy — o que é que se leva para o Farol? — abria portas na mente que ficavam a se bater e balançar de um lado para o outro, e levavam a pessoa a se perguntar, boquiaberta e estupefata: O que é que se leva? O que é que se faz? Por que permanecer sentada ali, afinal?

Sozinha (pois Nancy tinha saído de novo) em meio às xícaras limpas, sentada diante da mesa comprida, ela sentia-se isolada das outras pessoas, e só conseguia continuar observando, perguntando, pensando. A casa, o lugar, a manhã, tudo lhe parecia estranho. Ela não tinha nenhum apego a nada ali, pensou, não tinha relação com nada, tudo poderia acontecer, e tudo o que acontecia, passos lá fora, uma voz gritando ("Não está no armário; está no patamar", alguém gritou), tudo eram perguntas, como se o vínculo que normalmente unia as coisas tivesse se rompido, e as coisas flutuassem para um lado e para o outro, para longe, a esmo. Tudo estava tão disperso, caótico, irreal, ela pensava, olhando para sua xícara de café vazia. A sra. Ramsay tinha morrido; Andrew fora morto; Prue também estava morta — por mais que ela repetisse isso, nenhum sentimento se despertava nela. E todos nós nos reunimos numa casa como esta numa manhã como esta, disse ela, olhando pela janela — era um dia lindo e tranquilo.

De repente o sr. Ramsay levantou a cabeça quando passou e olhou diretamente para ela, com aquele olhar

PASSEIO AO FAROL

perdido e feroz, no entanto tão penetrante, como se estivesse vendo a pessoa, por um segundo, pela primeira vez, para sempre; e ela fingiu beber um gole da xícara vazia para escapar dele — para escapar da exigência que ele lhe fazia, para pôr de lado por mais um momento aquela necessidade imperiosa. E ele sacudiu a cabeça para Lily, e continuou a andar ("Sozinho", ela o ouviu dizer; "Mortos", ouviu-o dizer), e como tudo o mais naquela manhã estranha as palavras se tornaram símbolos, escrevendo-se de modo a cobrir as paredes verde-cinza. Se conseguisse juntá-las, pensou, escrevê-las numa frase, ela chegaria à verdade das coisas. O velho sr. Carmichael entrou com passos silenciosos, serviu-se de café, pegou a xícara e foi tomar sol. A irrealidade extraordinária era assustadora; mas era também empolgante. Iam ao Farol. Mas o que é que se leva para o Farol? Mortos. Sozinho. A luz verde-cinza na parede em frente a ela. Os lugares vazios à mesa. Essas eram algumas das partes, mas como reuni-las? ela se perguntava. Como se qualquer interrupção quebrasse a forma frágil que estava construindo na mesa, ela virou-se de costas para a janela, temendo que o sr. Ramsay a visse. Precisava fugir de algum modo, ficar sozinha em algum lugar. De repente lembrou-se. Quando, dez anos atrás, estava sentada ali, havia um pequeno ramo ou folha no estampado da toalha de mesa, para o qual ela ficara olhando num momento de revelação. Havia um problema que envolvia o primeiro plano de um quadro. Deslocar a árvore para o meio, ela dissera. Nunca havia terminado aquele quadro. Ele estivera rolando de um lado para o outro na sua cabeça esses anos todos. Ela iria pintar aquele quadro agora. Onde estariam suas tintas, ela se perguntava. As tintas, sim. Ela as havia deixado no vestíbulo na véspera. Ia começar imediatamente. Levantou-se depressa, antes que o sr. Ramsay voltasse.

Foi buscar uma cadeira. Instalou seu cavalete com seus movimentos precisos de solteirona perto da beira do gramado, não muito perto do sr. Carmichael, mas perto o bastante para ter sua proteção. Sim, devia ter sido exatamente ali que ela se colocara dez anos antes. Lá estavam o muro; a sebe; a árvore. A pergunta tinha a ver com alguma relação entre essas massas. Permanecia na sua cabeça desde aquela época. A solução parecia lhe haver chegado: agora ela sabia o que queria fazer.

Mas com o sr. Ramsay avançando sobre ela, não era possível fazer nada. Cada vez que ele se aproximava — estava andando de um lado para o outro do terraço — a ruína se aproximava, o caos se aproximava. Ela não conseguia pintar. Curvava-se, virava-se; pegava um trapo ali; apertava um tubo ali. Mas conseguia apenas mantê-lo afastado por um momento. Com ele, era impossível fazer o que quer que fosse. Pois se ela lhe desse a menor oportunidade, bastava que ele a visse desocupada por um momento, olhando em sua direção por um momento, para que se aproximasse dela, dizendo, como ocorrera na noite anterior: "A senhora verá que nós mudamos muito". Na noite da véspera o sr. Ramsay havia se levantado e andado até ela, para dizer isso. Mesmo permanecendo mudos, com o olhar fixo, os seis filhos a que eles costumavam se referir com os apelidos dos reis e rainhas da Inglaterra — o Ruivo, a Bela, a Má, o Implacável — ela sentia-lhes a raiva contida. A velha sra. Beckwith, bondosa, fez algum comentário sensato. Mas a casa estava cheia de paixões desencontradas — ela havia sentido isso durante toda a noite. E para culminar todo esse caos, o sr. Ramsay levantou-se, apertou-lhe a mão e disse: "A senhora verá que nós mudamos muito", e nenhum deles se mexeu nem falou; permaneciam imóveis em suas cadeiras, como se fossem obrigados a deixar que ele dissesse isso. Apenas James (sem dúvida, o Carrancudo) olhou para a luminária com o cenho franzido; e Cam enroscou o lenço no dedo. Então ele lembrou a todos de que iam ao Farol amanhã. Deveriam estar prontos, no vestíbulo, às sete e

PASSEIO AO FAROL

meia em ponto. Então, já com a mão na porta, parou; virou-se para eles. Será que eles não queriam ir? indagou. Se ousassem dizer Não (ele tinha lá seus motivos para desejar tal coisa) ele teria se lançado tragicamente de volta nas águas amargas do desespero. Ele tinha o dom de gestos assim. Parecia um rei no exílio. Obstinado, James disse que sim. Cam gaguejou, infeliz. Sim, claro que sim, eles dois estariam prontos, responderam. E ela se deu conta de que aquilo era a tragédia — não caixões, cinzas, mortalhas; mas os filhos coagidos, seu ânimo dominado. James tinha dezesseis anos; Cam, dezessete, talvez. Ela havia olhado a seu redor à procura de alguém que não estava lá, a sra. Ramsay, com certeza. Porém só encontrou a bondosa sra. Beckwith, folheando os seus desenhos junto da luminária. Então, como estava cansada, e sua mente ainda continuava a subir e descer com o mar, dominada pelo gosto e o cheiro que os lugares têm depois de uma longa ausência, as velas tremulando em seus olhos, ela se perdeu e soçobrou. Era uma noite maravilhosa, estrelada; o som das ondas parecia vir do andar de cima; a lua os surpreendeu, enorme, pálida, quando passaram pela janela da escada. Ela pegara no sono na mesma hora.

Instalou a tela em branco com firmeza no cavalete, à guisa de barreira, frágil, porém, ela esperava, substancial o bastante para manter afastado o sr. Ramsay e suas exigências. Esforçava-se ao máximo para olhar, quando ele estava de costas, para a sua pintura; aquela linha aqui, aquela massa ali. Mas não havia como. Mesmo que ele estivesse a cinquenta pés de distância, mesmo que ele nem falasse com a pessoa, nem a visse, ele permeava, ele dominava, ele se impunha. Ele mudava tudo. Lily não conseguia ver a cor; não conseguia ver as linhas; mesmo estando ele de costas, o único pensamento que lhe ocorria era: mas ele vai investir contra mim daqui a um instante, exigindo... alguma coisa que ela sentia não ter como lhe dar. Rejeitou um pincel; escolheu outro. Quando chegariam as crianças? Quando todas iriam embora? ela se perguntava, inquieta. Aquele homem, pensou, sentindo uma irritação crescente, jamais dava; apenas tomava. Ela, por outro lado, seria forçada a dar. A sra. Ramsay dera. Dando, dando e dando, acabara morrendo — e deixara tudo isto. Na verdade, ela estava irritada era com a sra. Ramsay. Tudo era culpa dela. Ela havia morrido. E agora Lily, aos quarenta e quatro anos de idade, desperdiçava o tempo, não conseguia fazer nada, ficava parada, brincando de pintar, brincando de fazer a única coisa que não era brincadeira, e era tudo por culpa da sra. Ramsay. Ela havia morrido. O degrau em que ela costumava sentar-se estava vazio. Ela havia morrido.

Mas por que ficar repetindo isso sem parar? Por que insistir em tentar provocar algum sentimento que ela não tinha? Havia nisso uma espécie de blasfêmia. Estava tudo seco: tudo murcho: tudo gasto. Não deviam tê-la convidado; ela não devia ter vindo. Não se pode perder tempo aos quarenta e quatro anos, pensou. Detestava brincar de pintar. Um pincel, a única coisa em que se podia confiar num mundo de conflito, ruínas, caos — com essa coisa não se deve brincar, nem mesmo conscientemente: isso ela detestava. Porém ele a obrigava a fazê-lo. A senhora não vai tocar na sua tela, ele parecia estar dizendo, investindo contra ela, enquanto não me der aquilo que eu lhe peço. Lá vinha ele outra vez, chegando perto, ávido, consternado. Bem, pensou Lily, em desespero, deixando a mão direita cair ao seu lado, era mais fácil então que a coisa viesse logo de uma vez. Sem dúvida, ela poderia imitar, de memória, o êxtase, a bem-aventurança, a entrega que ela já vira em tantos rostos femininos (no da sra. Ramsay, por exemplo) quando em alguma ocasião como esta elas ardiam em chamas — ela lembrava-se da expressão no rosto da sra. Ramsay — num arrebatamento de compaixão, de alegria pela recompensa recebida, a qual, embora ela não compreendesse a razão, sem dúvida alguma lhes conferia o júbilo

PASSEIO AO FAROL

supremo de que era capaz a natureza humana. Lá estava
ele, parado a seu lado. Ela lhe daria o que pudesse dar.

2

Ela dava a impressão de que havia murchado ligeiramente, pensou ele. Parecia um pouco mirrada, frágil; mas não
deixava de ser atraente. Ele gostava dela. Chegóu-se a falar que ela poderia casar-se com William Bankes, mas a
coisa não dera em nada. Sua mulher gostava dela. Ele estivera um pouco irritadiço no café da manhã. E então, e
então... este era um daqueles momentos em que uma necessidade enorme o instigava, sem ter consciência do que
era, a aproximar-se de qualquer mulher, a obrigá-la, para
ele tanto fazia que fosse de um modo ou de outro, de tão
grande que era a sua necessidade, a lhe dar o que ele queria: compaixão.

Ela estava sendo bem cuidada? ele perguntou. Estaria
precisando de alguma coisa?

"Não, obrigada, não estou precisando de nada", respondeu Lily Briscoe, nervosa. Não; não ia conseguir. Deveria ter se deixado arrastar na mesma hora por alguma
onda de expansão empática: a pressão exercida sobre ela
era tremenda. Porém permanecia emperrada. Fez-se uma
pausa horrenda. Os dois olharam para o mar. Por quê,
pensou o sr. Ramsay, ela resolve olhar para o mar quando
estou com ela? Tomara que o mar estivesse bem calmo
para que eles pudessem atracar no Farol, ela comentou. O
Farol! O Farol! Mas o que é que o Farol tem a ver com
isso? pensou ele, impaciente. Na mesma hora, movido por
alguma lufada primeva (pois ele realmente não conseguia
mais se conter), de seus lábios escapou um gemido tamanho que qualquer outra mulher no mundo teria feito alguma coisa, dito alguma coisa — qualquer mulher, menos eu,
pensou Lily, desancando-se amargamente, que não sou

uma mulher, e sim, imagino, uma solteirona ranzinza, mal-humorada, ressequida.

O sr. Ramsay suspirou a plenos pulmões. Aguardou. Então ela não ia dizer nada? Não percebia o que ele queria dela? Então disse que tinha um motivo específico para querer ir ao Farol. Sua mulher costumava mandar coisas para os homens. Havia um menino pobre com tuberculose no quadril, o filho do faroleiro. Deu um suspiro profundo. Um suspiro cheio de significados. Tudo que Lily queria era que essa enorme inundação de dor, essa fome insaciável de compaixão, essa exigência de que ela se entregasse a ele por inteiro, e mesmo assim ele dispunha de uma quantidade suficiente de sofrimentos para mantê-la abastecida para todo o sempre, se afastasse dela, fosse desviada (ela olhava o tempo todo para a casa, com a esperança de que surgisse uma interrupção), antes que a levasse na correnteza.

"Esses passeios", disse o sr. Ramsay, raspando o bico do sapato no chão, "são muito dolorosos." Mesmo assim Lily continuava calada. (Ela é um pau, uma pedra, disse ele para si próprio.) "São muito cansativos", prosseguiu ele, olhando, com uma expressão doentia que provocou náusea nela (ele estava representando, Lily sentia, aquele grande homem estava se autodramatizando), para suas próprias mãos, tão bonitas. Era horrível, era indecente. Eles não chegariam nunca? Lily perguntou, pois não conseguia arcar com aquele ônus pesadíssimo de sofrimento, aguentar aquelas pesadas cortinas de dor (ele havia assumido uma postura de extrema decrepitude; chegava mesmo a oscilar um pouco) por nem mais um momento.

Ela continuava não conseguindo dizer nada; todos os objetos que poderiam servir de assunto haviam desaparecido, dali até o horizonte; tudo o que lhe restava fazer era sentir, atônita, ao ver o sr. Ramsay parado a sua frente, que o olhar dele parecia cair dolorosamente sobre a grama ensolarada e descolori-la, e lançar sobre a figura rubicun-

PASSEIO AO FAROL

da, sonolenta e perfeitamente contente do sr. Carmichael, que estava lendo um romance francês numa espreguiçadeira, um véu negro, como se uma existência assim, exibindo sua prosperidade num mundo de tormentos, fosse suficiente para evocar os mais funestos pensamentos. Olhe para ele, o sr. Ramsay parecia estar dizendo, olhe para mim; e de fato, durante todo esse tempo ele estava desejando: pense em mim, pense em mim. Ah, se aquele vulto pesado pudesse vir flutuando até perto deles, pensou Lily; ah, se ela tivesse instalado seu cavalete uma ou duas jardas mais perto dele; a presença de um homem, qualquer homem, estancaria aquela efusão, daria fim àquelas lamentações. Ela, mulher, havia provocado aquele horror; ela, mulher, deveria saber como enfrentá-lo. Depunha muitíssimo contra ela, contra seu sexo, ficar muda. Era necessário dizer — o que se dizia nesses casos? — Ah, sr. Ramsay! Pois é, sr. Ramsay! Era o que a velhinha simpática que fazia aqueles desenhos, a sra. Beckwith, teria dito na mesma hora, e com razão. Mas não. Os dois permaneciam parados, isolados do resto do mundo. A imensa autocompaixão dele, sua exigência de compaixão, se derramava e espalhava, formando poças aos pés de Lily, e a única coisa que ela fez, miserável pecadora que era, foi puxar as saias mais para perto dos tornozelos, para que não se molhassem. Continuava inteiramente silenciosa, agarrada ao pincel.

Graças aos céus! Ela ouviu ruídos dentro da casa. James e Cam certamente estavam vindo. Mas o sr. Ramsay, como se sabendo que seu tempo era curto, exercia sobre aquela figura solitária a imensa pressão de seu sofrimento concentrado; sua idade; sua fragilidade; sua desolação; quando de repente, jogando para trás a cabeça, impaciente, irritado — pois, afinal, que mulher poderia resistir a ele? —, percebeu que os cadarços de suas botas estavam desamarrados. Eram notáveis aquelas botas, pensou Lily, olhando para elas: esculturais; colossais; como todo o resto do traje do sr. Ramsay, desde a gravata puída até o colete em parte desabotoado, eram inquestionavelmente suas. Lily podia imaginá-las andando por conta própria até o quarto dele, exprimindo, na ausência do dono, páthos, contrariedade, mau humor e charme.

"Que lindas botas!", ela exclamou. Sentiu-se envergonhada. Elogiar-lhe as botas quando ele pedia que lhe confortasse a alma; quando ele exibia as mãos ensanguentadas, o coração dilacerado, e pedia que ela manifestasse piedade, ela exclamar, animada, "Ah, mas que lindas as botas que o senhor está usando!" era coisa que merecia, ela sabia, e ergueu os olhos em antecipação, numa daquelas suas repentinas explosões de irritação, o mais completo aniquilamento.

Em vez disso, o sr. Ramsay sorriu. Seu sudário, suas cortinas pesadas, seus achaques se dissiparam. Ah, sim, ele retrucou, levantando o pé para que ela o examinasse, eram botas de primeira qualidade. Só havia um homem na Inglaterra capaz de fazer botas assim. As botas constituem uma das maiores desgraças da espécie humana, prosseguiu ele. "Os sapateiros", exclamou, "se dedicam à tarefa de aleijar e torturar os pés humanos." São também os seres mais obstinados e birrentos que há. Já havia transcorrido a maior parte da sua juventude quando ele finalmente conseguiu mandar fazer botas da maneira correta. Ele gostaria que ela observasse (levantou o pé direito e depois o esquerdo) que jamais vira botas com exatamente aquela forma. Foram feitas com o melhor couro do mundo, além disso. A maior parte dos couros não passa de papel pardo com papelão. Ele contemplava com complacência o próprio pé, ainda levantado. Os dois haviam chegado, ela pensou, a uma ilha ensolarada onde a paz residia, a sanidade imperava e o sol brilhava por todo o sempre, a ilha abençoada das botas boas. O coração de Lily derreteu-se por ele. "Agora quero ver se a senhora sabe dar um laço", disse ele. Fez pouco do sistema fraco que ela ado-

PASSEIO AO FAROL 195

tava. Mostrou o que ele inventara. Uma vez dado o laço, jamais se desfazia. Três vezes ele deu laço no sapato dela; três vezes o desfez.

Por quê, naquele momento totalmente inapropriado, quando o sr. Ramsay estava debruçado sobre o sapato dela, Lily sentiu-se de tal modo atormentada por sentimentos de compaixão por ele que, debruçando-se ela própria, o sangue lhe subiu à face, e, pensando no quanto fora insensível (chegara a chamá-lo de ator), sentiu os olhos arderem, enchendo-se de lágrimas? Ocupado com aquela atividade, ele lhe parecia uma figura infinitamente patética. Ele amarrava cadarços. Ele comprava botas. Não havia como ajudar o sr. Ramsay a percorrer o caminho que ele tomara. Mas naquele momento Lily desejava dizer algo, poderia ter dito algo, talvez, pronto, chegaram — Cam e James. Os dois saíram para o terraço. Aproximavam-se, lentos, lado a lado, um casal sério e melancólico.

Mas por que seria que vinham *assim*? Lily não conseguia não se sentir irritada com eles; aqueles dois poderiam ter vindo mais alegres; poderiam ter dado a ele o que, agora que estavam saindo, ela não teria oportunidade de lhe dar. Pois Lily foi dominada por um vazio súbito; uma frustração. Seu sentimento chegara tarde demais; estava ali, pronto; mas agora o sr. Ramsay não precisava mais dele. Havia se transformado num senhor idoso, muito distinto, que não precisava dela para absolutamente nada. Ela sentia-se desprezada. Ele pôs nas costas uma mochila. Distribuiu os embrulhos — eram vários, mal amarrados em papel pardo. Mandou Cam buscar um capote. Para todos os efeitos, parecia um líder preparando-se para uma expedição. Então, virando-se de súbito, seguiu à frente dos outros com seu passo firme e militar, com aquelas botas maravilhosas, carregando embrulhos de papel pardo, descendo a trilha, seguido pelos filhos. Estes, pensou Lily, davam a impressão de que o destino lhes atribuíra um encargo sério, e os dois o assumiam, ainda jovens o bastante para seguir o pai com aquiescência, obedientes, mas com uma palidez nos olhos que dava a Lily a impressão de estar assistindo a um desfile, impelido pela tensão de um sentimento comum que fazia deles uma pequena companhia coesa, por mais hesitante e débil que fosse, que impressionava Lily de um modo estranho. Cortês, porém muito distante, o sr. Ramsay levantou a mão para saudá-la quando passaram por ele.

Mas que rosto! pensou ela, constatando de imediato que a compaixão que não lhe fora cobrada era difícil de exprimir. Por que ficara desse jeito? Por efeito das noites, imaginava ela, que havia passado pensando — sobre a realidade das mesas de cozinha, acrescentou, lembrando-se do símbolo que, por ela não conseguir entender direito o pensamento do sr. Ramsay, Andrew lhe fornecera. (Ele fora morto por um estilhaço de obus instantaneamente, ocorreu-lhe.) A mesa de cozinha era uma coisa visionária, austera; uma coisa nua, dura, nada ornamental. Não tinha cor; era só beiras e quinas; era de uma simplicidade que não fazia concessões. Mas o sr. Ramsay sempre mantinha os olhos fixos nessa mesa, jamais se permitia distrações ou ilusões, até que seu rosto também ficou desgastado e ascético, assumindo aquela beleza não ornamental que tanto a impressionava. Então, lembrou-se (parada onde ele a havia largado, com o pincel na mão), as preocupações a haviam corroído — de um modo menos nobre. O sr. Ramsay haveria de ter suas dúvidas a respeito daquela mesa, ela pensou; se a mesa era uma mesa de verdade; se ela valia o tempo que ele lhe dedicava; se lhe era possível, no final das contas, encontrá-la. Ele tivera dúvidas, pensou, senão não pediria tanto às pessoas. Era sobre isso que ficavam conversando às vezes até tarde da noite, ela desconfiava; e depois, no dia seguinte, a sra. Ramsay parecia cansada, e Lily enfurecia-se com ele por causa de alguma bobagenzinha. Mas agora ele não tinha ninguém com quem conversar a respeito daquela mesa, ou das suas

PASSEIO AO FAROL 197

botas, ou dos seus laços; e era como um leão procurando alguém para devorar, e no seu rosto havia aquele toque de desespero, de exagero, que a assustava, e a fazia recolher as saias. E então, relembrou, ocorreu aquela súbita revivescência, aquela chama súbita (quando ela elogiou-lhe as botas), a súbita redescoberta da vitalidade do interesse nas coisas humanas comuns, que por sua vez passara e se transformara (pois ele estava o tempo todo mudando, e não escondia nada) naquela outra fase final que para ela era novidade, e que, havia que admitir, a fazia envergonhar-se de sua própria irritabilidade, quando ele pareceu livrar-se de suas preocupações e ambições, e da esperança de receber compaixão e do desejo por elogios, entrando em alguma outra região, impelido, como se pela curiosidade, num diálogo mudo, fosse consigo próprio ou com outra pessoa, à frente daquele pequeno destacamento, até sair do alcance dela. Um rosto extraordinário! O portão bateu.

3

Então eles se foram, pensou ela, suspirando com alívio e decepção. Sua compaixão parecia lhe bater no rosto em retorno, como um galho espinhoso que foi empurrado. Ela sentia-se curiosamente dividida, como se uma parte sua estivesse lá longe — era um dia tranquilo, enevoado; o Farol naquela manhã parecia longíssimo; a outra parte havia se plantado, obstinada, sólida, ali no gramado. Via sua tela como se ela tivesse ascendido no ar e flutuasse, branca e implacável, bem a sua frente. A tela parecia repreendê-la, com seu olhar frio, por toda aquela pressa e agitação; toda a insensatez e desperdício de emoção; redespertava suas lembranças de modo drástico, espalhando por sua consciência primeiro uma sensação de paz, como se suas sensações caóticas (ele havia ido embora e ela sentira muita pena dele e não dissera nada) batessem em retirada; e, em seguida, um vazio. Ela ficou a olhar aparvalhada para a tela, que lhe dirigia um olhar branco e implacável; depois voltou a vista para o jardim. Havia alguma coisa (Lily apertava seus olhinhos chineses naquele rostinho enrugado) alguma coisa de que ela se lembrava, nas relações daquelas linhas que se cortavam na horizontal e na vertical, e na massa da sebe, com sua caverna verde de azuis e marrons, que lhe ficara na mente; que amarrara um laço na sua mente tal que, em momentos aleatórios, sem querer, caminhando na Brompton Road, escovando o cabelo, ela dava por si pintando aquele quadro, passando os olhos por ele e desfazendo o laço na sua imaginação. Mas havia muita diferença entre tecer planos aéreos longe da tela e pegar o pincel para fazer o primeiro traço.

Ela havia pegado o pincel errado, agitada diante da presença do sr. Ramsay, e o cavalete, enfiado na terra com mãos nervosas, estava no ângulo errado. E agora que ela havia corrigido isso, e ao fazê-lo atenuado as frivolidades e irrelevâncias que captavam sua atenção e a faziam pensar que era assim e assado, com tais e tais relações com as pessoas, valeu-se da mão e levantou o pincel. Por um momento ele permaneceu, trêmulo, num êxtase doloroso, porém emocionante, no ar. Por onde começar? — era a questão; em que lugar fazer o primeiro traço? Uma linha riscada na tela a obrigava a comprometer-se com inúmeros riscos, a tomar decisões frequentes e irrevogáveis. Tudo isso que no plano da ideia parecia simples se tornava, na prática, complexo no mesmo instante; tal como as ondas ganham forma, simétricas, vistas do alto do penhasco, mas para o nadador que se vê no meio delas são divididas por depressões profundas e cristas cheias de espuma. Mesmo assim, há que assumir o risco; traçar a linha.

Com uma curiosa sensação física, como se estivesse sendo impelida para avançar e ao mesmo tempo precisasse se conter, deu sua primeira pincelada rápida e decisiva. O pincel desceu. Com um lampejo marrom sobre a tela branca, deixou nela um traço prolongado. Fez o gesto pela segunda vez — pela terceira. E assim, intercalando pausas e gestos súbitos, em pouco tempo entrou num ritmo de dança, como se as pausas constituíssem uma parte do ritmo e as pinceladas, outra, e tudo estivesse relacionado; e assim, com pausas curtas e rápidas, traçando, cobriu a tela com linhas marrons nervosas, que tão logo se fixavam na superfície delimitavam (ela o sentia pairando a sua frente) um espaço. Na depressão de uma onda via a próxima onda se formar, cada vez mais alta, acima dela. Pois o que poderia ser mais terrível do que aquele espaço? Lá estava ela, mais uma vez, pensou, dando um passo atrás para olhar para a coisa, afastada dos mexericos, da vida, da comunidade com as outras pessoas, diante daquele inimigo terrível e antigo — esta outra coisa, esta verdade, esta realidade, que de repente punha as mãos nela, surgia nua por trás das aparências e cobrava sua atenção. Ela meio que não queria, meio que relutava. Por que haveria de ser sempre destacada e arrastada? Por que não era deixada em paz, para conversar com o sr. Carmichael no gramado? Fosse o que fosse, era um relacionamento exigente. Outros objetos de adoração contentavam-se em ser adorados; homens, mulheres, Deus, todos eles deixavam que a gente se ajoelhasse e se prostrasse; mas esta forma, mesmo que fosse apenas a forma de um abajur branco pairando numa mesa de vime, a atraía para um combate perpétuo, a desafiava para uma luta em que ela sempre levava a pior. Sempre (era da natureza dela, ou da mulher em geral, ela não sabia), antes de trocar a fluidez da vida pela concentração da pintura, ela experimentava uns momentos de nudez em que se sentia como uma alma não nascida, uma alma desprovida de corpo, hesitando num pináculo varrido pelo vento e exposta sem qualquer proteção a todas as lufadas da dúvida. Por que ela fazia isso? Olhou para a tela, riscada de leve por linhas longas. A tela seria pendurada nos quartos das criadas. Seria enrolada e enfiada embaixo de um sofá. Então o que adiantava pintá-la? E ouviu uma voz dizendo que ela não sabia pintar, dizendo que ela era incapaz de criar, como se estivesse presa numa daquelas correntezas habituais que, depois de algum tempo, a experiência forma na mente, levando a pessoa a repetir palavras sem saber mais quem as disse pela primeira vez.

Não sabem pintar, não sabem escrever, murmurou monotonamente, pensando, ansiosa, num plano de ataque para adotar. Pois a massa pairava a sua frente; projetava-se; ela a sentia pressionando seus olhos. Então, como se algum suco necessário para a lubrificação de suas faculdades tivesse sido espargido de modo espontâneo, começou a mergulhar o pincel precariamente nos tons de azul e âmbar, movendo-o de um lado para o outro, mas agora estava mais pesado e se deslocava mais devagar, como se tivesse entrado num ritmo determinado (ela continuava olhando para a sebe, para a tela) pelo que ela via, de modo que, enquanto sua mão palpitava de vida, esse ritmo era forte o bastante para transportá-la em sua correnteza. Sem dúvida, ela estava perdendo consciência das coisas externas. E à medida que perdia consciência das coisas externas, e de seu nome, sua personalidade, sua aparência, de se o sr. Carmichael estava ou não presente, sua mente desencavava de suas profundezas cenas, e nomes, e falas, e lembranças e ideias, como uma fonte a jorrar por sobre aquele espaço branco reluzente, horrorosamente difícil, enquanto ela o modelava com verdes e azuis.

Era Charles Tansley que costumava dizer, ela lembrou, que as mulheres não sabem pintar, não sabem escrever. Aproximando-se por detrás, ele se colocara bem junto dela, uma coisa que ela odiava, num momento em que estava pintando naquele exato lugar. "Fumo barato", disse ele, "cinco pence a onça", ostentando sua pobreza, seus prin-

PASSEIO AO FAROL   201

cípios. (Mas a guerra havia cegado a lâmina de sua feminilidade. Pobres-diabos, pensava, pobres-diabos de ambos os sexos, metendo-se em enrascadas assim.) Ele sempre andava com um livro debaixo do braço — um livro roxo. Ele "trabalhava". Sentado, ela se lembrava, ele trabalhava sob um sol intenso. À mesa do jantar, instalava-se bem no meio da vista. Então, ela refletiu, houve aquela cena na praia. Era importante lembrar-se dela. Era uma manhã de muito vento. Todos tinham ido para a praia. A sra. Ramsay, sentada junto a uma pedra, escrevia cartas. Escrevia e escrevia. "Ah", exclamou ela, levantando a vista por fim e olhando para algo que flutuava no mar, "é uma armadilha para lagostas? É um barco que virou?" Era tão míope que não conseguia ver, e então Charles Tansley foi tão simpático quanto conseguia ser. Começou a brincar de jogar pedras no mar. Escolhiam pedrinhas pretas e as faziam ricochetear na superfície. De vez em quando a sra. Ramsay olhava por cima das lentes dos óculos e ria deles. Lily não se lembrava mais do que eles diziam, só que ela e Charles jogavam pedras e de repente se entendiam às mil maravilhas e a sra. Ramsay os observava. Ela prestou muita atenção nesse fato. A sra. Ramsay, pensava ela, dando um passo para trás e apertando os olhos. (A composição era decerto muito diferente quando ela estava sentada com James no degrau. Certamente havia uma sombra.) A sra. Ramsay. Ao pensar em si própria e Charles jogando pedras, e em toda a cena da praia, parecia-lhe que tudo de algum modo dependia da sra. Ramsay sentada à sombra da pedra, com um bloco no joelho, escrevendo cartas. (Ela escrevia uma infinidade de cartas, e às vezes o vento as levava, e ela e Charles salvavam por um triz uma página do mar.) Mas o poder que há na alma humana! pensou Lily. Aquela mulher sentada, à sombra da pedra, com um bloco no joelho, escrevendo, reduzia tudo à simplicidade; fazia com que aquelas raivas e irritações caíssem por terra como farrapos velhos; juntava isto com isso e mais aquilo, e desse modo fazia, a partir de tolices e rancores mesquinhos (ela e Charles discutindo, brigando, tinha sido tolo e rancoroso), alguma coisa — aquela cena na praia, por exemplo, aquele momento de amizade e simpatia — que sobrevivia, passados tantos anos, completa, de modo que Lily mergulhava nela para refazer a lembrança que guardava de Charles, e ela permanecia na sua mente quase como uma obra de arte.

"Como uma obra de arte", repetiu, olhando da tela para os degraus da sala de visita e de novo para a tela. Precisava descansar por um momento. E, descansando, olhando de uma coisa para a outra, vagamente, a velha pergunta que cruzava o céu da alma por todo o sempre, a pergunta imensa e geral que tendia a se particularizar em momentos como aquele, em que ela liberava faculdades antes tensionadas, agora parava acima dela, pairava acima dela, projetava uma sombra sobre ela. Qual o sentido da vida? Era só isso — uma pergunta simples; uma pergunta que tendia a se impor mais e mais com o passar dos anos. A grande revelação jamais viera. A grande revelação talvez jamais viesse. Em lugar dela, havia a cada dia pequenos milagres, iluminações, fósforos riscados inesperadamente na escuridão; este era um deles. Isto, isso e aquilo; ela e Charles Tansley e a onda a se quebrar; a sra. Ramsay os reunindo a todos; a sra. Ramsay dizendo "Vida, pare agora"; a sra. Ramsay fazendo do momento algo permanente (tal como, em outra esfera, Lily tentava fazer do momento algo permanente) — isso tinha a natureza de uma revelação. No meio do caos surgia a forma; esse eterno passar e fluir (ela olhava para as nuvens que passavam e as folhas que tremiam) de um golpe se tornava estável. Vida, pare agora, disse a sra. Ramsay. "Sra. Ramsay! Sra. Ramsay!", ela repetiu. A ela devia essa revelação.

Tudo era silêncio. Ao que parecia, ninguém na casa ainda se levantara. Lily a contemplava adormecida no primeiro sol da manhã, as janelas verdes e azuis com o refle-

PASSEIO AO FAROL

xo das folhas. A tênue lembrança da sra. Ramsay parecia harmonizar-se com aquela casa silenciosa; aquela fumaça; aquele ar limpo da manhã. Tênue e irreal, era extraordinariamente pura e revigorante. Lily desejava que ninguém abrisse a porta nem saísse da casa, para que ela ficasse a sós pensando, pintando. Voltou-se para a tela. Porém, impelida por alguma curiosidade, pelo incômodo da compaixão que ela não havia manifestado, deu alguns passos em direção à extremidade do gramado para tentar ver, lá embaixo, na praia, o pequeno grupo a partir. Lá, entre os barquinhos que flutuavam, alguns com as velas enfunadas, alguns lentamente, pois o mar estava muito calmo, a se afastar, havia um que se destacava dos outros. A vela estava sendo içada naquele exato momento. Lily decidiu que naquele barquinho muito distante e totalmente silencioso estava o sr. Ramsay, com Cam e James. Agora a vela estava içada; agora, depois de tremularem e hesitarem um pouco, as velas se encheram, e então, envolta num silêncio profundo, Lily viu o barco seguir seu caminho, decidido, passando pelos outros barcos rumo ao alto-mar.

4

As velas tremulavam acima de suas cabeças. A água gargalhava e estapeava os costados do barco, que cochilava imóvel ao sol. De vez em quando uma ondulação percorria as velas com uma leve brisa, mas depois de atravessar sua extensão ela sumia. O barco não esboçava o menor movimento. O sr. Ramsay estava sentado no meio do barco. Em pouco tempo ele ficaria impaciente, James pensava, e Cam pensava, olhando para o pai, sentado no meio do barco entre os filhos (James pilotava; Cam estava sozinha na proa). Ele detestava ficar sem fazer nada. Dito e feito: depois de alguns instantes de agitação, estrilou com o filho de Macalister, que pegou os remos e começou a remar. Mas o pai deles, os dois sabiam, não ficaria contente enquanto não estivessem a toda velocidade. Ele ia insistir em procurar uma brisa, agitado, resmungando comentários que Macalister e seu filho ouviriam, e eles dois ficariam terrivelmente constrangidos. Seu pai os fizera vir. Ele os obrigara a vir. Irritados, os dois torciam para que não houvesse brisa nenhuma, para que ele se frustrasse sob todos os aspectos possíveis, porque os havia obrigado a vir contra a vontade.

Durante a caminhada até a praia, eles ficaram um pouco atrás, juntos, embora o pai insistisse: "Mais depressa, mais depressa", mudos. Iam de cabeça baixa, como que se protegendo de uma ventania implacável. Falar com o pai eles não podiam. Tinham que ir; tinham que segui--lo. Tinham que caminhar atrás dele, levando embrulhos de papel pardo. Porém juraram, em silêncio, enquanto caminhavam, permanecer unidos e fiéis ao grande pacto — resistir à tirania até a morte. Assim, ele numa ponta do barco, ela na outra, permaneciam mudos. Não diziam nada, limitando-se a olhar de vez em quando para o pai, sentado com as pernas retorcidas, cenho franzido, agitado, exclamando ah e hum e resmungando, e esperando com impaciência uma brisa. E os dois queriam que não ventasse. Queriam que ele se frustrasse. Queriam que todo o passeio fracassasse, e tivessem que voltar, com os embrulhos, para a praia.

Mas agora, depois que o filho de Macalister remou um pouco, as velas lentamente se viraram, o barco ganhou vida, achatou-se contra o mar e saiu na disparada. No mesmo instante, como se uma enorme tensão tivesse relaxado, o sr. Ramsay endireitou as pernas, pegou a bolsa de fumo, entregou-a com um grunhido seco para Macalister, sentindo-se, eles sabiam, apesar de tudo que haviam sofrido, perfeitamente satisfeito. Agora ficariam horas seguindo daquele jeito, e o sr. Ramsay faria uma pergunta ao velho Macalister — sobre a grande tempes-

PASSEIO AO FAROL

tade do inverno passado, o mais provável — e o velho Macalister responderia, e os dois fumariam seus cachimbos juntos, e Macalister pegaria uma corda alcatroada e ficaria a fazer ou desfazer um nó, e o menino pescaria sem dizer uma palavra a ninguém. James seria obrigado a manter o tempo todo o olho na vela. Pois se esquecesse, a vela afrouxaria, trêmula, e o barco perderia velocidade, e o sr. Ramsay exclamaria, irritado: "Cuidado! Cuidado!", e o velho Macalister se viraria devagar em seu banco. Assim, ouviram o sr. Ramsay fazendo algumas perguntas sobre a grande tempestade do Natal. "Ela contornou o cabo", disse o velho Macalister, referindo-se à grande tempestade do Natal, quando dez navios vieram se abrigar na baía, e ele vira "um ali, um ali, um ali" (apontava lentamente para pontos da baía. O sr. Ramsay o acompanhava, virando a cabeça). Tinha visto três homens agarrados ao mastro. Então o navio sumiu. "E nós acabamos conseguindo empurrar ele pra longe", prosseguiu (porém, com a raiva e o silêncio, os dois só captavam uma palavra aqui, outra ali, sentados em extremidades opostas do barco, unidos pelo pacto de lutar contra a tirania até a morte). Por fim empurraram o barco, depois de lançar n'água o bote salva-vidas, e conseguiram fazê-lo passar do cabo — Macalister contava a história; e embora só captassem uma palavra aqui e ali, os dois o tempo todo atentavam para o pai — vendo-o se inclinar para a frente, ouvindo-o fazer sua voz harmonizar-se com a de Macalister; e, tirando baforadas do cachimbo, e olhando para os lugares apontados por Macalister, deliciando-se com a ideia da tempestade e da noite escura e do esforço dos pescadores. Ele gostava que os homens se debatessem e suassem na praia varrida pelo vento, à noite, combatendo com os músculos e o cérebro as ondas e o vento; gostava que os homens batalhassem assim, e que as mulheres cuidassem da casa, sentadas ao lado das crianças adormecidas, enquanto homens se afogavam, ao longe, na tempestade. Era o que James percebia, era o que Cam percebia (olhavam para ele, olhavam um para o outro), com base em sua tensão, sua vigilância, seu tom de voz, o pequeno vestígio de sotaque escocês em sua voz, fazendo-o parecer ele próprio um camponês, enquanto dirigia perguntas a Macalister sobre os onze navios que haviam se refugiado na baía durante uma tempestade. Três haviam afundado.

O pai olhava orgulhoso para onde Macalister apontava; e Cam pensava, sentindo-se orgulhosa dele sem saber exatamente por quê: se ele estivesse lá, teria lançado o bote salva-vidas, teria chegado até o navio naufragado, pensou Cam. Ele era tão corajoso, tão aventureiro, pensou Cam. Porém lembrou-se. Havia um pacto; resistir à tirania até a morte. Eles arcavam com o peso de seu descontentamento comum. Tinham sido obrigados; tinham sido forçados. Ele os intimidara mais uma vez com sua melancolia e sua autoridade, compelindo-os a fazer sua vontade, nesta linda manhã, a ir, porque ele queria, carregando aqueles embrulhos, ao Farol; participar daqueles rituais a que ele se submetia por prazer, em memória de pessoas mortas, e que os dois odiavam, e por isso eles o acompanharam de longe, e todo o prazer do dia se estragara.

Sim, a brisa estava aumentando. O barco se inclinava, a água era cortada em fatias nítidas e caía em cascatas verdes, em bolhas, em cataratas. Cam olhava para a espuma, para o mar com todos os seus tesouros, e sua velocidade a hipnotizava, e o vínculo entre ela e James afrouxou-se um pouco. Esgarçou-se um pouco. Ela começou a pensar: estamos indo tão rápido. Para onde estamos indo? E o movimento a hipnotizava, enquanto James, os olhos fixos na vela e no horizonte, pilotava, severo. Mas ele começou a pensar, enquanto pilotava, que talvez conseguisse escapar; talvez conseguisse se livrar de tudo aquilo. Poderiam atracar em algum lugar; e então ficariam livres. Os dois, entreolhando-se por um momento, tiveram uma sensação de fuga e euforia, efeito da velocidade e da mudança. Mas a brisa gerava no sr. Ramsay a mesma empolgação, e, enquanto o velho Macalister se virava para jogar sua linha de pescar na água, ele gritou: "Morremos", e depois de novo: "ambos sós". E então, com seu habitual espasmo de arrependimento ou timidez, levantou-se e acenou em direção à costa.

"Veja a casinha", disse ele, apontando, querendo que Cam olhasse. Ela levantou-se, com relutância, e olhou. Mas qual seria? Ela já não sabia mais qual, ali na encosta, era a casa deles. Tudo parecia distante e tranquilo e estranho. A costa parecia purificada, distante, irreal. A pequena distância que haviam percorrido já os levara para longe dela e dera a ela a aparência modificada, serena, das coisas que ficam para trás e das quais não fazemos mais parte. Qual era a casa deles? Cam não conseguia vê-la.

"Mas eu, num mar mais agitado", murmurou o sr. Ramsay. Ele havia encontrado a casa e assim, vendo-a, também via a si próprio lá; via a si próprio caminhando no terraço, sozinho. Ele estava andando de um lado para o outro entre os vasos; e parecia-lhe que estava muito velho e recurvo. Sentado no barco, encurvou-se, acocorou-se, imediatamente incorporando seu papel — o papel de um homem arrasado, enviuvado, infeliz; e assim evocou a sua frente uma multidão que dele se apiedava; encenou para si próprio, sentado no barco, um pequeno drama; o qual lhe exigia decrepitude e exaustão e sofrimento (ele levantou as mãos e viu como estavam magras, para confirmar seu sonho), e então recebeu em abundância a compaixão das mulheres, e ele imaginava que elas o consolavam e se apiedavam dele, e assim, incorporando a seu sonho um reflexo da delícia que lhe proporcionava a compaixão das mulheres, suspirou e disse, em tom suave e melancólico:

Mas eu, num mar mais agitado,
Por abismo mais fundo fui tragado,

de tal modo que as palavras melancólicas foram ouvidas com clareza por todos. Cam quase se levantou de seu banco. Estava chocada — estava indignada. Esse movimento espertou seu pai, que estremeceu e se interrompeu, exclamando: "Olhem! Olhem!" com tanta ênfase que James também se virou para trás e viu a ilha. Todos olharam. Todos olharam para a ilha.

Mas Cam não via nada. Estava pensando que todos aqueles caminhos e o gramado, espessos e marcados pelas vidas que eles haviam vivido lá, tinham desaparecido; tinham sido apagados; tornaram-se passado; eram irreais, o que era real agora era isto; o barco e a vela remendada; Macalister e seus brincos; o ruído das ondas — tudo isso era real. Pensando isso, murmurava em voz baixa: "Morremos, ambos sós", pois as palavras de seu pai a toda hora irrompiam em sua consciência, quando seu pai, vendo seu olhar perdido, começou a fazer troça dela. Ela não sabia quais eram os pontos cardeais? perguntou. Ela não sabia onde era o norte e onde o sul? Ela realmente achava que eles moravam ali? E apontou de novo, mostrando onde ficava a casa deles, ali, perto daquelas árvores. Ele queria que Cam tentasse ser mais precisa, disse: "Me diga — onde é leste, e onde é oeste?", perguntou, meio que rindo dela, meio que a repreendendo, pois não conseguia compreender a mente de alguém que não fosse completamente imbecil e não conhecesse os pontos cardeais. E no entanto ela não conhecia. E vendo o olhar perdido de Cam, agora um tanto assustado, os olhos fixos onde não havia casa alguma, o sr. Ramsay esqueceu-se de seu sonho; ele andando de um lado para o outro entre os vasos; os braços estendidos para ele. Pensou: as mulheres são sempre assim; a falta de clareza da mente delas é irremediável; isso era uma coisa que ele jamais havia conseguido entender; mas assim era. Tinha sido a mesma coisa com ela — com sua mulher. As mulheres não conseguem manter nada fixado com clareza na mente. Mas ele não

PASSEIO AO FAROL

devia ter se irritado com Cam; além do mais, não era verdade que ele bem que gostava dessa falta de clareza das mulheres? Fazia parte do encanto extraordinário delas. Vou fazê-la sorrir para mim, pensou. Ela parece assustada. Estava tão calada. Ele apertou os dedos, e decidiu que sua voz, seu rosto, todos os gestos expressivos rápidos, que ele controlava de modo a fazer com que as pessoas tivessem pena dele e o elogiassem por todos esses anos, deveriam ser contidos. Ele a faria sorrir para ele. Encontraria uma coisa simples e fácil para lhe dizer. Mas o quê? Pois, de tão envolvido com seu trabalho, ele já não lembrava o tipo de coisa que se devia dizer. Havia um cachorrinho. Eles tinham um filhote de cachorro. Quem estava cuidando do cachorrinho hoje? perguntou. É, pensou James, impiedoso, vendo a cabeça da irmã com a vela ao fundo, agora ela vai fraquejar. Vou ter que enfrentar o tirano sozinho. O pacto teria de ser cumprido só por ele. Cam jamais resistiria à tirania até a morte, pensou, severo, olhando para o rosto da irmã, triste, contrariado, cedendo. E como acontece às vezes quando uma nuvem se projeta sobre uma encosta verdejante e a gravidade desce e lá, entre os morros, se instalam a escuridão e a dor, e é como se os próprios morros tivessem que meditar sobre o destino do que foi coberto pela nuvem, escurecido, ou com pena ou maliciosamente regozijando-se com sua desgraça: assim Cam sentia-se agora nublada, ali em meio àquelas pessoas tranquilas e decididas, pensando em como responder a pergunta do pai sobre o cachorrinho; como resistir a sua súplica — perdoe-me, cuide de mim; enquanto James, o legislador, com as tábuas da sabedoria eterna abertas em seu joelho (a mão dele, na cana do leme, se tornara um símbolo para ela), dizia: Resista a ele. Lute contra ele. Dizia isso com razão, e com justiça. Pois era necessário que eles combatessem a tirania até a morte, pensou ela. De todas as qualidades humanas, a que ele mais reverenciava era a justiça. Seu irmão era o mais semelhante a deus, seu pai o mais suplicante. E a ele Cam cedeu, sim, pensou, sentada entre os dois, olhando para a costa com cabos que lhe eram todos desconhecidos, e pensando que o gramado e o terraço e a casa agora haviam sido aplainados, e a paz lá imperava.

"Jasper", disse ela, emburrada. Ele ficara de cuidar do cachorrinho.

E que nome ela daria ao animal? seu pai prosseguiu. Ele tinha um cachorro quando era pequeno, chamado Frisk. Ela vai ceder, pensou James, vendo no rosto de Cam uma expressão que ele conhecia bem. Elas olham para baixo, pensou, para a costura ou lá que seja. Então de repente olham para cima. Houve um lampejo de azul, ele lembrava, e em seguida alguém sentado ao lado dele riu, cedeu, e ele ficou muito irritado. Devia ser sua mãe, pensou, sentada numa cadeira baixa, o pai em pé ao lado dela. James começou a procurar em meio à série infinita de impressões que o tempo havia depositado, folha por folha, dobra por dobra, lentamente, incessantemente, em seu cérebro; em meio a cheiros, sons; vozes, ásperas, cavernosas, amorosas; e luzes passando, e vassouras batendo; e o marulhar e o silêncio do mar, um homem andando de um lado para o outro e parando de repente, empertigado, ao lado deles. Enquanto isso, ele observou, Cam mergulhava os dedos na água e olhava fixamente para a costa, sem dizer nada. Não, ela não vai ceder, pensou; ela é diferente, pensou. Bem, se Cam não ia responder, ele não ia incomodá-la, decidiu o sr. Ramsay, procurando no bolso um livro. Mas ela responderia a ele, sim; ela desejava, ardorosamente, contornar algum obstáculo que pesava sobre sua língua e dizer: Ah, claro, Frisk. Vou chamá-lo de Frisk. Ela queria mesmo perguntar: Foi esse o cachorro que conseguiu voltar para casa sozinho atravessando a charneca? Mas, por mais que se esforçasse, não conseguia pensar em nada assim para dizer, feroz e leal ao pacto, ao mesmo tempo transmitindo para o pai, sem que James desconfiasse, um sinal secreto do amor que sentia por ele. Pois ela estava pensando, correndo os dedos pela água (e agora o filho de Macalister havia apanhado uma cavalinha, que estava estrebuchando no fundo do barco, as guelras ensanguentadas), pois ela estava pensando, olhando para James, que mantinha os olhos frios fixados na vela, ou então olhava de vez em quando por um segundo para o horizonte, você não está exposto a isso, a essa pressão e divisão de sentimentos, essa tentação extraordinária. O pai apalpava os bolsos; dentro de um segundo ele encontraria o livro. Pois ninguém a atraía mais do que ele; ela achava belas suas mãos, e também seus pés e sua voz, e suas palavras, e sua pressa, e seu mau humor, e sua estranheza, e sua paixão, e seu jeito de dizer com todas as letras, na frente de todo mundo: nós morremos, cada um de nós, sozinho, e seu distanciamento. (Ele tinha aberto o livro.) Mas o que permanecia intolerável, ela pensou, empertigando-se no assento e vendo o filho de Macalister tirar o anzol das guelras de um outro peixe, era a cegueira dele, a tirania gritante que havia envenenado a infância dela e precipitado tempestades terríveis, de modo que mesmo agora ela acordava no meio da noite tremendo de raiva, lembrando-se de alguma ordem dele; alguma insolência: "Faça isto", "Faça aquilo", sua prepotência, seu jeito de se impor: "Submeta-se a mim".

Assim, Cam não disse nada, porém continuou olhando com insistência e tristeza para a costa, envolta num manto de paz; como se as pessoas lá estivessem adormecidas, pensou ela; fossem livres como a fumaça, livres para ir e vir como fantasmas. Lá não existe sofrimento, pensou.

5

Sim, é o barco deles, Lily Briscoe decidiu, olhando da extremidade do gramado. Era o barco com velas pardacentas, que ela via agora achatar-se sobre a água e disparar rumo ao outro lado da baía. Ele está sentado lá, pensou, e os filhos continuam calados. E ela também não conseguia alcançá-lo. A compaixão que não lhe havia concedido era um peso que a onerava. Assim ficava difícil pintar.

Lily sempre o achara um homem difícil. Nunca conseguira elogiá-lo na sua presença, lembrava-se. E por isso seu relacionamento fora reduzido a uma condição de neutralidade, sem aquele elemento sexual que o fazia agir com Minta de um modo tão galante, quase alegre. Ele escolhia uma flor para Minta, emprestava-lhe seus livros. Mas será que acreditava que ela os lia mesmo? Minta andava pelo jardim com os livros, enfiando folhas dentro deles à guisa de marcadores.

"O senhor se lembra, sr. Carmichael?", Lily teve vontade de perguntar, olhando para o velho. Mas ele havia coberto parte da testa com o chapéu; estava dormindo, ou sonhando, ou estava só deitado e catando palavras, ela imaginava.

"O senhor se lembra?", teve vontade de perguntar quando passou por ele; pensando de novo na sra. Ramsay na praia; o barril flutuando; as páginas voando. Por que, depois de tantos anos, aquilo havia sobrevivido, sublinhado, iluminado, visível até o menor detalhe, quando tudo o que viera antes ou depois, num raio de milhas, permanecia totalmente em branco?

"É um barco? É uma rolha?", ela perguntava, repetia Lily, voltando, de novo com relutância, a sua tela. Graças aos céus, o problema do espaço permanecia, pensou, pegando de novo o pincel. Ele encarava-a, feroz. Toda a massa da pintura estava equilibrada sobre aquele peso. Bela e colorida, assim devia ser a superfície; como uma pluma, evanescente, uma cor se dissolvendo na outra como as cores numa asa de borboleta; mas por baixo o tecido devia estar fixado com parafusos de ferro. Era para ser uma coisa que tremesse quando nela se soprasse; e uma coisa que

PASSEIO AO FAROL   213

não pudesse ser arrancada do lugar nem por uma parelha
de cavalos. E ela começou a acrescentar camadas de vermelho, de cinza, e começou a penetrar, modelando-o, o
vazio que havia ali. Ao mesmo tempo, era como se estivesse sentada ao lado da sra. Ramsay na praia.

"É um barco? É um barril?", perguntava a sra. Ramsay. E começou a procurar os óculos. Então, tendo-os
encontrado, ficou calada, olhando para o mar. E Lily,
sem parar de pintar, teve a sensação de que uma porta
se abrira, e que passara por ela e lá ficara a olhar em
silêncio a sua volta, um lugar de teto alto, feito uma catedral, muito escuro, muito solene. Vinham gritos de um
mundo distante. Barcos a vapor desapareciam em colunas
de fumaça no horizonte. Charles jogava pedras e as fazia
ricochetear na superfície.

A sra. Ramsay continuava em silêncio. Ela gostava,
pensou Lily, de permanecer em silêncio, reservada; permanecer na extrema obscuridade dos relacionamentos humanos. Quem sabe o que somos, o que sentimos? Quem sabe,
mesmo no momento da intimidade: isto é conhecimento?
Mas isso não estraga tudo, a sra. Ramsay poderia ter perguntado (parecia que acontecia com frequência, esse silêncio ao lado dela), o próprio ato de dizê-las? Não somos
mais expressivos assim? O momento, ao menos, parecia
extremamente fértil. Ela fez um pequeno furo na areia e o
cobriu, enterrando nele a perfeição do momento. Era como
uma gota de prata em que se molhava o pincel e que iluminava a escuridão do passado.

Lily deu um passo para trás a fim de pôr sua tela — assim — em perspectiva. Era um caminho estranho para tri-
lhar, a tal da pintura. A pessoa ia seguindo, cada vez mais
longe, até que por fim parecia estar numa tábua estreita,
totalmente sozinha, acima do mar. E enquanto mergulhava o pincel na tinta azul, mergulhava também no passado.
Em seguida, a sra. Ramsay se levantou, Lily lembrava-se.
Era hora de voltar para casa — hora do almoço. E todos

vieram da praia caminhando juntos, ela atrás com William Bankes, e Minta à frente deles com a meia furada. Como aquele furinho redondo de calcanhar rosado parecia se exibir diante deles! Como William Bankes o lamentava, sem — até onde ela se lembrava — dizer nada a seu respeito! Para William, aquilo representava a aniquilação da feminilidade, a sujeira, a desordem, criados que deixavam as camas desfeitas até o meio-dia — todas as coisas que ele mais execrava. Ele tinha um jeito de estremecer e espalmar a mão como se para cobrir um objeto repulsivo, gesto que fez naquele momento — mantendo a mão à sua frente. E Minta seguia adiante deles, e provavelmente Paul a encontrou e ela foi com ele para o jardim.

Os Rayley, pensou Lily Briscoe, espremendo o tubo de tinta verde. Reuniu as impressões que guardava dos Rayley. Suas vidas se apresentavam a ela numa série de cenas; uma, na escada, ao raiar do dia. Paul havia entrado e se deitado cedo; Minta chegara tarde. Lá estava Minta, engrinaldada, pintada, escandalosa na escada por volta das três da madrugada. Paul saía do quarto de pijama, carregando um atiçador, porque podia ser um ladrão. Minta estava comendo um sanduíche, em pé, no meio da escada, junto a uma janela, à luz cadavérica da madrugada, e havia um buraco no tapete. Mas o que eles diziam? Lily perguntava-se, como se pudesse escutá-los se olhasse bem. Alguma coisa violenta. Minta continuava a comer o sanduíche, de um modo irritante, enquanto ele falava. Ele dizia palavras indignadas, ciumentas, xingando-a, em voz bem baixa para não acordar as crianças, os dois menininhos. Ele estava envelhecido, recolhido; ela, exuberante, indiferente. Pois as coisas tinham se complicado depois do primeiro ano, mais ou menos; o casamento não dera nada certo.

E isso, pensou Lily, pegando a tinta verde com o pincel, isso de fazer cenas a respeito delas, é o que nós chamamos de "conhecer" as pessoas, "pensar" nelas, "gostar" delas! Nem uma palavra daquilo tudo era verdade; ela inventara tudo; mas era o que ela sabia a respeito deles, no final das contas. E continuou a penetrar em sua pintura, no passado. Numa outra ocasião, Paul disse que "jogava xadrez nos cafés". Lily também havia construído toda uma estrutura imaginária com base nessa afirmação. Lembrou que, ao ouvi-lo dizer a frase, ela imaginou-o tocando a campainha que chamava a criada, e ela dizendo que "a sra. Rayley saiu", e ele resolvendo também não voltar para casa. Lily o via sentado num canto de algum lugar lúgubre onde a fumaça grudava nos assentos de pelúcia vermelha e as garçonetes acabavam conhecendo os fregueses, jogando xadrez com um homenzinho que era comerciante de chá e morava em Surbiton, mas isso era tudo o que Paul sabia a respeito dele. E Minta não estava em casa quando ele chegava, e então ocorria aquela cena na escada, quando ele pegava o atiçador porque podia ser um ladrão (mas também, sem dúvida, para assustá-la) e falava com tanto rancor, dizendo que ela havia estragado sua vida. Fosse como fosse, quando Lily foi visitá-los numa casinha perto de Rickmansworth a situação já estava terrivelmente deteriorada. Paul levou-a até o jardim para ver os coelhos que ele criava, e Minta veio atrás, cantando, e pousou o braço no ombro dele, para impedir que ele lhe contasse qualquer coisa.

Minta não se interessava pelos coelhos, pensou Lily. Mas Minta jamais se traía. Nunca fazia comentários como aquele sobre jogar xadrez nos cafés. Era muito circunspecta, muito precavida. Mas, para continuar com a história dos dois — agora já haviam passado da fase perigosa. Lily havia se hospedado na casa deles no verão anterior, e o carro teve uma pane, e Minta ficou entregando a ele as ferramentas. Sentado na pista, Paul consertava o carro, e foi a maneira como ela lhe entregava as ferramentas — profissional, direta, simpática — que provava que agora estava tudo bem. Não estavam mais "apaixonados"; não, ele tinha uma outra mulher, uma mulher séria, com o cabelo preso numa trança e uma pasta na mão (Minta a descrevera com gratidão, quase com admiração), que ia a reuniões e compartilhava as opiniões de Paul (que haviam ficado cada vez mais enfáticas) a respeito do imposto sobre a propriedade predial e o capital. Essa ligação não apenas não desfizera o casamento como o havia consertado. Estava claro que os dois haviam se tornado excelentes amigos, ele sentado na pista, ela lhe entregando as ferramentas.

Era essa, portanto, a história dos Rayley, Lily sorriu. Imaginou-se contando-a para a sra. Ramsay, que estaria curiosíssima a respeito do que havia acontecido com os Rayley. Lily se sentiria um pouco triunfante ao dizer à sra. Ramsay que o casamento não dera certo.

Mas os mortos, pensou Lily, encontrando algum obstáculo no plano do quadro que a fez parar e pensar, dando um ou dois passos para trás, ah, os mortos! murmurou. A gente sentia pena deles, deixava-os de lado, sentia até um pouquinho de desprezo por eles. Eles estão a nossa mercê. A sra. Ramsay foi se apagando até desaparecer, pensou ela. Podemos ignorar seus desejos, deixar para trás suas ideias limitadas e antiquadas. Ela está cada vez mais longe de nós. Zombeteira, Lily parecia vê-la na outra ponta do corredor dos anos dizendo o absurdo dos absurdos: "Case-se, case-se!" (sentada, bem empertigada, de manhã cedo, os pássaros começando a cantar no jardim lá fora). E seria necessário dizer a ela: nada aconteceu conforme a senhora desejava. Eles são felizes do jeito deles; eu sou feliz do meu. A vida mudou completamente. Diante disso, todo o ser dela, até mesmo sua beleza, por um momento ficou empoeirado e antiquado. Por um momento Lily, parada no gramado, com o sol quente nas costas, resumindo a vida dos Rayley, tinha triunfado sobre a sra. Ramsay, que jamais saberia que Paul frequentava os cafés e tinha uma amante; que ele ficara sentado na pista da estrada enquanto Minta lhe entregava as ferramentas; que ela naquele momento estava pintando, nunca se casara, nem mesmo com William Bankes.

A sra. Ramsay havia planejado tudo. Talvez, se ela não houvesse morrido, tivesse conseguido. Já naquele verão ele era "um homem tão bondoso". Era "o maior cientista de sua época, segundo o meu marido". Era também o "pobre William — fico tão triste, quando vou visitá-lo, e vejo que não há nada de bonito na casa dele — ninguém para fazer um arranjo de flores". Assim, os dois eram despachados juntos para fazer caminhadas, e a sra. Ramsay lhe dizia, com aquele leve toque de ironia que a fazia escapulir por entre os dedos das nossas mãos, que Lily tinha uma mente científica; ela gostava de flores; ela era tão precisa. Por que ela tinha essa mania de casar as pessoas? perguntou-se Lily, ora afastando-se, ora aproximando-se do cavalete.

(De repente, tão de repente como uma estrela a riscar o céu, uma luz vermelha pareceu se acender em sua mente, cobrindo Paul Rayley, brotando dele. Subia como um fogo assinalando alguma comemoração de selvagens numa praia distante. Ela ouvia o rugido e o crepitar. Todo o mar, num raio de muitas milhas, inundou-se de vermelho e dourado. Um vago cheiro de vinho também se imiscuiu e a embriagou, pois mais uma vez ela sentiu uma vontade impetuosa de se jogar do alto do penhasco e se afogar procurando um broche de pérola numa praia. E o rugido e o crepitar lhe inspiravam medo e repulsa, como se, ao mesmo tempo que percebia o que havia ali de esplendor e poder, ela percebesse também que o fogo se alimentava do tesouro da casa, voraz, repulsivo, e ela o abominava. Como espetáculo, porém, como evento glorioso, ultrapassava tudo que ela já havia experimentado, ardendo ano após ano como um fogo sinalizador numa ilha deserta nos confins do mar, e bastava dizer "apaixonado" para que na mesma hora, tal como agora, o fogo de Paul brotasse de novo. E se extinguiu, e ela disse a si própria, rindo: "os Rayley"; Paul ia aos cafés e jogava xadrez.)

Mas ela só havia escapado por um triz, pensou. Estava contemplando a toalha da mesa, e de súbito ocorreu-lhe que ia chegar a árvore mais para o meio, e não precisaria se casar nunca, e sentiu-se exultante. Sentiu naquele momento que podia enfrentar a sra. Ramsay — um reconhecimento do poder extraordinário desta senhora. Ela dizia: faça isto, e a gente fazia. Até mesmo a sombra dela junto à janela com James era cheia de autoridade. Lily lembrou que William Bankes ficara chocado ao ver que ela não dava importância à figura da mãe com o filho. Então ela não lhes admirava a beleza? indagou. Mas William, Lily se lembrava, ficara a ouvi-la com olhos de criança sábia quando ela lhe explicou que não se tratava de irreverência: uma luz aqui pedia uma sombra ali, e assim por diante. Ela não tinha intenção de menosprezar um tema que, como eles dois concordavam, Rafael havia abordado divinamente. Ela não era uma cética. Muito pelo contrário. Graças à sua mente científica, ele compreendeu — uma prova da inteligência desinteressada que a ela proporcionara tanto prazer e conforto. Então era possível ter uma conversa séria sobre pintura com um homem. Na verdade, a amizade de William fora um dos prazeres de sua vida. Ela adorava William Bankes.

Iam a Hampton Court e ele sempre lhe dava, perfeito cavalheiro que era, bastante tempo para lavar as mãos, enquanto caminhava à margem do rio. Isso era característico do relacionamento entre eles. Muitas coisas não precisavam ser ditas. Em seguida caminhavam pelos pátios, e admiravam, verão após verão, as proporções e as flores, e ele dizia-lhe coisas a respeito de perspectiva, de arquitetura, enquanto caminhavam, e parava para olhar uma árvore, ou para apreciar a vista do lago, e contemplar uma criança (este era seu grande desgosto: não tinha uma filha) com aquele jeito vago e distante típico de um homem que passava tanto tempo no laboratório que o mundo, quando ele saía de lá, parecia deslumbrá-lo, de modo que ele caminhava devagar, levantava as mãos para proteger os olhos e parava, a cabeça jogada para trás, apenas para respirar o ar. Em seguida, dizia que sua empregada estava de férias; ele precisava comprar um tapete novo para a escada. Talvez ela quisesse ir com ele comprar um tapete novo para a escada. E uma vez alguma coisa o levou a falar sobre os Ramsay, e ele disse que quando a viu pela primeira vez ela estava com um chapéu cinzento; teria no máximo dezenove ou vinte anos. Era de uma beleza extraordinária. E ficou parado olhando para a avenida, em Hampton Court, como se pudesse vê-la em meio aos chafarizes.

Lily olhou para o degrau na entrada da sala. Viu, pelos olhos de William, o vulto de uma mulher, tranquila e silenciosa, os olhos voltados para baixo. Estava meditando, revirando algum problema (trajava cinza naquele dia, pensou Lily). Os olhos estavam baixados. Ela jamais os levantaria. É, pensou Lily, olhando atentamente, eu devo tê-la visto assim, mas não vestida de cinzento; nem tão imóvel, nem tão jovem, nem tão tranquila. A figura em si veio com facilidade. Era de uma beleza extraordinária, disse William. Mas beleza não era tudo. A beleza tinha este senão: vinha rápido demais, completa demais. Tinha o efeito de paralisar a vida — petrificá-la. Com isso a gente se esquecia das pequenas agitações; o rubor, a palidez, alguma distorção estranha, um jogo de luz ou sombra que tornava o rosto irreconhecível por um momento, e no entanto lhe acrescentava uma qualidade que daí para a frente sempre se via. Era mais simples apagar todos esses detalhes sob uma camada de beleza. Mas que expressão teria ela, perguntou-se Lily, quando colocava na cabeça o chapéu de caçador, ou corria pelo gramado, ou ralhava com Kennedy, o jardineiro? Quem saberia dizer? Quem poderia ajudá-la?

Contra a vontade, subira à superfície, e constatava que estava em parte fora da pintura, olhando, um pouco aparvalhada, como quem olha para coisas irreais, para o sr. Carmichael. Ele estava deitado na sua espreguiçadeira, as mãos cruzadas sobre a pança, nem lendo nem dormin-

do, porém lagarteando, como uma criatura empanturra-
da de existência. Seu livro havia caído na grama.

Lily teve vontade de ir direto a ele e dizer: "Sr. Carmichael!". Então ele ergueria, com a benevolência de sempre,
aqueles olhos fumacentos, vagamente esverdeados. Mas
não se acorda uma pessoa se não se sabe o que se quer
dizer a ela. E Lily não queria dizer uma coisa, e sim dizer
tudo. Palavras pequenas que repartissem o pensamento e o
desmembrassem não diriam nada. "Sobre a vida, sobre a
morte; sobre a sra. Ramsay" — não, ela pensou, não se podia dizer nada a ninguém. A urgência do momento jamais
atingia o alvo. As palavras desviavam-se para um lado e
erravam o alvo por algumas polegadas. Então a gente de-
sistia; a ideia submergia outra vez; e a gente ficava igual
à maioria das pessoas de meia-idade: cautelosa, furtiva,
com rugas entre os olhos e um ar de apreensão perpétua.
Pois como exprimir em palavras essas emoções do corpo?
Exprimir o vazio que há nele? (Ela estava olhando para
os degraus da sala; pareciam extraordinariamente vazios.)
Era um sentimento do corpo, não da mente. As sensações
físicas que acompanhavam a nudez dos degraus haviam se
tornado de repente muitíssimo desagradáveis. A condição
de querer e não ter impunha a seu corpo uma dureza, um
vazio, uma tensão. E querer e não ter — querer e querer —
como isso apertava o coração, apertava mais e mais! Ah,
sra. Ramsay! ela gritou em silêncio, dirigindo-se àquela essência postada ao lado do barco, aquela abstração criada a
partir dela, aquela mulher de cinza, como se para condená-
-la por ter partido, e depois, tendo partido, voltado. Antes,
pensar nela parecia inofensivo. Fantasma, ar, um nada,
uma coisa com que se podia brincar com tranquilidade a
qualquer hora do dia ou da noite, era isso que ela era antes,
e de repente ela estendia a mão e apertava o coração desse
jeito. De repente, os degraus vazios da sala, o rufo da poltrona lá dentro, o cachorrinho a saltitar no terraço, todas
as ondas e os sussurros do jardim tornavam-se semelhan-

PASSEIO AO FAROL

tes às curvas e aos arabescos que florescem em torno de um centro de vazio absoluto.

"O que isso quer dizer? Como explicar tudo isso?", ela queria perguntar, virando-se de novo para o sr. Carmichael. Pois o mundo inteiro parecia ter se dissolvido naquela manhã, transformando-se numa poça de pensamentos, um tanque fundo de realidade, e quase dava para imaginar que, se o sr. Carmichael tivesse falado, uma fenda se abriria na superfície da poça. E então? Alguma coisa haveria de emergir. Uma mão surgiria, uma espada seria brandida. Tudo isso era uma bobagem, é claro.

Ocorreu-lhe a ideia curiosa de que ele estava mesmo ouvindo todas as coisas que ela não conseguia dizer. Era um velho inescrutável, com a barba manchada de amarelo, e a sua poesia, e os seus enigmas, a navegar sereno por um mundo que satisfazia todas as suas necessidades, tanto assim que ela tinha a impressão de que bastava a ele pôr a mão no gramado onde estava deitado para pescar qualquer coisa que quisesse. Lily olhou para o quadro. A resposta dele provavelmente seria: "você" e "eu" e "ela" são coisas que passam e desaparecem; nada permanece; tudo muda; mas não as palavras, não a tinta. E no entanto a pintura seria pendurada em sótãos, pensou Lily; seria enrolada e jogada debaixo de um sofá; e no entanto mesmo assim, mesmo se tratando de uma pintura como aquela, era verdade. Podia-se dizer, mesmo daquele rabisco, não daquela pintura real, talvez, mas do que ela tentava fazer, que "permaneceria para sempre", ela esteve prestes a dizer, ou, pois as palavras pronunciadas pareciam até mesmo a ela arrogantes demais, sugerir, sem palavras; quando então, olhando para o quadro, percebeu surpresa que não conseguia vê-lo. Seus olhos estavam cheios de um líquido quente (ela não pensou em lágrimas no primeiro momento) que, sem perturbar a firmeza de seus lábios, tornava o ar espesso, escorria-lhe pelas faces. Ela tinha total controle de si própria — ah, tinha, sim! — sob todos os outros aspectos.

Estaria então chorando pela sra. Ramsay, sem ter consciência de nenhuma tristeza? Dirigiu-se ao sr. Carmichael outra vez. Então o que era? Qual o sentido daquilo? Então as coisas podiam levantar a mão e nos segurar; a lâmina podia cortar; o punho, agarrar? Então não havia segurança? Não havia como aprender de cor o funcionamento do mundo? Não havia guia, nem abrigo, porém tudo era milagre, era saltar do alto de uma torre no vazio? Então, até mesmo para os velhos, seria isso a vida — surpreendente, inesperada, desconhecida? Por um momento Lily teve a impressão de que se eles dois se levantassem, aqui, agora, no gramado, e exigissem uma explicação, por que era tão curta, por que era tão inexplicável, e o dissessem com violência, como falariam dois seres humanos muito bem guarnecidos dos quais nada deveria ser escondido, então a beleza se manifestaria; o espaço se encheria; os arabescos se transformariam numa forma; se eles gritassem por um bom tempo, a sra. Ramsay voltaria. "Sra. Ramsay!", ela exclamou em voz alta. "Sra. Ramsay!" As lágrimas lhe escorriam pelas faces.

6

[O filho de Macalister pegou um dos peixes e cortou um pedaço para usar como isca no anzol. O corpo mutilado (ainda estava vivo) foi jogado de volta no mar.]

7

"Sra. Ramsay!", Lily exclamava, "sra. Ramsay!" Mas nada acontecia. A dor aumentava. Uma angústia assim é capaz de reduzir a pessoa à condição de imbecilidade, pensou ela! Fosse como fosse, o velho não a tinha ouvido. Permanecia benigno, tranquilo — podia-se mesmo dizer, sublime. Graças aos céus, ninguém a ouvira dar aquele grito

PASSEIO AO FAROL

vergonhoso, pare, dor, pare! Ela não tinha visivelmente
perdido a sanidade. Ninguém a vira saltar de sua estreita
tábua e mergulhar nas águas da aniquilação. Ela continuava sendo uma solteirona mirrada, segurando um pincel no gramado.

E agora, lentamente a dor do querer, e a raiva amarga
(ser chamada para voltar, justamente quando ela achava
que nunca mais ia sofrer pela sra. Ramsay de novo. Teria sentido falta dela à mesa do café da manhã? Nem um
pouco) foram diminuindo; e daquela angústia ficou, como
antídoto, um alívio que era ele próprio um bálsamo, e também, mas de modo mais misterioso, a sensação de alguém
ali, da sra. Ramsay, aliviada por um momento do peso que
o mundo lhe havia imposto, ficando a seu lado, leve, e então (pois era a sra. Ramsay com toda a sua beleza) colocan-
do sobre a testa uma coroa de flores brancas, com a qual
se afastou. Lily apertou os tubos de tinta de novo. Atacou
aquele problema da sebe. Era estranho, via a sra. Ramsay
com nitidez, atravessando com sua lepidez habitual os campos, em meio a cujas dobras, violáceas macias, em meio a
cujas flores, jacintos ou lírios, desapareceu. Era algum tru-
que de seu olhar de pintora. Durante alguns dias, depois
que ficou sabendo de sua morte, Lily a via assim, pondo na
testa a coroa de flores e seguindo sem nenhuma hesitação
com sua companheira, uma sombra, pelos campos afora.
A cena, as palavras, tinham um certo poder de consolar.
Onde quer que ela estivesse, pintando, aqui, no interior ou
em Londres, a visão lhe aparecia, e seus olhos, semicerrados, procuravam alguma coisa que servisse de base para
aquela visão. Ela olhava de um vagão do trem, do ônibus;
pegava uma linha num ombro ou uma face; olhava para
as janelas do outro lado da rua; para Piccadilly, com sua
fileira de lampiões ao entardecer. Tudo aquilo fizera parte
dos campos da morte. Mas sempre alguma coisa — podia
ser um rosto, uma voz, um jornaleirinho gritando *Stan-
dard, News* — se intrometia, caçoava dela, despertava-a,

exigia e acabava recebendo um esforço de atenção, e com isso a visão tinha que ser eternamente refeita. Agora, mais uma vez, sentindo uma necessidade instintiva de distância e azul, ela olhou para a baía lá embaixo, transformando em montinhos as faixas azuis das ondas, e em campos de pedra os espaços arroxeados. Mais uma vez, foi despertada do devaneio, como sempre, por uma coisa incongruente. Havia uma mancha parda no meio da baía. Era um barco. Sim, ela se deu conta disso após um segundo. Mas de quem seria? O barco do sr. Ramsay, respondeu. O sr. Ramsay; o homem que havia passado por ela pisando duro, a mão levantada, distante, à frente de um desfile, com suas belas botas, pedindo-lhe compaixão, que ela lhe negara. O barco já estava no meio da baía.

Era, pois, uma manhã tão bonita, tirando uma lufada de vento aqui e ali, que mar e céu pareciam formar um tecido único, como se as velas estivessem espetadas no alto do céu, ou as nuvens tivessem mergulhado no mar. Um vapor bem ao longe havia desenhado no ar um grande papiro de fumaça que ficou a fazer curvas e círculos decorativos, como se o ar fosse uma gaze fina que sustentasse as coisas e as mantivesse suavemente presas em sua trama, apenas balançando-as de leve de um lado para o outro. E, como acontece às vezes quando o tempo está muito bom, os penhascos pareciam ter consciência da presença dos navios, e os navios pareciam ter consciência da presença dos penhascos, e era como se trocassem através de sinais alguma mensagem secreta. Pois, embora às vezes tão próximo da costa, o Farol na névoa daquela manhã parecia ficar a uma distância enorme.

"Onde estão eles agora?", pensou Lily, olhando para o mar. Onde estava ele, aquele homem muito velho que passara por ela em silêncio, com um pacote de papel pardo debaixo do braço? O barco estava no meio da baía.

8

Lá eles não sentem nada, pensou Cam, olhando para a costa, a qual, subindo e descendo, ficava cada vez mais distante e mais tranquila. Com a mão ela escavava uma trilha no mar, enquanto sua mente transformava aqueles redemoinhos e riscos verdes em desenhos, e, entorpecida e envolta num véu, aventurou-se em sua imaginação naquele submundo de águas onde as pérolas formavam aglomerados de gotículas brancas, onde em meio à luminosidade verde uma mudança dominava toda a mente, e o corpo brilhava semitransparente, envolto numa capa verde.

Então se afrouxou o redemoinho em torno de sua mão. O ímpeto da água cessou; o mundo encheu-se de pequenos rangidos e guinchos. Ouviam-se as ondas quebrando e batendo contra os costados do barco como se eles estivessem ancorados no cais. Tudo ficou muito próximo. Pois a vela, na qual James fixava a vista de tal modo que ela se tornara para ele como uma pessoa conhecida, pendia flácida; o barco parou e ficou a balançar-se, aguardando uma brisa, ao sol quente, a milhas da costa, a milhas do Farol. Tudo que havia em todo o mundo parecia estar paralisado. O Farol imobilizava-se, e a linha do litoral distante fixava-se. O sol estava mais quente e todos pareciam estar muito juntos um do outro e sentir as presenças dos outros, coisa de que haviam quase se esquecido. A linha de pesca de Macalister descia a prumo dentro do mar. Mas o sr. Ramsay continuava lendo, as pernas cruzadas debaixo do banco.

Estava lendo um livrinho de capa brilhante, mosqueada como um ovo de tarambola. De vez em quando, enquanto os outros esperavam naquela calmaria horrenda, ele virava a página. E James sentia que cada página era virada com um gesto específico dirigido a ele: ora afirmativo, ora autoritário; por vezes com a intenção de fazer as pessoas sentirem pena dele; e o tempo todo, enquanto seu pai lia e virava uma por uma aquelas páginas pequenas,

James antecipava com temor o momento em que ele haveria de levantar a vista e dirigir-lhe um comentário áspero, sobre sabe-se lá o quê. Por que estavam ali parados? ele perguntaria, ou diria alguma outra coisa tão pouco razoável quanto essa. E se ele fizer isso, pensou James, eu pego uma faca e cravo no coração dele.

Ele guardava ainda aquele velho símbolo de pegar uma faca e cravá-la no coração do pai. Só que agora, à medida que crescia, encarando o pai com uma raiva impotente, não era ele, aquele velho lendo um livro, que ele queria matar, e sim a coisa que descia sobre ele — sem que ele próprio o soubesse, talvez: aquela súbita harpia feroz, de asas negras, com garras e um bico frio e duro, que golpeava e golpeava (ele ainda sentia o bico nas pernas nuas, onde ela o tinha golpeado quando era menino) e depois ia embora, e lá estava ele de novo, um velho, muito triste, lendo seu livro. Isso ele mataria, atingiria no coração com uma faca. Fizesse o que fizesse — (e ele poderia fazer qualquer coisa, pensou, olhando para o Farol e a costa distante) — estivesse trabalhando numa firma, num banco, advogando, dirigindo alguma empresa, ele haveria de enfrentar e destruir — a tirania, o despotismo, era o nome que lhe dava — isso de obrigar as pessoas a fazer o que elas não queriam fazer, roubar-lhes o direito de falar. Como poderiam eles dizer: não vou, quando ele ordenava: vá ao Farol. Faça isto. Pegue aquilo para mim. As asas negras se abriam, e o bico duro atacava. E então, no instante seguinte, lá estava ele, sentado, lendo seu livro; e ele poderia levantar a vista — nunca se sabia — e ser perfeitamente razoável. Poderia falar com Macalister e o filho. Ou colocar uma moeda de uma libra na mão de uma velha morrendo de frio na rua, pensou James; ou gritar diante do feito de algum pescador; ou agitar os braços de entusiasmo. Ou ficar sentado à cabeceira da mesa num silêncio mortal, do início ao fim da refeição. É, pensou James enquanto o barco se balançava sem sair do lugar no sol quente; havia expansões de neve e rocha muito desertas e austeras; e lá, ele sentia, com muita frequência nos últimos tempos, quando seu pai dizia alguma coisa que surpreendia os outros, havia dois pares de pegadas apenas: as suas e as de seu pai. Só eles dois se conheciam. Então por que aquele terror, aquele ódio? Voltando atrás muitas das páginas que o passado havia acumulado nele, fixando a vista no coração daquela floresta em que luz e sombra se interpenetram de tal modo que todas as formas são distorcidas, e a pessoa fica desorientada, ora com o sol nos olhos, ora numa sombra escura, ele buscava uma imagem para esfriar e destacar e dar uma forma concreta a seus sentimentos. Imagine-se que, quando criança, sentado impotente num carrinho de bebê, ou no joelho de alguém, ele tivesse visto uma carroça esmagar, sem se dar conta, inocente, o pé de alguém. Imagine-se que ele primeiro tivesse visto o pé na grama, liso, intacto; em seguida, a roda; e depois o mesmo pé, roxo, esmagado. Mas a roda é inocente. Assim, quando o seu pai veio pelo corredor batendo nas portas para acordá-los de manhã cedo a fim de irem ao Farol, a roda passou por cima do seu pé, e do pé de Cam, e de quem mais estivesse lá. A coisa acontecia e a pessoa ficava assistindo.

Mas de quem era o pé em que ele pensava, e em que jardim tudo isso acontecia? Pois essas cenas tinham cenários, com árvores, flores, uma certa luminosidade, algumas figuras. Tudo costumava acontecer num jardim onde não havia essa tristeza toda, nem mãos fazendo gestos dramáticos; as pessoas falavam num tom normal. Passavam o dia todo entrando e saindo. Uma velha mexericava na cozinha; e os estores da janela eram puxados para fora e empurrados para dentro pela brisa; tudo se movia, tudo crescia; e sobre todos aqueles pratos e tigelas e flores vermelhas e amarelas, altas, a balançar-se, um finíssimo véu amarelo seria lançado, como uma folha de parreira, à noite. As coisas ficavam mais silenciosas e escuras à noite. Mas o véu semelhante a uma folha era tão fino que as luzes o levantavam, as vozes o enrugavam; James via através dele uma figura a se abaixar, escutar, aproximar-se, afastar-se, um vestido farfalhando, uma corrente tilintando.

Era nesse mundo que a roda passava por cima do pé. Alguma coisa, ele lembrava, pairava acima dele e o mantinha na sombra; não se mexia; alguma coisa brotava no ar, alguma coisa árida e afiada descia então, como uma lâmina, uma cimitarra, atravessando as folhas e flores até mesmo naquele mundo feliz, fazendo-as murchar e cair.

"Vai chover", lembrava-se do pai dizendo. "Você não vai poder ir ao Farol."

Naquele tempo, o Farol era uma torre prateada, nevoenta, com um olho amarelo que se abria de repente, suavemente, ao cair da tarde. Agora...

James olhou para o Farol. Viu as pedras caiadas; a torre, abrupta e ereta; viu que nela havia listras pretas e brancas; viu que havia janelas; chegou mesmo a ver roupa lavada espalhada pelas pedras para secar. Então o Farol era isso?

Não, o outro também era o Farol. Pois nada era simplesmente uma coisa só. O outro era o Farol também. Às vezes era quase impossível vê-lo do outro lado da baía. À tardinha, levantava-se a vista e via-se o olho a abrir e fechar, e a luz parecia chegar até eles naquele jardim fresco e ensolarado onde estavam sentados.

Mas James empertigou-se. Sempre que dizia "eles" ou "a pessoa", e em seguida começava a ouvir o farfalhar de alguém se aproximando, o tilintar de alguém se afastando, ficava muitíssimo sensível à presença de quem estivesse na sala, fosse quem fosse. Agora era seu pai. A tensão se intensificou. Pois se daqui a um momento não começasse a ventar, seu pai fecharia o livro de repente e diria: "O que é que está havendo? Por que é que estamos parados aqui, hein?", tal como uma vez, no passado, ele baixara sua lâmina sobre eles no terraço e sua mãe ficara

PASSEIO AO FAROL

toda rígida, e se houvesse à mão um machado, uma faca, qualquer coisa afiada, ele a teria agarrado e cravado no coração do pai. Sua mãe ficou toda rígida, e em seguida seu braço afrouxou, fazendo-o se dar conta de que ela não estava mais a ouvi-lo, que de algum modo havia se levantado e se afastado, deixando-o ali, impotente, ridículo, sentado no chão com uma tesoura na mão.

Não havia a menor brisa. A água gargalhava e gargarejava no fundo do barco, onde três ou quatro cavalas batiam as caudas numa poça rasa demais para cobri-las. A qualquer momento o sr. Ramsay (James mal ousava olhar para ele) poderia se dar conta da situação, fechar o livro e fazer algum comentário áspero; mas por ora continuava lendo, de modo que James, como se estivesse descendo a escada de casa às escondidas, descalço, com medo de despertar um cão de guarda se pisasse numa tábua que rangesse, voltou a pensar na aparência dela naquele dia; aonde teria ela ido? Começou a segui-la de um cômodo a outro, e por fim chegaram a um lugar imerso numa luz azulada, como se fosse o reflexo de muitos pratos de porcelana, onde ela falava com alguém; ele a ouvia falando. Ela dirigia-se a uma criada, e dizia simplesmente o que lhe vinha à cabeça. "Vamos precisar de uma travessa grande hoje à noite. Onde está ela — a travessa azul?" Só ela dizia a verdade; só a ela James podia dizê-la. Essa era a fonte da atração perene que sua mãe exercia sobre ele, talvez; era uma pessoa para quem se podia dizer tudo o que vinha à cabeça. Mas o tempo todo, enquanto pensava nela, tinha consciência de que seu pai acompanhava seu pensamento, ensombrando-o, fazendo-o estremecer e hesitar.

Por fim, parou de pensar; ficou sentado com a mão na cana do leme, ao sol, o olhar fixo no Farol, incapaz de se mexer, incapaz de livrar-se daquelas migalhas de infelicidade que caíam em sua mente uma por uma. Era como se uma corda o amarrasse ali onde estava, e seu pai tivesse dado um nó na corda, e ele só pudesse escapar pegando uma faca e enfiando-a... Mas naquele momento a vela começou a rodar lentamente, foi-se enfunando lentamente, o barco pareceu sacudir-se e em seguida se pôs em movimento, semiconsciente e adormecido, até que despertou e saiu na disparada sobre as ondas. A sensação de alívio era extraordinária. Agora todos se afastaram uns dos outros como antes, e ficaram à vontade, e as linhas de pesca, retesadas, faziam ângulos com a borda do barco. Mas seu pai não mudou de atitude. Apenas levantou a mão direita até uma altura misteriosa e deixou-a cair de novo no joelho, como se estivesse a reger uma sinfonia secreta.

9

[O mar sem nenhuma mancha, pensou Lily Briscoe, ainda parada a contemplar a baía. O mar está esticado como seda sobre a baía. A distância tinha um poder extraordinário; eles haviam sido engolidos por ela, pensou, haviam desaparecido para sempre, tinham se tornado parte da natureza das coisas. Era muito tranquilo; muito silencioso. Até o vapor havia desaparecido, mas o grande rolo de fumaça ainda pairava no ar, e pendia como uma bandeira triste, num adeus.]

10

Então era assim, a ilha, pensou Cam, mais uma vez correndo os dedos pela água. Nunca a tinha visto do mar. Ela se estendia no mar, assim, com uma mossa no meio e dois penhascos agudos, e o mar a inundava, e se espalhava por milhas e milhas dos dois lados dela. Era muito pequena; a forma lembrava uma folha colocada em pé. Então a gente entrou num barquinho, pensou, começando a contar a si própria uma história de aventura, em que as pessoas fugiam de um navio que afundava. Mas com o mar escorrendo por entre seus dedos, um ramo de algas desaparecendo atrás deles, ela não queria a sério contar uma história a si própria; o que queria era a sensação de aventura e fuga, pois estava pensando, enquanto o barco seguia em frente, que a raiva do pai por causa dos pontos cardeais, a obstinação de James a respeito do pacto e a angústia que ela própria sentira, tudo havia fugido, tudo havia passado, tudo havia sido levado embora. E o que viria agora? Aonde estavam indo? De sua mão, gelada, mergulhada bem fundo no mar, brotou uma fonte de júbilo, por conta da mudança, da fuga, da aventura (por ela estar viva, por ela estar ali). E as gotas que vinham daquela fonte repentina e impensada de júbilo caíam aqui e ali nas formas escuras, adormecidas, em sua mente; formas de um mundo não concretizado, porém a revirar-se na escuridão, recebendo, aqui e ali, uma faísca de luz; Grécia, Roma, Constantinopla. Por pequena que fosse, e com uma forma que lembrava uma folha em pé, com as águas salpicadas de ouro a fluir sobre ela e em torno dela, a ilha, ela imaginava, tinha um lugar no universo — mesmo aquela ilhota? Os senhores idosos no gabinete, pensou, poderiam ter lhe respondido. Às vezes ela vinha do jardim de propósito, para surpreendê-los. Lá estavam eles (poderiam ser o sr. Carmichael ou o sr. Bankes, muito velhos, muito rígidos), sentados um em frente ao outro, em poltronas baixas. Liam, estalando as páginas, o *Times*, quando ela chegava do jardim, toda confusa, porque alguém dissera alguma coisa sobre Cristo; um mamute fora encontrado numa escavação numa rua de Londres; como era o grande Napoleão? Então eles tomavam tudo isso em suas mãos limpas (usavam roupas cinzentas; cheiravam a urze) e juntavam os pedaços, dobrando os jornais, cruzando as pernas, dizendo de vez em quando alguma coisa muito breve. Numa espécie de transe, ela pegava um livro na estante e ficava parada, vendo o pai escrever, com uma letra tão uniforme, tão bonita, de um lado ao outro da página, de vez em quando tossindo de leve, ou fazendo algum comentário breve ao outro senhor de idade sentado à sua frente. E ela pensava, parada com o livro aberto na mão: aqui a gente podia deixar qualquer pensamento que tivesse abrir-se como uma folha na água; e se fosse bem recebido, entre os senhores idosos a fumar e o *Times* a estalar, então estava correto. E vendo seu pai a escrever no gabinete dele, ela pensava (sentada agora no barco), ele era muito adorável, muito sábio; não era vaidoso nem tirânico. Pois se até, se a via parada ali, lendo um livro, ele lhe perguntava, da maneira mais delicada possível, se ela queria alguma coisa?

Temendo que isso não fosse correto, olhou para o pai, lendo o livrinho de capa brilhante e mosqueada como ovo de tarambola. Não; estava correto. Olhe para ele agora, teve vontade de dizer em voz alta a James. (Mas James estava olhando para a vela.) Ele é bruto e sarcástico, James diria. Ele sempre leva a conversa para ele mesmo e os livros dele, James diria. É de um egotismo insuportável. Pior ainda, é um tirano. Mas olhe! disse Cam, olhando para o pai. Olhe para ele agora. Ficou a vê-lo lendo o livrinho com as pernas cruzadas; o livrinho cujas páginas amareladas ela conhecia, sem saber o que estava escrito nelas. Era pequeno; as letras eram miúdas e apertadas; na folha de rosto, Cam sabia, ele havia escrito que tinha gastado quinze francos no jantar; o vinho custara tanto; ele dera ao garçom uma gorjeta de tanto; e na parte de baixo da página as quantias eram somadas de modo bem organizado. Mas o que estaria escrito no livro, cujas beiradas estavam arredondadas de tanto andar no bolso do pai, ela não sabia. O que o pai pensava nenhum deles sabia. Mas ele estava absorto na leitura, de modo que quando levantava a vista, tal como fazia agora por um momento, não era para ver nada; era para fixar algum pensamento com mais exatidão. Feito isso, sua mente voltava para dentro e ele mergulhava na leitura. Ele lia, Cam pensou, como se estivesse guiando alguma coisa, ou conduzindo com muito jeito um rebanho grande de ovelhas, ou escalando uma montanha por uma única trilha estreita; e às vezes seguia depressa e em linha reta, abrindo caminho pelo matagal, e às vezes, ao que parecia, um galho o golpeava, um arbusto espinhento o cegava, mas ele não deixava que isso o derrotasse; seguia em frente, virando uma página depois da outra. E Cam continuou a contar a si própria uma história de fuga de um navio que afundava, pois estava protegida, enquanto ele estivesse sentado ali; protegida, tal como se sentia quando vinha do jardim, sorrateira, e pegava um livro na estante, e o senhor idoso, baixando o jornal de repente, fazia algum comentário brevíssimo, por cima do jornal, sobre o caráter de Napoleão.

Ela voltou a olhar para o mar, para a ilha. Mas a folha estava perdendo a nitidez. Era muito pequena; estava muito distante. O mar agora era mais importante do que a costa. Estavam cercados por ondas, que subiam e desciam; um tronco era arrastado para baixo por uma onda; uma gaivota cavalgava a crista de uma outra. Mais ou menos neste lugar, pensou Cam, dedilhando a água, um navio havia afundado, e ela murmurou, sonhadora, semiadormecida, assim todos nós morríamos, todos sozinhos.

11

Tanta coisa depende, então, pensou Lily Briscoe, olhando para o mar praticamente sem manchas, tão macio que as velas e as nuvens pareciam incrustadas no azul, tanta coisa depende, pensou, da distância: de as pessoas estarem perto ou longe de nós; pois o que ela sentia pelo sr. Ramsay mudava à medida que o barco em que ele estava se afastava mais e mais, singrando a baía. O barco parecia alongar-se, esticar-se; o homem parecia cada vez mais remoto.

Era como se ele e seus filhos tivessem sido engolidos por aquele azul, aquela distância; mas aqui, no gramado, bem perto, o sr. Carmichael de repente grunhiu. Ela riu. Ele pegou seu livro na grama. Voltou a instalar-se na cadeira bufando e soprando como se fosse uma espécie de monstro marinho. Isso era coisa muito diferente, por ele estar tão perto. E agora, de novo, tudo estava silencioso. Eles já devem ter se levantado a esta hora, pensou Lily, olhando para a casa, mas lá não se via nada. Porém, lembrou-se, eles sempre saíam assim que terminavam uma refeição, para cuidar de seus próprios afazeres. Tudo condizia com aquele silêncio, aquele vazio, e a irrealidade da hora, ainda tão cedo. Era algo que ocorria com as coisas às vezes, pensou Lily, detendo-se por um instante e olhando para as janelas alongadas e reluzentes e a pluma de fumaça azul: elas se tornavam irreais. Era assim que, ao voltar de uma viagem, ou ao convalescer de alguma doença, antes que os hábitos se espalhassem pela superfície, sentia-se aquela mesma irrealidade, que era tão surpreendente; sentia-se alguma coisa emergir. Era nesses momentos que a vida era mais vívida. Podia-se ficar à vontade. Felizmente não era necessário dizer, com muita energia, atravessando o gramado para saudar a velha sra. Beckwith, que sairia à procura de um canto onde se sentar: "Ah, bom dia, sra. Beckwith! Que lindo dia! A senhora vai criar coragem de sentar-se ao sol? O Jasper escondeu as cadeiras. Deixe que eu pego uma para a senhora!" e todas as outras banalidades de sempre. Não era necessário dizer nada. Era só deslizar, sacudindo as velas (havia muita movimentação na baía, barcos a zarpar) entre as coisas, além das coisas. Não estava vazia, porém cheia até a borda. Lily parecia estar imersa até a altura dos lábios em alguma substância, mover-se e flutuar e afundar nela, sim, pois aquelas águas eram imensuravelmente profundas. Nelas tantas vidas haviam se derramado. As dos Ramsay; dos filhos; e toda a sorte de coisas órfãs e desgarradas. Uma lavadeira com

PASSEIO AO FAROL 235

sua cesta; uma gralha; um tritoma vermelho; os tons de roxo e verde acinzentado das flores: algum sentimento comum que mantinha todas as coisas unidas.

Foi um sentimento semelhante de plenitude, talvez, que dez anos atrás, parada quase exatamente onde estava agora, a fez dizer que devia ter amor pelo lugar. O amor tinha mil formas. Talvez houvesse amantes cujo dom fosse selecionar os elementos das coisas e juntá-los de modo a lhes dar uma totalidade que eles não possuíam na vida, tornar alguma cena, ou reunião de pessoas (agora todas desaparecidas ou separadas), uma daquelas compactações de coisas sobre as quais o pensamento se debruça, e com as quais o amor joga.

Os olhos de Lily fixaram-se na manchinha parda do barco a vela do sr. Ramsay. Eles já estariam no Farol na hora do almoço, ela imaginava. Mas o vento se intensificara, e, tendo o céu mudado um pouco, e o mar mudado um pouco, e os barcos alterado suas posições, a vista, que um instante antes parecera miraculosamente imobilizada, agora deixava a desejar. O vento havia dispersado a trilha de fumaça; havia algo de desagradável na disposição dos barcos.

Essa desproporção parecia ter perturbado alguma harmonia em sua mente. Lily sentia uma aflição obscura. A sensação confirmou-se quando ela retornou a sua pintura. Havia desperdiçado a manhã. Por algum motivo não conseguia atingir aquele fio de lâmina de equilíbrio entre duas forças em oposição; o sr. Ramsay e o quadro; algo que era necessário. Haveria algo de errado no desenho? Talvez, perguntava-se, a linha do muro devesse ser quebrada, ou era a massa de árvores que estava pesada demais? Sorriu com ironia; pois não havia pensado, ao começar, que o problema estava resolvido?

Qual era o problema, então? Era necessário tentar captar algo que lhe fugia. Que lhe fugia quando ela pensava na sra. Ramsay; fugia mesmo agora, quando ela pensava em seu quadro. Vinham-lhe expressões. Vinham-lhe visões. Belas imagens. Belas expressões. Mas o que ela queria captar era aquela exata tensão nos nervos, a coisa em si antes de ser transformada em algo. Captar isso e começar de novo; captar isso e começar de novo; ela repetia em desespero, voltando a instalar-se com firmeza diante do cavalete. Era uma máquina desgraçada, uma máquina ineficiente, pensou, o aparelho humano que servia para pintar ou para sentir; sempre se escangalhava no momento crítico; era necessário, com heroísmo, forçar a passagem. Ela olhava fixamente, o cenho franzido. Lá estava a sebe, sem dúvida. Mas não se conseguia nada com a insistência. Tudo que se conseguia era cansaço da vista de tanto fixar-se na linha do muro, ou de pensar: ela estava com um chapéu cinza. Ela era de uma beleza extraordinária. Que venha, pensou ela, se for para vir. Pois momentos há em que não se pode nem pensar nem sentir. E se não se pode nem pensar nem sentir, pensou, onde se está?

Aqui na grama, no chão, ela pensou, sentando-se e examinando com o pincel uma pequena colônia de tanchagens. Pois o gramado estava muito malcuidado. Aqui, sentada no mundo, pensou, pois não conseguia livrar-se da sensação de que tudo naquela manhã estava acontecendo pela primeira vez, talvez pela última vez, tal como um viajante, muito embora esteja semiadormecido, sabe, olhando pela janela do trem, que é preciso olhar agora, porque nunca mais vai ver aquela cidadezinha, ou aquela carroça puxada por uma mula, ou aquela mulher trabalhando no campo, na vida. O gramado era o mundo; estavam lá em cima juntos, naquele lugar elevado, ela pensou, olhando para o velho sr. Carmichael, que parecia (embora eles dois não tivessem dito uma única palavra todo esse tempo) compartilhar seus pensamentos. E ela nunca mais o veria, talvez. Ele estava ficando velho. E também, lembrou-se, sorrindo para o chinelo que pendia de seu pé, estava ficando famoso. As pessoas diziam que a poe-

PASSEIO AO FAROL

sia dele era "tão bela". Chegaram a publicar coisas que ele escrevera quarenta anos atrás. Agora havia um homem famoso chamado Carmichael, ela sorriu, pensando em quantas formas uma mesma pessoa podia exibir, em como ele era o homem que saía nos jornais, mas aqui era o mesmo de sempre. Parecia o mesmo — ainda que mais grisalho. Sim, parecia o mesmo, mas alguém dissera, ela lembrou, que quando soube da morte de Andrew Ramsay (foi morto instantaneamente por um obus; ele teria se tornado um grande matemático) o sr. Carmichael havia "perdido todo o interesse pela vida". O que isso queria dizer — o quê? ela se perguntava. Teria ele marchado na Trafalgar Square com um porrete grande na mão? Teria virado páginas e mais páginas, sem lê-las, sentado em seu quarto em St. John's Wood, sozinho? Ela não sabia o que ele fizera ao saber que Andrew tinha sido morto, porém sentia isso nele assim mesmo. Eles apenas trocavam murmúrios nas escadas; olhavam para o céu e diziam que ia fazer sol ou que não ia fazer sol. Mas essa era uma maneira de conhecer as pessoas, ela pensou: conhecer o contorno, não o detalhe; ficar sentada num jardim olhando para a encosta de um morro que descia roxo até as urzes ao longe. Era dessa maneira que ela o conhecia. Sabia que ele havia mudado de algum modo. Nunca lera sequer um dos versos dele. Achava que sabia como seriam, porém, lentos e sonoros. Uma poesia madura e suave. Era sobre o deserto e o camelo. Era sobre a palmeira e o pôr do sol. Era muitíssimo impessoal; falava alguma coisa sobre a morte; falava muito pouco sobre o amor. Havia um distanciamento nele. Ele queria muito pouco das outras pessoas. Pois ele não passava sempre um tanto trôpego pela janela da sala com algum jornal embaixo do braço, tentando evitar a sra. Ramsay, de quem por algum motivo não gostava muito? Por esse motivo, é claro, ela sempre tentava fazê-lo parar. Ele a saudava com uma mesura. Parava contra a vontade e fazia uma mesura profunda. Incomodada porque o sr. Carmichael não queria nada dela, a sra. Ramsay lhe perguntava (Lily podia ouvi-la) se ele não gostaria de um casaco, um tapete, um jornal? Não, ele não queria nada. (Então ele se curvava.) Havia alguma coisa na sra. Ramsay da qual ele não gostava muito. Era talvez o que ela tinha de dominador, de positivo, algo de objetivo nela. Era uma pessoa muito direta.

(Um ruído atraiu sua atenção para a janela da sala — o ranger de uma dobradiça. A brisa suave estava brincando com a janela.)

Certamente teria havido muitas pessoas que não gostavam nem um pouco dela, pensou Lily. (Sim; ela tinha consciência de que o degrau da sala estava vazio, mas esse fato não tinha o menor efeito sobre ela. Agora não precisava da sra. Ramsay.) — Pessoas que a achavam muito cheia de certezas, muito drástica. Além disso, sua beleza ofendia as pessoas, provavelmente. Que coisa mais monótona, elas diziam, e é sempre igual! Preferiam um outro tipo — as morenas, cheias de vida. Além disso, ela não sabia se impor ao marido. Deixava que ele fizesse aquelas cenas. E (voltando ao sr. Carmichael e sua antipatia por ela) era impossível imaginar a sra. Ramsay em pé pintando um quadro, deitada lendo um livro, uma manhã inteira no gramado. Era impensável. Sem dizer uma palavra, tendo como único indício de sua missão uma cesta pendurada no braço, ela ia à cidade, ia ter com os pobres, para ficar sentada numa saleta abafada. Muitas e muitas vezes Lily a vira levantar-se em silêncio no meio de algum jogo, alguma discussão, com a cesta pendurada no braço, muito tesa. Lily reparava quando ela voltava. Pensava, meio que achando graça (ela era tão metódica com as xícaras de chá) e meio comovida (a beleza dela era de tirar o fôlego): olhos semicerrados de dor já olharam para a senhora. A senhora esteve com eles.

Então a sra. Ramsay se aborrecia porque alguém se atrasara, ou a manteiga não estava fresca, ou o bule de chá estava lascado. E o tempo todo em que ela ficava a dizer que a manteiga não estava fresca, ficava-se pensando em templos gregos, e na beleza que existira neles lá. Ela nunca falava nisso — ela seguia em frente, pontual, direta. Seu instinto era seguir em frente, um instinto como o que guia as andorinhas para o sul, as alcachofras para o sol, que a fazia se voltar infalivelmente para a espécie humana, construir seu ninho no coração da humanidade. E isso, como todos os instintos, era um pouco aflitivo para as pessoas que não o compartilhavam; para o sr. Carmichael, talvez, para ela, sem dúvida. Em ambos havia alguma ideia da inutilidade da ação, da supremacia do pensamento. Ela seguir em frente era uma reprimenda a eles dirigida, dava um ímpeto diferente ao mundo, de modo que eles eram levados a protestar, ao ver que seus próprios juízos de valor desapareciam, e a tentar agarrá-los enquanto eles se esvaíam. Charles Tansley também fazia isso: era em parte o motivo pelo qual as pessoas não gostavam dele. Ele perturbava as proporções do mundo dos outros. E o que havia acontecido com ele? Lily se perguntava, mexendo nas ervas com o pincel, distraída. Ele havia conseguido tornar-se professor. Casara-se; morava em Golders Green.

Uma vez Lily havia entrado numa sala para ouvi-lo falar, durante a guerra. Ele estava denunciando alguma coisa: estava condenando alguém. Estava pregando o amor fraterno. E só o que Lily pensou era como ele poderia amar seus semelhantes se não sabia distinguir um quadro do outro, se ficava atrás dela fumando tabaco barato ("cinco pence a onça, srta. Briscoe") e fazia tanta questão de dizer que as mulheres não sabem escrever, não sabem pintar, menos por acreditar no que dizia do que, sabia-se lá o motivo, por querer que fosse verdade? Lá estava ele, magro, rubicundo e veemente, pregando o amor do alto de um estrado (havia formigas andando no meio das ervas, que ela perturbava com seu pincel — formigas vermelhas e cheias de energia, que lembravam Charles Tansley). Ela ficara olhando para ele com ironia de seu assento naquela sala semivazia, bombeando amor naquele espaço gélido, e de repente lá estava o barril velho ou lá o que fosse flutuando no meio das ondas e a sra. Ramsay procurando o estojo dos óculos no meio das pedras. "Ah, que coisa aborrecida! Perdi outra vez. Não ligue para isso, sr. Tansley. Eu perco milhares todo verão", e nesse momento ele apertou o queixo contra o colarinho, como se temesse aprovar um exagero como aquele, porém pudesse suportá--lo nela por gostar dela, e sorriu de um modo muito encantador. Ele certamente fizera confidências a ela numa daquelas longas caminhadas em que as pessoas se separavam e voltavam sozinhas. Ele estava educando sua irmãzinha, a sra. Ramsay lhe dissera. Isso depunha muitíssimo a seu favor. A imagem que ela fazia dele era grotesca, Lily sabia disso muito bem, mexendo nas ervas com o pincel. Metade das ideias que formamos a respeito das outras pessoas é, no final das contas, grotesca. Elas serviam a nossos próprios propósitos. Para ela, Tansley fazia as vezes de bode expiatório. Lily dava por si flagelando suas costas magras quando estava de mau humor. Se queria pensar nele a sério, tinha de recorrer às falas da sra. Ramsay, vê-lo através dos olhos dela.

Lily construiu uma pequena montanha para que as formigas tivessem que escalá-la. Provocou nelas um frenesi de indecisão ao interferir desse modo na cosmogonia delas. Umas corriam para um lado, as outras para outro.

A gente precisava de cinquenta pares de olhos para ver com eles, refletiu. Cinquenta pares de olhos não eram suficientes para fazer frente àquela única mulher, pensou. Em meio a esses pares de olhos, teria de haver um que fosse totalmente cego para a beleza dela. O que mais se desejava era um sentido secreto, fino como o ar, com o qual se pudesse passar por buracos de fechaduras e cercá--la quando ela estivesse fazendo tricô, conversando, ou estivesse em silêncio e sozinha à janela; que arrebanhasse e guardasse como um tesouro, tal como o ar retinha a fu-

PASSEIO AO FAROL 241

maça do navio, os pensamentos dela, as imaginações, os desejos dela. O que representavam para ela a sebe, o jardim, o que representava para ela uma onda quebrar? (Lily levantou a vista, tal como vira a sra. Ramsay levantar a vista; também ela ouviu uma onda quebrar na praia.) E então o que vibrava e estremecia em sua mente quando as crianças gritavam: "Ô juiz! Ô juiz!" jogando críquete? Ela parava de fazer tricô por um segundo. Parecia estar atenta. Depois voltava a relaxar, e de repente o sr. Ramsay, andando de um lado para o outro, estacava a sua frente, e então a percorria uma espécie de choque curioso que parecia provocar uma agitação profunda nela quando, tendo parado ao seu lado, ele olhava para baixo, para ela. Lily como que o via.

Ele estendeu a mão e ajudou-a a levantar-se da cadeira. De algum modo, parecia que ele o havia feito antes; como se uma vez ele tivesse se curvado desse mesmo modo para ajudá-la a saltar de um barco que, afastado algumas polegadas de uma ilha, obrigara as damas a recorrer à ajuda dos cavalheiros para saltar. Uma cena antiquada, que exigia, praticamente, anquinhas e calças-pião. Deixando que ele a ajudasse, a sra. Ramsay pensara (imaginava Lily): chegou a hora; sim, ela falaria agora. Sim, ela se casaria com ele. E deu um passo lento, tranquilo, pisando em terra firme. O mais provável é que tivesse dito uma única palavra, pousando a mão na dele. Eu me caso com você, talvez tivesse dito, com a mão na dele; mas só isso. Várias vezes o mesmo frisson se passara entre eles — sem dúvida, pensou Lily, alisando o chão para que suas formigas passassem. Ela não estava inventando; estava apenas alisando alguma coisa que lhe fora dada anos antes toda dobrada; alguma coisa que ela vira. Pois na barafunda do cotidiano, com tantas crianças, tantas visitas, tinha-se o tempo todo uma sensação de repetição — de uma coisa caindo onde outra havia caído, de modo a fazer um eco que tilintava no ar e o enchia de vibrações.

Mas seria um erro, pensou, imaginando os dois se afastando juntos, ela com seu xale verde, ele com sua gravata ao vento, de braços dados, passando pela estufa, simplificar a relação dos dois. Não se tratava de um êxtase monótono — ela com seus impulsos e sua rapidez; ele com seus tremores e suas depressões. Não, nada disso. A porta do quarto batia violentamente de manhã cedo. Ele lançava o prato pela janela. Então, por toda a casa, eram portas a bater e estores a estremecer como se tivesse surgido um vento forte e as pessoas tentassem afobadas fechar escotilhas e deixar tudo em ordem. Ela uma vez encontrara Paul Rayley desse jeito, na escada. Riram e riram, como duas crianças, tudo porque o sr. Ramsay, encontrando uma lacrainha no seu leite à mesa do café da manhã, havia jogado tudo no terraço. "Uma lacrainha", murmurou Prue, fascinada, "no leite dele." Outras pessoas talvez encontrassem uma centopeia. Mas ele havia construído a seu redor uma tal cerca de santidade, e ocupava o espaço com um porte tão majestoso, que uma lacrainha em seu leite era um monstro.

Mas isso cansava a sra. Ramsay, intimidava-a um pouco — os pratos voando e as portas batendo. E por vezes instauravam-se entre eles dois longos silêncios rígidos, quando, num estado mental que incomodava Lily, meio queixosa, meio ressentida, a sra. Ramsay parecia não conseguir atravessar a tempestade com tranquilidade, ou rir quando eles riam, porém talvez em seu cansaço ocultasse alguma coisa. Ela ficava pensativa, silenciosa. Depois de algum tempo ele se aproximava, furtivo, dos lugares onde sua mulher estava — dando voltas debaixo da janela junto à qual ela escrevia cartas ou conversava, porque ela fazia questão de estar ocupada quando ele passava, e se esquivar dele, e fingir não vê-lo. Então o sr. Ramsay ficava suave como seda, afável, cortês, e desse modo tentava conquistá-la. Ainda assim ela resistia, e então afirmava por um breve intervalo alguns daqueles orgulhos e ares

PASSEIO AO FAROL   243

a que fazia jus sua beleza, e que ela normalmente dispensava por completo; virava a cabeça, olhava por cima do ombro, sempre com alguma Minta, um Paul ou William Bankes a seu lado. Por fim, fora do grupo, a própria imagem de um cão de caça faminto (Lily levantou-se da grama e ficou olhando para os degraus, junto à janela, onde ela o vira), ele pronunciava o nome da esposa, uma vez apenas, igualzinho a um lobo latindo na neve, mas ainda assim ela se continha; e ele repetia o nome, desta vez com algo no tom de voz que a tocava, e a sra. Ramsay ia até ele, separando-se dos outros de repente, e os dois juntos iam caminhar entre as pereiras, os repolhos e os canteiros de framboesas. Juntos, punham tudo em pratos limpos. Mas com que atitudes e que palavras? Era tal a dignidade deles em seu relacionamento que, virando-se para o outro lado, Paul e Minta escondiam a curiosidade e o constrangimento que sentiam e punham-se a colher flores, jogar bolas, conversar, até que chegasse a hora do jantar, e lá estavam os dois, ele numa cabeceira da mesa, ela na outra, como de praxe.

"Por que é que nenhum de vocês vai estudar botânica?... Com tantas pernas e braços, por que é que nenhum de vocês..." E assim conversavam como de praxe, rindo, em meio às crianças. Tudo voltava a ser como sempre, exceto um estremecimento, como de uma folha na brisa, que passava de um para o outro, como se a visão costumeira das crianças sentadas diante de seus pratos de sopa houvesse se renovado aos olhos deles depois daquela hora entre as peras e os repolhos. Em particular, pensou Lily, a sra. Ramsay olhava de relance para Prue. Ela estava sentada entre os irmãos e as irmãs, tão ocupada, era o que parecia, em certificar-se de que nada de errado ocorreria que não falava quase nada. Como Prue devia ter se sentido culpada por aquela lacrainha no leite! Como empalideceu quando o sr. Ramsay jogou seu prato pela janela! Como ela murchava quando surgiam aqueles silêncios prolongados entre os dois! Fosse como fosse, sua mãe agora parecia estar a consolá-la, garantindo-lhe que estava tudo bem, prometendo-lhe que um dia desses aquela mesma felicidade haveria de lhe pertencer. Ela a desfrutara por menos de um ano, porém.

Ela deixara as flores caírem da cesta, pensou Lily, apertando os olhos e recuando como se para olhar para sua pintura, a qual, porém, ela não estava tocando, com todas as suas faculdades em transe, aparentemente petrificadas mas movendo-se debaixo da superfície com uma velocidade extrema.

Ela deixou as flores caírem da cesta, esparramou-as e espalhou-as na grama e, com relutância e hesitação, mas sem questionar nem se queixar — pois ela não levara à perfeição a faculdade da obediência? — foi também. Cruzando campos, atravessando vales, brancos, coberta de flores — era assim que Lily teria pintado a cena. Os morros eram austeros. Eram pedregosos; eram íngremes. Lá embaixo o som das ondas nas pedras era rouquenho. Foram os três, juntos, a sra. Ramsay caminhando bem rápido à frente, como se esperasse encontrar-se com alguém após dobrar a esquina.

De repente a janela para a qual Lily estava olhando foi clareada por alguma coisa iluminada atrás dela. Então alguém por fim havia entrado na sala; alguém se sentara na cadeira. Os céus permitam, ela implorou, que fique ali em vez de vir a saracotear cá fora para falar com ela. Felizmente, a pessoa, fosse quem fosse, ficou quieta lá dentro; instalara-se em tal posição que por um golpe de sorte lançava uma sombra de forma curiosa, triangular, no degrau. Ela alterava a composição do quadro um pouco. Era interessante. Talvez ajudasse. Lily estava recuperando o ânimo. Era necessário ficar olhando sem relaxar por um segundo a intensidade da emoção, a determinação de não desanimar, de não ser trapaceada. Era necessário prender a cena — assim — num torno, e não deixar que nada interviesse e estragasse tudo. O que se queria, pensou, molhando o pincel com cuidado, era colocar-se no nível da experiência cotidiana, sentir simplesmente que isso é uma cadeira, isso é uma mesa, e no entanto ao mesmo tempo que isso é um milagre é um êxtase. No final das contas, o problema talvez estivesse resolvido. Ah, mas o que acontecera? Uma onda de branco passou pela vidraça. A brisa certamente fizera estremecer algum babado na sala. O coração de Lily saltou dentro dela, e agarrou-a, e torturou-a.

"Sra. Ramsay! Sra. Ramsay!", ela exclamou, sentindo que o velho horror estava de volta — querer e querer e não ter. Ela ainda seria capaz de lhe infligir esse tormento? E então, em silêncio, como se estivesse se contendo, também isso se tornou parte da experiência cotidiana, no nível da cadeira, da mesa. A sra. Ramsay — isso era parte da sua bondade completa para com Lily — estava simplesmente sentada, ali, na cadeira, mexendo com as agulhas de um lado para o outro, tricotando a meia grená, projetando sua sombra no degrau. Sentada, ali.

E, como se tivesse algo que fosse necessário compartilhar, e no entanto lhe fosse difícil afastar-se do cavalete, por estar sua mente tão cheia do que ela estava pensando, do que ela estava vendo, Lily passou pelo sr. Carmichael, com o pincel na mão, e foi até a borda do gramado. Onde estava aquele barco agora? O sr. Ramsay? Ela o queria.

12

O sr. Ramsay já havia quase concluído a leitura. Uma mão pairava acima da página como se pronta para virá-la no instante exato em que terminasse de lê-la. Sem chapéu, o cabelo agitado pelo vento, ele estava extraordinariamente exposto a tudo. Parecia velhíssimo. Parecia, pensou James, com a cabeça recortada ora contra o Farol, ora contra a imensidão de água a se espalhar para todos os lados, uma pedra velha largada na areia; parecia ter se tornado fisicamente o que eles sempre o imaginavam no fundo — aquela solidão que para eles dois era a verdade sobre as coisas.

Ele lia muito depressa, como se ansioso para chegar ao fim. De fato, estavam bem próximos ao Farol agora. Lá estava ele, erguendo-se nu e ereto, de um branco e preto ofuscantes, e dava para ver as ondas a espatifar-se em cacos como vidro sobre as pedras. Viam-se linhas e dobras nas rochas. Viam-se as janelas com clareza; um pouco de tinta branca numa delas, e um pequeno tufo de verde sobre a rocha. Um homem havia saído e olhado para eles com uma luneta, e entrado de novo. Então era assim, pensou James, o Farol que se via do outro lado da baía esses anos todos; era uma torre nua sobre uma rocha nua. A visão o satisfez. Confirmava algum sentimento obscuro que ele nutria sobre seu próprio caráter. As senhoras, pensou, lembrando-se do jardim em casa, continuavam a arrastar suas cadeiras pelo gramado. A velha sra. Beckwith, por exemplo, estava sempre dizendo como era bom e como era bonito e todos eles deviam se orgulhar muito e deviam ser muito felizes, mas na verdade, pensou James, olhando para o Farol estendendo-se da rocha, é assim. Olhou para o pai, lendo com ferocidade, as pernas dobradas e tensas. Eles tinham em comum este saber. "Estamos numa tormenta — soçobramos", James começou a dizer a si próprio, num murmúrio, exatamente como fazia seu pai.

Parecia que ninguém dizia nada havia séculos. Cam estava cansada de olhar para o mar. Pedacinhos de cortiça preta haviam passado por ela a flutuar; os peixes estavam mortos no fundo do barco. Seu pai continuava lendo, e James olhava para ele e ela olhava para ele, e os dois juraram que combateriam a tirania até a morte, e ele continuava lendo sem nenhuma consciência do que eles estavam pensando. Era assim que ele escapulia, Cam pensou. Sim, com aquela testa larga e aquele nariz grande, segurando com firmeza o livrinho de capa mosqueada, ele escapulia.

Você tentava segurá-lo, mas então, como um pássaro, ele estendia as asas, saía voando para pousar fora do seu alcance em algum lugar distante, em algum toco morto. Cam olhava para a imensidão do mar. A ilha se tornara tão pequena que já nem parecia uma folha. Parecia o alto de uma rocha que alguma onda grande haveria de cobrir. E no entanto, em sua fragilidade, havia todos aqueles caminhos, aqueles terraços, aqueles quartos — todas aquelas coisas inumeráveis. Porém tal como, logo antes do sono, as coisas se simplificam a ponto de que apenas um de todos os infinitos detalhes tem o poder de se afirmar, assim também, ela sentia, contemplando entorpecida a ilha, todos aqueles caminhos e terraços e quartos estavam se esmaecendo e sumindo, e não restava nada além de um incensório azul-claro a balançar-se de modo ritmado para lá e para cá em sua mente. Era um jardim suspenso; era um vale, cheio de pássaros, e flores, e antílopes... Ela estava adormecendo.

"Vamos", disse o sr. Ramsay, fechando o livro de repente.

Vamos aonde? Para que aventura fabulosa? Cam acordou assustada. Atracar em algum lugar, subir em algum monte? Aonde ele os estaria levando? Pois depois de seu silêncio imenso, as palavras os assustaram. Mas era ridículo. Ele estava com fome, disse o sr. Ramsay. Era hora do almoço. Além disso, olhem, disse ele. Lá está o Farol. "Estamos quase chegando."

"Ele está se saindo muito bem", disse Macalister, elogiando James. "Está mantendo o barco bem estável."

Mas seu pai nunca o elogiava, pensou James, implacável.

O sr. Ramsay abriu o pacote e distribuiu os sanduíches. Agora estava feliz, comendo pão com queijo com aqueles pescadores. Ele gostaria de morar numa cabana e ficar sentado no cais cuspindo com outros velhos, pensou James, vendo-o cortar fatias finas e amarelas de queijo com seu canivete.

Isso está correto, é isso, Cam pensava a toda hora, enquanto descascava seu ovo cozido. Agora sentia-se tal como se estivesse no gabinete com os velhos lendo o *Times*. Agora posso ficar pensando o que bem entender, e não vou cair num precipício nem me afogar, porque ele está aqui, de olho em mim, pensou ela.

Ao mesmo tempo, o barco estava seguindo tão depressa junto das rochas que era muito empolgante — dava a impressão de que estavam fazendo duas coisas ao mesmo tempo; estavam almoçando ali ao sol e estavam também seguindo rumo a um porto seguro numa grande tempestade depois de um naufrágio. Será que a água não acabaria? As provisões não acabariam? ela se perguntava, contando a si própria uma história mas ao mesmo tempo sabendo o que era a verdade.

Para eles, o fim estava próximo, o sr. Ramsay estava dizendo ao velho Macalister; mas seus filhos ainda iam ver umas coisas estranhas. Macalister disse que completara setenta e cinco anos em março; o sr. Ramsay estava com setenta e um. Macalister disse que nunca fora ao médico; nunca perdera um dente. E é assim que eu queria que meus filhos vivessem — Cam tinha certeza de que era isso que seu pai estava pensando, pois impediu-a de jogar um sanduíche no mar e lhe disse, como se estivesse pensando nos pescadores e em suas vidas, que se ela não queria mais devia guardá-lo no pacote. Não devia desperdiçar. Disse isso com tanta sabedoria, como se soubesse muito bem todas as coisas que ocorriam no mundo, que ela o guardou na mesma hora, e então ele lhe deu, tirado de seu próprio pacote, um biscoito de gengibre, como se fosse um grande fidalgo espanhol, ela pensou, dando uma flor a uma dama na janela (de tão refinados que eram seus modos). Mas ele usava roupas velhas, era um homem simples, comendo pão com queijo; e no entanto os estava conduzindo numa grande expedição que podia muito bem terminar com todos eles afogados.

"Foi ali que ele afundou", disse o filho de Macalister de repente.

"Três homens se afogaram onde nós estamos agora", disse o velho. Ele próprio os vira agarrados ao mastro. E o sr. Ramsay, olhando para o lugar, estava prestes, James e Cam temiam, a começar a bradar:

> Mas eu, num mar mais agitado,

e se ele o fizesse, eles não suportariam; começariam a gritar; não aguentariam mais uma explosão da paixão que ardia dentro dele; mas para sua surpresa ele se limitou a exclamar "Ah", como se estivesse pensando: mas por que fazer todo esse alarde por isso? É natural que homens se afoguem numa tempestade, mas é uma coisa muito simples, e as profundezas do mar (e lançou os farelos do pão do seu sanduíche sobre elas) são, no final das contas, apenas água. Então, tendo acendido o cachimbo, pegou o relógio. Olhou-o atentamente; fez, talvez, algum cálculo matemático. Por fim exclamou, triunfante:

"Muito bem!" James havia pilotado como um marinheiro nato.

Pronto! pensou Cam, dirigindo-se em silêncio para James. Aí está o que você queria. Pois sabia que era por isso que James estava esperando, e sabia que, tendo obtido o que queria, ele estava tão satisfeito que não ia olhar para ela nem para o pai nem para ninguém. Lá estava ele, com a mão na cana do leme, as costas muito aprumadas, parecendo um tanto emburrado, o cenho ligeiramente franzido. Estava tão satisfeito que não deixaria ninguém ficar com nem um grão de seu prazer. Seu pai o havia elogiado. Era necessário que todos pensassem que ele estava de todo indiferente. Mas você conseguiu, pensou Cam.

O barco tinha virado de bordo, e agora seguia depressa, flutuando sobre as ondas amplas que o balançavam de um lado para o outro com um ritmo empolgante, extraordinário, paralelo ao recife. À esquerda, uma fileira de rochas pardas transparecia da água, aqui mais fina e verde, e numa rocha mais elevada uma onda quebrava sem cessar, lançando uma pequena coluna de gotas que descia como chuva. Ouviam-se a pancada da água e o tamborilar das gotas caindo e uma espécie de sopro e silvo das ondas a rolar e saltar e estapear as rochas como se fossem criaturas selvagens perfeitamente livres, saltando e caindo e brincando daquele modo para sempre.

Agora eles viam dois homens no Farol, a observá-los e preparando-se para recebê-los.

O sr. Ramsay abotoou o casaco e arregaçou as calças. Pegou o embrulho grande e malfeito de papel pardo que Nancy havia feito e ficou sentado, segurando-o sobre o joelho. Assim, prontíssimo para saltar, ficou olhando para trás, para a ilha. Com sua vista aguçada, talvez conseguisse enxergar com clareza a forma de folha diminuída, em pé sobre um prato de ouro. O que estaria ele vendo? perguntava-se Cam. Ela via apenas um borrão. Em que estaria ele pensando agora? perguntou-se. O que estaria procurando, com tanta firmeza, tanta concentração, tão silenciosamente? Eles dois o observavam, sentado sem chapéu com o pacote sobre o joelho, olhando, olhando para a frágil forma azulada que parecia o vapor de algo que havia se consumido no fogo. O que o senhor quer? eles dois queriam perguntar. Os dois queriam dizer: pergunte qualquer coisa a nós, que havemos de lhe dar a resposta. Mas ele não lhes perguntava nada. Sentado no barco, olhava para a ilha, e talvez estivesse pensando: Morremos, ambos sós, ou talvez estivesse pensando: Cheguei. Encontrei. Mas ele não disse nada.

Então ele pôs o chapéu.

"Tragam esses pacotes", disse, indicando com a cabeça as coisas que Nancy havia embrulhado para eles levarem ao Farol. "São para os homens do Farol", disse. Levantou-se e instalou-se na proa do barco, muito teso

e alto, exatamente, pensou James, como se estivesse afir-
mando: "Deus não existe", e Cam pensou, como se ele
estivesse saltando para o espaço, e os dois se levantaram
para segui-lo quando ele saltou, leve como um jovem, segurando seu embrulho, para a rocha.

13

"Ele já deve ter chegado", disse Lily Briscoe em voz alta,
sentindo-se de repente totalmente esgotada. Pois o Farol
havia se tornado quase invisível, dissolvido numa névoa
azulada, e o esforço de olhar para o Farol e o esforço de
pensar no sr. Ramsay chegando lá, que pareciam ser o
mesmo esforço, tinham-lhe fatigado corpo e mente até
o último grau. Ah, mas estava aliviada. Fosse o que fosse
o que Lily quisera dar a ele, quando se separaram naquela
manhã, ela finalmente lhe dera.

"Ele aportou", disse em voz alta. "Está terminado."
Então, erguendo-se, bufando um pouco, o velho sr. Carmichael aproximou-se dela, feito um velho deus pagão,
malvestido, com mato no cabelo e o tridente (apenas um
romance francês) na mão. Parou ao lado dela na borda
do gramado, balançando um pouco o corpo volumoso, e
disse, protegendo os olhos com a mão: "Eles já devem ter
aportado", e Lily sentiu que estava certa. Os dois não haviam precisado conversar. Estavam pensando as mesmas
coisas, e ele respondera a ela sem que ela lhe perguntasse
nada. O sr. Carmichael continuava parado, estendendo
as mãos sobre todas as fraquezas e sofrimentos da humanidade; Lily pensou que ele estivesse contemplando, tolerante, compassivo, o destino final de todos. Agora ele co-
roou toda a situação, pensou ela, quando a mão do velho
caiu lentamente, como se ela o visse soltar de uma grande
altitude uma coroa de violetas e asfódelos que, oscilando
lentamente, por fim pousasse no chão.

Depressa, como se tivesse sido lembrada de alguma coisa, Lily voltou à sua tela. Lá estava ela — sua pintura. Sim, com todos os seus verdes e azuis, suas linhas verticais e horizontais, sua tentativa de fazer alguma coisa. Seria pendurada em sótãos, pensou ela; seria destruída. Mas e daí? perguntou-se, retomando o pincel. Olhou para os degraus; estavam vazios; olhou para a tela; estava borrada. Com uma intensidade súbita, como se enxergasse com clareza por um instante, traçou uma linha bem ali, no centro. Estava pronta; estava terminada. Sim, pensou ela, largando o pincel, com um cansaço extremo, eu tive a minha visão.

LEIA MAIS PENGUIN-COMPANHIA
CLÁSSICOS

Virginia Woolf

Mrs. Dalloway

Tradução de
CLAUDIO ALVES MARCONDES
Prefácio de
ALAN PAULS

Neste marco do romance moderno, Virginia Woolf narra um único dia da vida da famosa personagem Clarissa Dalloway, que percorre as ruas londrinas cuidando dos preparativos da festa que realizará na noite daquela quarta-feira.

Em sua andança, cruzará com Septimus Warren Smith, um veterano da Primeira Guerra Mundial cuja história passa a correr, dali em diante, em paralelo com a da protagonista.

Misto de romance psicológico e ensaio filosófico, precursor de algumas das maiores obras literárias do século xx, *Mrs. Dalloway* consagrou-se pelo experimentalismo linguístico e pela inédita exploração literária do inconsciente humano, além de oferecer um primoroso retrato das transformações da Inglaterra do entreguerras.

WWW.PENGUINCOMPANHIA.COM.BR

LEIA MAIS PENGUIN-COMPANHIA
CLÁSSICOS

Jane Austen

Mansfield Park

Tradução de
HILDEGARD FEIST
Prefácio e notas de
KATHRYN SUTHERLAND
Introdução de
TONY TANNER

Na literatura, esperamos que o herói seja vigoroso, tenha um espírito aventureiro, audácia, bravura, capacidade de superação e uma pitada de imprudência. Ele deve ser ativo, enfrentar obstáculos e afirmar a própria energia. Fanny Price, a heroína de *Mansfield Park*, é o oposto de tudo isso.

Frágil, tímida, insegura e excessivamente vulnerável, a pequena Fanny deixa a casa dos pais pobres para morar com os tios mais afortunados em Mansfield Park. Lá, convive com diversos familiares, mas se aproxima apenas do primo Edmund, seu companheiro inseparável. A tranquilidade de casa, no entanto, é abalada com a chegada dos irmãos Mary e Henry Crawford a uma propriedade vizinha.

Geralmente irônica com suas famosas heroínas, Jane Austen nos apresenta, em sua obra mais complexa e profunda, uma moça de origem humilde que pensa, sente, fala e age exatamente como deve.

WWW.PENGUINCOMPANHIA.COM.BR

LEIA MAIS PENGUIN-COMPANHIA
CLÁSSICOS

Jane Austen e Charlote Brontë

Juvenília

Tradução de
JULIA ROMEU
Organização, introdução e notas de
FRANCES BEER

À primeira vista, Jane Austen e Charlotte Brontë parecem radicalmente opostas. Austen representa a elegância e a proporção neoclássica, parodiando excessos literários e criticando as fraquezas humanas. Brontë, por sua vez, imprime em sua escrita toda a paixão e a extravagância do espírito romântico, não raro com forte influência da fantasia.

Numa época em que a literatura popular era considerada perigosa para a mente das jovens, a erudição precoce, a originalidade e a liberdade de espírito aproximam essas duas autoras. Ambas tinham como personagens centrais mulheres, sendo responsáveis pelos retratos mais marcantes de lealdade e dedicação feminina da literatura inglesa.

E ambas constroem as suas heroínas como produtos do condicionamento feminino da época, cujas expectativas sociais eram muito restritas. Austen e Brontë tiveram uma produção bastante fértil na juventude, reunida neste livro, a qual parece encontrar uma espécie de equilíbrio no conflito entre a moral individual e social, criando heroínas complexas que se destacam por sua coragem e independência.

WWW.PENGUINCOMPANHIA.COM.BR

Esta obra foi composta em Sabon por Alexandre Pimenta
e impressa em ofsete pela Geográfica sobre papel
Pólen Natural da Suzano S.A. para a Editora Schwarcz
em maio de 2023

A marca fsc® é a garantia de que a madeira utilizada na fabricação do papel deste livro provém de florestas que foram gerenciadas de maneira ambientalmente correta, socialmente justa e economicamente viável, além de outras fontes de origem controlada.